Don Mattera · Sophiatown

For Sophia…

DON MATTERA

Sophiatown

Roman

Aus dem südafrikanischen Englisch von Thomas Brückner
Mit einem Nachwort von Bernard Magubane

Walk in the light!

Don Mattera

29/8/2000, Mainz

Peter Hammer Verlag

Titel der Originalausgabe:
Memory is the Weapon/Gone with the twilight
erschienen bei Zed Books, London 1987
Aus dem südafrikanischen Englisch von Thomas Brückner

Die Deutsche Bibliothek – CIP-Einheitsaufnahme

Mattera, Don:
Sophiatown : Roman / Don Mattera.
Aus dem südafrikanischen Engl. von Thomas Brückner.
Mit einem Nachw. von Bernard Magubane. –
Wuppertal : Hammer, 1994
ISBN 3-87294-628-5

Umschlaggestaltung: Wolf Erlbruch
Satz: Data System, Wuppertal
Gesamtherstellung: Franz Spiegel Buch GmbH, Ulm

INHALT

I

SCHLEIFUNG

Mittwoch, 22. Juli 1962. Die Nacht war ruhelos, voller Alpträume und böser Vorahnungen. Ich erwachte schweißgebadet. Im Zimmer war es drückend heiß. Ich war am Ersticken. Frische Luft, mein Gott, wie sehnte ich mich nach frischer Luft. Frische Luft sollte mir in die Lungen strömen und sie mit neuem Leben füllen. Die Tür quietschte, als ich sie öffnete, und der frische, scharfe Atem des jungen Morgens beizte mir die Nase. Tief sog ich den belebenden Hauch ein. Jetzt hatte ich zwar einen klaren Kopf, fühlte mich aber immer noch irgendwie zerschlagen. Mir fiel auf, daß die ewig hungrigen Hunde der Townships die Mülltonne umgeworfen hatten. Abfallreste wehten mir gegen die Beine, als ein plötzlicher Wind das unverschlossene Hoftor aufschlug. Besiegt und verlassen zog sich die staubige, ungeteerte Straße dahin, die einstmals von tausenden schwarzen Füßen zertreten und zermalmt worden war. Der Lärm unaufhörlich heulender Motoren zerstörte die Stille.

Nach uralter Tradition trat das Leben in die Straßen: in den Schatten der Dinge und der Menschen, die mit leiser und gedämpfter Stimme sprachen. Der Winter war naßkalt, und in den zweiräumigen Häusern der Township drängte sich die klamme Kälte bis in unsere Betten. Die dünnen Schornsteine sandten Rauchsignale aus. Der Rauch allein verhieß bereits Hoffnung. Nur wenige Häuser hatten elektrischen Strom. Die meisten Einwohner der Western Native Township verwendeten Kohleöfen und Paraffingeräte zum Kochen, zum Heizen und für die Beleuchtung.

Die Menschen lebten und starben bei Kerzenlicht.

Als Kind liebte ich die Umrisse der Bäume und die Schatten der Menschen in der Dämmerung und in den unschuldigen Stunden vor dem Morgengrauen. Sie zogen mich magisch an. Der geheimnisvolle Klang von Stimmen, die in der Ferne vergingen, die Männer, die auf dem Weg in die Stadt zur Arbeit waren, oder der Anblick der Frauen mit den vertrauten Bündeln auf dem Kopf – Wäsche, gewaschen und säuberlich gebügelt für die Damen des weißen Johannesburg. Diese Augenblicke brachten mir das Gefühl von Nähe und Wärme zurück. Eine Nähe und Wärme, die ich gefühlt hatte, als meine Mutter in den Häusern der Weißen angestellt war. Ich habe mich immer über die Anmut und Leichtigkeit gewundert, mit der gebeugt oder aufrecht gehende schwarze Frauen diese riesigen Bündel auf dem Kopf balancierten und sich dabei miteinander unterhielten, als ob ihnen die Welt um sie herum gleichgültig sei.

Gleich, ob es sich um faltige Großmütter oder »Aunties« in den besten Jahren handelte, diese Frauen waren mobile Wäschedienste, Hausangestellte, Kindermädchen, Köchinnen, »Botenmädchen« in einem. Meine Mutter war eine von ihnen. Sie verbrachte ihr ganzes Leben von Jugend an damit, den Kindern ihrer Arbeitgeber all das zu geben, was mir zugestanden hätte. Diese Jobs waren und sind der Lebensunterhalt für viele schwarze Frauen. Manche waren und sind Alleinverdienerinnen. Arbeit war Arbeit. Daneben gab es dann noch höfliche und vernünftige Arbeitgeber.

Ich war damals arbeitslos und hatte keinen Penny in der Tasche. Das wenige Geld, das ich besaß, ging für Essen und die Bekleidung meiner kleinen Kinder drauf: Anthony, der damals fünf war, und Teressa, die Zweijährige. Martha schlief fest. Sie war meine Lebensgefährtin und erwartete unser drittes Kind. Sie war eine Shangaan. Ihre Vorväter waren aus Mosambik in das nördliche Transvaal in Südafrika gekommen und hatten sich schließlich in Sophiatown, Johannesburg, niedergelassen.

Ich hatte sie im Februar 1956 bei meiner Entlassung aus dem Gefängnis kennengelernt. Man hatte mich gerade von einer

Mordanklage freigesprochen. Martha saß in Sophiatown auf einer Holzbank an der Bushaltestelle Millar/Ecke Victoria Street. Heiß und rot brannte ein Kohleöfchen vor ihr. Gelbe Maiskolben knackten und schmorten in der Hitze. Neben ihr stand eine große Blechdose mit mehreren dampfenden gerösteten Kolben. Perlweiße Zähne blitzten in ihrem Mund, und ihre Augen waren so groß wie zwei Vollmonde. Ein paar Minuten später gehörte sie mir, wie so viele andere Mädchen in Sophiatown und der Western Native Township. In jenen Tagen war es ein gefährliches Unterfangen, mich abzuweisen, mich, den Anführer der *Vultures*. Es spielte keine Rolle, ob ein Mädchen mich liebte oder nicht. Das war einer der kleinen Vorteile, die man hatte, wenn man ein Gangster war.

Unheilvolle Gedanken quälten mich, als ich den Hof verließ. Ein Fahrradfahrer fluchte. Er stieß Verwünschungen aus und trat nach den Hunden, die ihn anbellten und nach seinen Hacken schnappten. Ich nahm einen Stein und warf ihn nach den Hunden. Einen traf ich so, daß er aufjaulte. Das Bellen verstummte, und der Mann setzte seine Fahrt in Frieden fort. Hinter ihm, im Osten, schien die Sonne aus der steinernen Wiege der Goldenen Stadt Johannesburg aufzusteigen. Leidenschaftslos küßten die ersten schwachen Strahlen die Häuser, schüchtern fast, wie ein junges Mädchen beim ersten Rendezvous. Abram's Supply Store lag in der Gerty Street, jener Straße, in der meine Familie vor der Zwangsumsiedlung gewohnt hatte. Der vertraute Geruch seiner Lebensmittel barg für mich viele bittersüße Erinnerungen. Als ich um den Laden herumging, stiegen all die Botengänge wieder in mir auf, die ich für meine Familie und unsere Nachbarn gemacht hatte, all die Sträuße, die ich mit anderen Kindern ausgefochten hatte, all die Spiele, die wir gespielt hatten.

Abram, ein hochgewachsener indischer Händler mit Hakennase und glänzenden, lebendigen Augen, war für mich und meine Familie ein guter Bekannter. Am liebsten erinnere ich mich daran, wie er uns Bengeln ein paar Pennies dafür zahlte, daß wir vom frühen Morgen bis zum Sonnenuntergang Gemüse verkauften. Abram war ein durchtriebener und wendiger Geschäftsmann und verkaufte seine Waren immer billiger als die anderen Läden. Hatte man etwas anzubieten und brauchte schnell Geld, Abram kaufte. Die schlimmsten Diebe in der Gegend liebten ihn, denn er verpfiff einen niemals, auch dann nicht, wenn es brenzlig wurde. Ich kannte viele weiße Regierungsinspektoren, die von ihm lebten. Ein afrikanisches Sprichwort sagt: »Wenn ein Mensch ißt, schweifen seine Augen kaum umher«. Abrams ältester Sohn Essop war einer meiner dicksten Freunde. Wir sorgten füreinander: Ich beschützte ihn mit meinen Fäusten, und er versorgte mich mit Geld oder den Waren seines Vaters. Mancher Zyniker nannte das Schutzgeld, doch für mich war das der Ausdruck gegenseitigen Verstehens. Ich war kein Al Capone.

Abram biß auf dem roten Zeug herum, das die Inder häufig kauen. Er nickte, während jemand auf ihn einsprach, den ich nicht sehen konnte.

»Ja, Mattera hat sehr viel Glück gehabt. Weißt du, was er für seine Häuser gekriegt hat? Fast neuntausend Pfund! Neuntausend! Ist das noch normal? Ein reicher Mann wie er und kriegt noch all dies Geld dazu!« Für einen Augenblick kam der Sprecher in mein Blickfeld. Es war Potgieter, ein massiger Bure, dem die großen Augen tief im groben und zerfurchten Gesicht mit den ungewöhnlich großen, abstehenden Ohren saßen. Eine dicke Nase sprang aus seinem Gesicht hervor, und obwohl sein Aussehen es nicht vermuten ließ: ›*Baas Pottie*‹, wie er genannt werden wollte, war eine freundliche Seele. Seine tabakgefärbten Zähne bewegten sich kaum, während er mit dem indischen Händler sprach. Die Unterhaltung ging weiter. »*Ja jong*, der alte Mattera hat Riesenglück gehabt.« Diesmal war ein Spur Neid in Potgieters Stimme. »Selbst der eingeborene Arzt, *ou* Xuma, hat trotz seiner ganzen kommunistischen Politik nicht halb so viel gekriegt, obwohl er einer von den Congress-Leuten ist, die mit ihrer Weigerung umzuziehen vor Gericht gegangen sind. Kannst du dich an all die Drohungen erinnern? Xuma ist weg, und wir wissen jetzt, wer die *wirklichen* Herren im Haus sind.« Seine Augen glühten, und irgendeine machtvolle Droge durchströmte seine Lungen. Seine Brust weitete sich auf das Doppelte ihrer normalen Größe.

Damals begriff ich, daß der Stolz ein Kind des Sieges ist …

Abram nickte teilnahmslos. Doch tief im Innern seines Herzens wußte er, daß man auch ihn eines Tages dazu zwingen würde, seine Sachen zu packen und seinen Laden zu verkaufen. Es war alles nur eine Frage der Zeit. Als er nun sprach, floß ihm der rötliche Saft aus dem Mundwinkel: »Ich hab mich oft gefragt, was der alte Italiener wohl mit seinem Geld angestellt hat«, sagte Abram und fügte hinzu: »Seine nichtsnutzigen Söhne müssen das meiste in Frauen und Alkohol umgesetzt haben. Wenn es eine Familie gibt, die das Zeug zu Millionären gehabt hat, dann sind es die Matteras. Doch was kann man von diesen Farbigen schon erwarten.« Mein Blut kochte.

»Ah jaaa,« stimmte der Bure ohne Umschweife zu. Was der Inder über den Alkohol und die Frauen gesagt hatte, traf zu. Es war sein Pauschalurteil über die Farbigen, das mich so wütend machte.

»Wissen Sie, *meneer*«, sagte Abram und verwendete das Afrikaans-Wort für »Herr«, »ich kann mich an die Zeit erinnern, als Mattera noch die Busse und viel Geld hatte. Ich verstehe nicht, was mit dieser Familie passiert ist. Sie muß verflucht sein oder so.«

Seine Worte trafen mich hart. Auch wenn sie eine schwere Anschuldigung darstellten, so waren sie doch wahr, denn die Kinder meines Großvaters hatten ihr Leben mit Alkohol vergeudet, zumeist jenem zerstörerischen Gebräu, das man in den *shebeens* der Townships brannte. Von ein paar Ausnahmen abgesehen. Wegen der Verantwortungslosigkeit meiner Onkel mußte das Busunternehmen verkauft werden. Als ich Potgieter anschaute und den schmierigen Ausdruck auf seinem Gesicht sah, wußte ich, warum er dem Pauschalurteil des Inders über die Farbigen so bereitwillig zugestimmt hatte.

Abram sprach weiter: »Und, *meneer*, Sie sagen, daß Matteras Häuser morgen drankommen, eh?«

»*Ja*«, kam die kalte Antwort. »Er hätte aber nicht unbedingt ausziehen müssen, denn schließlich ist er ja Weißer, und das Gesetz betrifft ihn eigentlich nicht. Wir haben ihm das gesagt, er aber hat sich dafür entschieden, nach Albertsville umzuziehen, um in der Nähe seiner Tochter zu sein. Die Ironie dabei ist, daß auch Albertsville den Weißen zugesprochen worden ist. Und wie ich ihn kenne, wird er dort auch wieder wegziehen, um bei seiner farbigen Familie zu leben.«

Abram warf ein: »Für einen Weißen hängt dieser Italiener wirklich sehr an seinen Kindern und sorgt für sie. Es passiert nicht jeden Tag, daß man einen Weißen trifft, der seine farbigen Sprößlinge nicht verstößt. Mattera ist eine Ausnahme.«

Das Gesicht des Inders nahm einen neuen, bestimmten Ausdruck an, und seine Worte ließen Wärme in mir aufsteigen. Vor allem seine Empfindsamkeit überraschte mich, denn sonst schien er immer völlig in seinem geldheckenden Lebensmittelgeschäft aufzugehen. Abram gehörte zu den wohlhabendsten Ladenbesitzern in Sophiatown, und seine Kundschaft erstreckte sich auf Gegenden weit hinter den Grenzen unserer Township. Potgieter nickte verdrossen und biß sich auf die Unterlippe. Er sah dem Inder stirnrunzelnd in die Augen, und auf seinem Gesicht enthüllte sich ein Meer von Falten, wie ich es noch nie zuvor darauf gesehen hatte.

Ungeachtet seiner Geschäftstüchtigkeit war Abram gleichzeitig Opfer jener hauchfeinen Erpressung seitens der Polizei und solcher Regierungsangestellter wie Potgieter. Sie versorgten sich mit Lebensmitteln und Zigaretten, als wären sie seine stillen Teilhaber. Oft betrat ein stämmiger Polizist, ein weißer Regierungsangestellter oder der Hygieneinspektor das Geschäft, verschwand hinter dem Ladentisch und nahm sich die Dinge, die er brauchte.

... Wie mächtig sind da jene, die die Macht haben und das Gesetz des Landes repräsentieren, das jedoch nicht notwendig das Gesetz des Rechts oder der Verfassung ist? Wie mächtig sind da jene in den Uniformen der Macht und der Autorität, die durch die Straßen stolzieren und nach eigenem Gutdünken in die Wohnungen und Häuser der Unbewaffneten und Geängstigten eindringen.

Abram verstand dieses Zur-Schau-Stellen von Macht und Autorität und unterwarf sich ihm ohne sichtbaren Widerspruch. Seine beiden ältesten Söhne Essop und Ali hingegen setzten sich offen gegen diese »legale« Erpressung zur Wehr. Ihr Vater aber wußte um die Gefahren, die man einging, wenn man Macht und Autorität herausforderte. Wann immer also das Beamtentum gespreizt in seinen kleinen, aber gut sortierten Laden stolzierte und sich an seinen Waren bediente, empfing er die blutsaugenden Buren nur mit einem kriecherischen und anbiedernden Grinsen.

›Nehmen Sie nur, *meneer*, bedienen Sie sich nur, Sie machtverhökernder Mensch. Nimm dir hundert, nimm dir tausend, nimm alles und sei verflucht ...‹

Und die Buren nahmen.

Denn mächtig sind da jene, die kommen mit dem Gewehr.

Die Inder und die schwarzen Menschen konnten nur lächeln und grinsen, wenn man ihre Ehre mißhandelte und ihre Würde mit Füßen trat.

Als nun Potgieter den Inder schief anschaute, weil dieser das väterliche Verhalten meines Großvaters seiner Familie gegenüber erwähnt hatte, dann wohl deshalb, weil Abram offensichtlich ein hochempfindliches und geheiligtes Thema berührt hatte, das bei den Afrikaanern noch immer unter Tabu stand. Die Buren hatten versucht, jede genetische Verbindung zwischen sich und den Farbigen aus ihrer zwielichtigen Ahnentafel zu entfernen. Die Wissenschaftler und Soziologen der Buren mitsamt ihren vielen Spezialisten für Blutanalyse hatten Studien und Beweisführungen angefertigt, mit denen sie die Ängste der ungläubigen Thomasse in ihren eigenen Reihen zu zerstreuen hofften und jenseits allen vernunftgemäßen und religiösen Zweifels jegliche Verbindung zu den *»Boesmans* und *Hotnots«* – so die abwertenden Bezeichnungen, die sie den Farbigen gaben, – widerlegen wollten.

Die Farbigen sind eine Nation für sich, behaupten die Genetiker der Buren. Eine Nation mit eigener Kultur, eigener Zivilisation und eigenem Schicksal. Das ist eine Doktrin, an die viele Farbige glauben, die sie zu Hause, in den Schulen und Kirchen und in jeder Regung ihres Lebens verinnerlichen. Eine Farbigkeit, verwässert durch ein falsches Verständnis des Begriffs Nation: nicht weiß und auch nicht völlig schwarz, nicht afrikanisch, trotz aller genetischen Bindungen. Viele gründeten politische Parteien nur für Farbige, setzten sich offen für die Herausbildung ihrer Nation unter der Herrschaft der Apartheid ein und stützten damit die Rassentheorien der Buren.

Und doch gibt es tausende afrikanische Frauen wie meine Mutter, die es besser wissen als die puristischen Theorien und Abhandlungen der Buren. Frauen, die in den Schuppenzimmern der Hinterhöfe gewohnt und in den Häusern der Weißen gearbeitet haben. Frauen, die, vielleicht aus Einsamkeit und der Sehnsucht nach Liebe und körperlicher Erfüllung heraus, mit ihren Herren ins Bett gingen. Vielleicht auch aus menschlicher Schwäche und von der geilen Lust der weißen Männer überwältigt. Sie und andere Frauen mit dunkler Hautfarbe könnten die Puristen der Buren widerlegen, gäbe es nicht die Regierungserlasse zur »Unmoral«, die Liebe und Heirat über die Schranken der Hautfarbe hinweg unter Strafe stellten.

Diese Frauen, die es besser wußten, schwiegen. Aus Furcht davor, verhaftet und vor Gericht gestellt, öffentlich angeklagt, gedemütigt und zu Gefängnisstrafen verurteilt zu werden.

Nein.

Solche Geheimnisse bleiben besser in den dunklen Kammern des Herzens verborgen, in die kein Polizist oder Spion hineingelangen kann, wo es weder Schlüssellöcher, durch die man schmulen, noch Bäume gibt, von denen herab man lauschen und verurteilen kann.

Potgieter schien von Abrams Worten erschüttert zu sein.

»*Meneer*«, die Stimme des Inders war etwas gedämpft, fast ein Flehen. »Könnte man seine Häuser nicht weiterverkaufen?«

Die Antwort kam schroff und wie ein Schlag: »Nein, sie sind zu alt. Nicht so wie die von Dr. Xuma oder Nanabhay in der Toby Street, die bereits jemand gekauft hat. Für Mattera gab es keinen Grund wegzuziehen. Schließlich ist er Weißer.« Potgieters Worte klangen leer, als redete er mit sich selbst. Sie waren Zeichen von unausgesprochener Reue und Gewissensbissen.

»Er ist Weißer ...«

Was spielte es für eine Rolle, ob ein Mensch weiß war? Starben oder fühlten oder bluteten schwarze Menschen etwa nicht, wenn sie erleben mußten, wie man ihre Würde und ihre Selbstachtung vernichtete? Schauten schwarze Kinder etwa nicht großäugig und voll Angst, wenn die Bulldozer in ihre Träume einfielen wie Heuschrecken ins Korn? Manche Menschen weinen, wenn man sie verletzt. Andere möchten töten. Ich wollte töten.

»Die Häuser werden morgen abgerissen, zusammen mit denen von Marshall und Mafethe, dem Grundstücksverwalter, der uns zu Anfang auch ein paar Schwierigkeiten gemacht hat, was den Verkauf seiner anderen Grundstücke betraf.«

Wie Nadelstiche trafen mich die Worte des schmuddeligen Afrikaaners. Mit einer Schärfe, die ich nicht erfassen konnte. Da stand ich und konnte mich einen Augenblick lang nicht bewegen. Meine Körpertemperatur schien sich mehrmals zu ändern. Mein Gott, was sagte er da? Und warum regte mich das so auf, zumal doch meine Familie schon vor sechs Monaten fortgezogen war? Lag hier vielleicht die Ursache all dieser Träume, in denen immer Läuse und Würmer über mich hinwegkrochen? Was waren das für schreckliche Träume. Sollte es das jetzt gewesen sein? Was meinte dieser beschissene Bure damit: »werden morgen abgerissen«?

Dieser beiläufig hingeworfene Satz rührte an einen empfindlichen, wunden Punkt in meinem Innern. Die Häuser hatten zum großen Teil meinen Träumen ihre Gestalt gegeben, meinem Geist die Wärme der Gemeinschaft und der Verbundenheit mit den Meinen vermittelt. Ich ging auf diese zwei Männer zu. Der eine war ein ausgefuchster, verschlagener indischer Geschäftsmann, der andere ein Afrikaaner mit weichem Herzen, dessen Aufgabe, Hendrik Verwoerds Apartheid zu befördern und zu festigen, von einer seltsam anmutenden Menschlichkeit gemildert wurde, wie man sie nur unter den ersten Pionieren seines Volkes fand. Abram bemerkte mich und zuckte plötzlich mit den Achseln, als wollte er mir eine Botschaft übermitteln, deren Inhalt ich bereits kannte.

Ich zog den Buren am Mantelärmel. »*Meneer*, wann werden eure Leute unsere Häuser einreißen? Ich hörte, wie Sie Abram davon erzählt haben.«

Vielleicht war ich zu unsanft, denn er riß seinen Arm weg und knurrte: »Was zum Teufel meinst du mit ›eure Leute‹? Wer sind denn deine *›eure Leute‹* ... he?«

Wieder lief das Gesicht des Buren rot an. Doch es war nicht die Scham, die Abrams Worte in ihm hervorgerufen hatten. Es war der Zorn darüber, von einem schwarzen Menschen als Gleichrangiger behandelt zu werden. Der Begriff »eure Leute« (*›julle mense‹*) war und ist für den ausschließlichen Gebrauch der Buren bestimmt, ein Begriff, mit dem sie sich von der Urbevölkerung des südlichen Afrika absetzen. *›Ons mense‹* (unsere Leute) – für sie ein Kosewort – ist *›julle mense‹* genau entgegengesetzt. Sie verwenden es immer dann, wenn politische, erzieherische und religiöse Fronten abgesteckt werden müssen. Sag ›*julle mense*‹ zu einer Gruppe hartgesottener Afrikaaner-Nationalisten und du landest womöglich auf dem Rücken.

Man schrieb das Jahr 1962. Damals gab es viele Hartgesottene ...

Potgieter erkannte mich. »*Kleinboi* (Kleiner)«, sagte er plötzlich behutsam, »*Baas* Pottie geht doch nicht umher und reißt die Häuser anderer Leute ein – das ist Sache von Speedy Demolishers. Das ist deren Angelegenheit, auch wenn die Regierung sie dafür bezahlt. ›*Ons wil nie ons hande vuil maak nie, dis hulle werk.* ...‹ (Wir wollen uns nicht die Hände schmutzig machen, das ist deren Job.) Und sag nicht ›eure Leute‹ zu mir, verstanden! Ansonsten kann *Baas* Pottie sehr garstig werden, klar?« Seine Sanftmut mischte sich jetzt mit Zorn. Keine falsche Bewegung, warnte ich mich.

Er sprach weiter. »Wie auch immer, *seun* (Sohn), wenn es dir so wichtig ist – Morgen werden die Häuser deines *oupas* abgerissen. Frag mich nicht, wann genau, denn ich glaube, dem Alten ist das egal, es sei denn, ›eure Leute‹ haben noch Eimer voll Geld irgendwo unter seinem großen Haus versteckt.«

Abram lachte. Vielleicht glaubte er an das versteckte Geld, denn eine Menge Leute und auch ein paar von unseren Verwandten waren überzeugt, daß mein Großvater im Keller unter seinem Schlafzimmer einen Eimer voll alter Goldmünzen versteckt hatte. All dies würde morgen schmerzlich bekannt werden, wenn es stimmte, was der Bure erzählt hatte. Und wie gesagt, ich mochte Potgieter wirklich. Zunächst war er als offizieller Regierungsbeamter zu meinem Opa gekommen. Später aber besuchte er uns als »Freund«. Er trank unseren Wein und aß von den italienischen Gerichten. Manchmal wurden ihm still ein paar Pfundnoten in die Hand geschoben, als Zeichen der Dankbarkeit unserer Familie dafür, daß er unserem Anwesen gegenüber die Augen zudrückte. So konnten unsere afrikanischen Angestellten den nächtlichen Polizeirazzien entgehen, die vor und nach den gewaltsamen Umsiedlungen nach

Meadowlands und Diepkloof zur Normalität unseres Lebens gehörten. Wein, Essen und Geld waren ein niedriger Preis, und der alte Mann zahlte bereitwillig.

Als ich den Laden verließ, hörte ich, wie Abram mir etwas nachrief, doch ich achtete nicht darauf. Die Münzen, für die ich Brot und Milch kaufen wollte, waren naß vom Schweiß meiner Hände, und eine Erregung, die ich mir kaum erklären konnte, hatte mich erfaßt. Warum? Warum war es plötzlich zu solch einer dringlichen Angelegenheit geworden, zumal meine ganze Familie bereits umgesiedelt und in alle vier Winde zerstreut worden war, ohne daß man noch einen Ton von ihnen gehört hätte? Woher die Wut, die so plötzlich in mir aufstieg? Mein Gott, ich mußte es jemandem erzählen. Verdammt, sie sollten wissen, wie ich mich fühlte. Oder waren Schmerz und Sorgen nicht Gefühle, die man mit seinesgleichen teilte? Waren unsere Häuser etwa keine besonders anschaulichen Symbole der Lebendigkeit von Sophiatown? Diese Fragen brannten mir im Hirn. Ich war zu verstört, um mich damit abzufinden, daß Tag für Tag andere Häuser, viel schönere und manchmal geradezu palastartige, abgerissen und dem Erdboden gleichgemacht wurden. Und alles im Namen des weißen Volkes, durch die Macht ihrer Gottheit, der Apartheid ...

So wollte es das Gesetz.

Den Gesetzbüchern zufolge war mein Großvater Weißer, und so war ihm ein weit höherer Preis für seine Häuser gezahlt worden als den meisten afrikanischen, indischen und farbigen Hausbesitzern. Die Weisungen an sie waren eindeutig: verkauft und zieht weg, oder ... Viele reiche Grundbesitzer weigerten sich, zu verkaufen. Sie hofften, vielleicht einen besseren Preis aushandeln zu können. Doch die Zwangsumsiedlungen wurden Alltag. Häufig waren es Militäroperationen.

... Ich gestehe, ich habe von der Kraft des kollektiven Widerstands gehört und gelesen. Doch ich habe eben auch gesehen, wie die Feuerkraft dieses Regimes zornige und entschlossene

Menschen zerschmetterte, arme und reiche. Im Gerichtshof der Weißen oder an der Front der Straßenschlachten, immer gewann die Feuerkraft der Gewehre. Denn das Gesetz, das da im Gerichtshof Recht sprach, war dasselbe Gesetz, das in den Straßen das Feuer eröffnete. Untrennbar waren der Weiße und das Gesetz …

Das eine oder andere Mal erreichte eine afrikanische oder indische Familie vor Gericht einen Aufschub, doch schließlich wurden auch sie vertrieben. Sophiatown, Vrededorp (Fietas hieß es bei den einfachen Menschen), Newclare, Western Native Township, Malay Camp, Albertsville oder Alexandra waren der Apartheid im Wege. Weg mit ihnen … so wollte es das Gesetz – Verwoerds Traum auf der Grundlage von Armee und Polizei. Die Vertreibung der einen Gruppe aus ihrem Zuhause zugunsten einer anderen rief Verbitterung und rassische Feindseligkeiten hervor. Im Transvaal waren die Afrikaner am schlimmsten von dieser Praxis betroffen. Manchmal wurden dadurch die Beziehungen zwischen ihnen und den Farbigen – die nach ihnen kamen und ihr ehemaliges Zuhause in Besitz nahmen –, stark belastet.

Die wirklich Schuldigen – die weißen Stimmberechtigten Südafrikas und ihre Regierung – gerieten fast in Vergessenheit. Schwarze Menschen, die zuvor miteinander in einer Gemeinschaft gelebt hatten, gingen sich gegenseitig an die Kehle. Der Plan und der Zweck, verstaubt wie die Zeit …

Mit Trauer erinnere ich mich an die Zeit, als ich mit meinen beiden kleinen Kindern und ihrer Mutter in ein Haus am Südwestende der Western Native Township einzog. Mit stummem Argwohn beobachtete uns eine Frau, die Sesotho sprach, zusammen mit ihrer Tochter. Die Familie, in deren Haus wir einzogen, war seit undenklichen Zeiten mit ihr befreundet gewesen. Sie war gezwungen worden, ihr Haus gegen eine Unterkunft in einem Gebiet einzutauschen, das später Teil von Soweto werden sollte.

»Sieh nur«, sagte sie zu einer drallen Frau, die sich neugierig über den Zaun lehnte, »die Buschmänner nehmen schon unsere Häuser in Beschlag. Wir sind noch nicht mal weg, und schon ziehen sie über unsere Köpfe hinweg ein.«

»Du hast recht, sie sind wie die Geier«, erwiderte die Dicke.

Sie unterhielten sich in Sesotho und schienen sich keine Gedanken darüber zu machen, ob wir verstanden, was sie sagten. Ich unterdrückte das Bedürfnis, ihnen zu widersprechen. Ich wußte, daß sie Unrecht hatten, und es verletzte mich, daß sie mich einen Buschmann nannten. Stattdessen schaute ich sie an und lächelte. Sie lächelten zurück.

In der Kapprovinz, in der besonders viele Farbige leben, zog die weiße Regierung die Umsiedlungen auf der Grundlage des Group Areas Act mit gnadenloser Härte durch. In einer grausamen Demonstration von Macht wurden Farbige und Afrikaner aus ihren Häusern und von ihrem Land vertrieben. Reiches und fruchtbares Land wurde, unter Zahlung niedrigster Ablöse an die Farbigen, enteignet und dann an Weiße weiterverkauft. Viele Grundeigentümer weigerten sich, den Anweisungen Folge zu leisten. Aber die Bulldozer brachen ihnen Knie und Widerstandswillen. Den Bulldozern zu trotzen heißt, sich der Gottheit zu widersetzen, in deren Namen diese Maschinen sprechen und handeln. Die Dächer der Häuser wurden zerfetzt, während die Bewohner noch im Schlaf Erlösung von der Härte jener Gesetze suchten, die ihr Leben beherrschten.

Fragen Sie einen beliebigen Afrikaner in einem beliebigen Teil Südafrikas, welches Apartheid-Gesetz er am meisten verabscheut. Zunächst wird er ausspucken und dann noch einmal. Und dann wird er Ihnen sagen, daß es dieser gräßliche Group Areas Act ist, dieser Eckpfeiler der Apartheid – ein Gesetz, das viele zur Verzweiflung und manchen sogar in den Tod getrieben hat. In Sophiatown beging ein Inder Selbstmord. Man hatte ihn nach vielen Gefechten vor dem Gericht und riesigen finanziellen Einbußen gezwungen, sein Zuhause in der Tucker Street zu verlassen.

Tausende und Abertausende Familien wurden aus den Gegenden herausgerissen, in denen ihre Vorfahren seit vielen Generationen gelebt hatten und gestorben waren. Es gab kein Entrinnen vor diesem ewig hungrigen Monster, das da Group Areas Act heißt.

So war es ganz natürlich, daß die afrikanische Frau sagte: »Sieh nur, die Buschmänner nehmen schon unsere Häuser in Beschlag.« Es tat weh, aber ich lächelte.

Farbige haben weit Schlimmeres über die Weißen gesagt. In Kapstadt haben sie wirklich und wahrhaftig ein paar Regierungsbeamte angegriffen, die sich in die Straßen ihres unglückseligen District Six vorgewagt hatten. Auch der District Six wartete in der Todesschlange des Group Areas Act und zählte die Tage bis zu seiner Hinrichtung.

Und in Pretoria – dem Herzen des Afrikaanertums und dem Opferstein der Gottheit Apartheid – hatte man einen einfachen und tief religiösen indischen Hausbesitzer, den verstorbenen Nana Sita, mehrmals verhaftet, weil er sich geweigert hatte, sein Zuhause und das vieler Generationen vor ihm zu verlassen. Sita war ein enger Freund Mahatma Gandhis aus der Zeit, als Ghandi im Transvaal gelebt hatte, und glaubte unerschütterlich an den passiven Widerstand. Seine Weigerung, sich den ungerechten und gottlosen Gesetzen zu beugen, wurzelte in der Lehre Gandhis. Seine Entschlossenheit, gegen die Regierung vorzugehen, machte vielen anderen Menschen Mut. Sitas Leben fand in den späten sechziger Jahren ein Ende, nur wenige Stunden, nachdem er aus dem Gefängnis entlassen worden war. Nur wenige Menschen leben nach ihrem Tode weiter. Nana Sita gehört zu ihnen. Er hat Verzweiflung in Hoffnung verwandelt, Angst in Verständnis, Feigheit in Mut.

Western Native Township lag hinter Sophiatown und wurde von ihr durch eine lange, gerade Teerstraße mit Straßenbahnschienen, eisernen Zäunen und mehreren Reihen von Pinien getrennt. Die Zäune erstreckten sich rings um die Township mit ihren Häuschen, die wie Streichholzschachteln aussahen. Zwei große Eisentore gab es, bewacht von ein paar städtischen Hilfspolizisten, die man wegen ihrer schwarzen Uniformen *Blackjacks* nannte. Die *Blackjacks* maßten sich den Status der südafrikanischen Polizei an – und erhielten ihn später auch. Sie wurden zu Symbolen der Macht der Weißen und entsprachen genau dem Ruf, den sich die offizielle Polizeitruppe im Lande gemacht hatte. Western Native wurde um 1919 herum errichtet, als Transitlager für schwarze Wanderarbeiter, die nach Johannesburg kamen, um in der städtischen Kanalisation zu arbeiten. Die Township wurde schließlich zur Heimat von über zwanzigtausend Afrikanern, die in den zweitausend zweiräumigen Ziegelhäusern mit den kleinen Höfen, den Außentoiletten und den Wasserhähnen an der Außenwand wohnten. Mit Ausnahme weniger, strategisch wichtiger Straßen waren die Straßen ungeteert und blieben in diesem Zustand, noch lange nachdem man die Afrikaner gewaltsam vertrieben hatte und die Farbigen in ihre Häuser gesetzt worden waren.

Und so rannte ich, während Potgieters Worte mir noch immer in den Ohren dröhnten, zum Haus meines jüngsten Onkels, meines Lieblingsonkels. »*Uncle* Goon«, stieß ich atemlos hervor, »die Buren wollen morgen unsere Häuser abreißen. Ich hab belauscht, wie der *Dutchman* Potgieter das dem Abram vom Laden gesagt hat.«

»Na und, Donny. Sie haben die Häuser von Tausenden Familien abgerissen. Was ist an unseren so besonders?« Seine Worte klangen kalt und seelenlos, doch er hatte recht. Der Abriß war nichts Neues. Die Bulldozer waren ein gewohnter Anblick geworden und gegen die Maimanes, Theunissens und Rathebes weiter oben in unserer vor Leben brodelnden Straße zu Felde gezogen. Ich erinnere mich, wie der reiche und geachtete Job Rathebe stumm und wütend dastand, als man sein komfortables Haus niederriß. Das ansehnliche Klinkergebäude, in dem wir Filme angesehen und den klugen und strahlend hübschen Rathebe-Schwestern schöne Augen gemacht hatten, fiel mit einem brüllenden Krachen in sich zusammen. Der alte Rathebe nahm seine Brille ab und wischte sich die Augen.

Wie viele solcher Tränen sind seit jenen Jahren unter der Brücke der Intoleranz hindurchgeflossen? Und es stimmte, was mein Onkel so beißend scharf in seiner halbtrunkenen Betäubung feststellte: Das Zuhause anderer hatte man auch zerstört.

Er hatte recht. Nur waren seine Worte kalt und seelenlos ...

Job Rathebe jedoch war ein Kämpfer, auch wenn er sich in späteren Jahren in das System der Bantu Councils eingliedern ließ. Er war Direktor eines Beerdigungsunternehmens und einer Versicherungsgesellschaft und hatte mehrere Autos. Bevor die Bulldozer sein Haus abrissen, nahm er vor dem Obersten Gericht den Kampf gegen die Regierung auf. Er weigerte sich, sich aus dem Haus vertreiben zu lassen, ohne daß ihm das vorher mitgeteilt wurde und verlangte, daß man ihm eine Reihe von Häusern in Diepkloof und Meadowlands zur Auswahl anbot. Bei einer späteren Anhörung bemängelte er, daß die Aufforderung, sein Haus zu räumen, die er schließlich erhalten hatte, unsachgemäß sei. Seine Forderungen wurden zwar in zweiter Instanz bestätigt, doch damit war die Angelegenheit noch lange nicht erledigt. Denn hat man je davon gehört, daß ein *kaffir* den weißen *baas* in dessen ureigenem Spiel bezwungen hat? Mehrere Berufungen seitens des Staates wurden abgelehnt, und doch lachten die Buren zuletzt. Job Rathebe starb 1983 in Soweto als einer von so vielen, die sich geweigert hatten, Sophiatown zu verlassen, wo sie als afrikanische Grundeigentümer zur Oberschicht gehörten, beneidet und geachtet in einem Ort, in dem andere verachtet und verunglimpft wurden.

Zwei Seiten einer Medaille. Das war Sophiatown ...

Mein Onkel Goon schüttelte mehrmals den Kopf und lachte: »Donny, bedeut'n dir diese beschiss'nen Häuser wirklich so viel? Du bis doch sowieso die best'n Jahre von deim Leb'n im Waisenhaus un in der katholischn Schule gewes'n. Warum quält dich das also?« Sanft sprach er, wie jemand, der seinen Freund nicht verletzen wollte. Ich aber blieb hartnäckig: »Wir müssen es Papa sagen. Hol dein Auto raus und laß uns zum Alten rüberfahren. Ich bin mir sicher, er wird es verstehen.« Mein Onkel kroch unter dem Auto hervor, wo er etwas festgezogen hatte, und wischte sich die Stirn mit dem Rücken seiner verölten Hand. Lange starrte er mich an und schüttelte den Kopf. »Los, hol die Schlüssel«, befahl er.

Langsam fuhren wir durch die einst umkämpften und belagerten Straßen Sophiatowns, die belebte Main Road hinab, vorbei an der Polizeiwache von Newlands und rüber nach Albertsville. Mein Großvater drehte Däumchen und kaute auf einer kalten Zigarre. Er hatte ein großes Haus gemietet, daß die Regierung zuvor von seinem farbigen Besitzer gekauft hatte. Sein Lieblingsschaukelstuhl befand sich in einem erbärmlichen Zustand. Wenn eine Fliege so kühn war, sich auf seinem Oberschenkel niederzulassen, griff der alte Mann instinktiv nach seiner Fliegenklatsche und schlug, wie gewöhnlich, daneben. Kaum, daß man seine Augen sehen konnte, so tief hatte er den breitrandigen Strohhut herabgezogen, fast bis zur Nasenwurzel. Kein Wunder, daß er die Fliegen nie traf.

»Papa«, sagte ich unsicher, und schuf einen Augenblick der Waffenruhe zwischen ihm und den Fliegen. »Papa, die Buren wollen morgen unsere Häuser abreißen. Sollen wir dich holen kommen?« In meiner Stimme war ein ängstliches Flehen, doch er antwortete nicht. Als ihm mein Onkel erklärte, daß Zeitungsreporter als Zeugen beim Abriß dabeisein würden, nahm der alte Mann den Zigarrenstummel aus dem Mund und spuckte neben den Stuhl. Es klang kehlig und endgültig. Der einst so stolze Besitzer zweier großer, komfortabler Häuser und eines riesigen Hofes war nun nur noch Bewohner eines Hauses, für das er dem gleichen Staat Miete zahlen mußte, der nun sein Zuhause zerstören würde.

Ein weiteres tiefkehliges Ausspucken machte mir die Bitterkeit bewußt, die in ihm brodelte: »Haut ab ihr, ich nit komm. Warum ich soll komm? Ihr denk, ich will seh den Mist. Nee, ich nit komm!« Seine kräftige Stimme verfiel plötzlich zu einem kläglichen Krächzen: »Nee, Tatson, dein Papa nit komm.«

Schmerz lag in seiner Stimme. Dem verwandt, der in meinem Innern stach. Ich fühlte, wie mich Mitleid für ihn und mich überwältigte. Er zog sich den Hut noch tiefer ins Gesicht, sank in den Stuhl zurück und summte sein italienisches Lieblingslied, ›Tarantella‹. Er war nicht mehr bei uns. Wir hatten seinen Frieden gestört und er versuchte, ihn wiederzufinden. Dann bat ich meinen Onkel, mich in die Stadt zu bringen. Die Zeitungen waren bestimmt an der Geschichte interessiert. Wie unsere Familie hatten unsere Häuser eine einmalige Geschichte, von der Südafrika erfahren mußte. In der Stadt besprachen wir die Angelegenheit mit Billy Leshabane, einem freiberuflichen afrikanischen Journalisten, der uns versprach, darüber zu schreiben. Ein paar Tage nach dem Abriß unserer Häuser brachten zwei Johannesburger Tageszeitungen Geschichten über »die Häuser mit dem Unterschied«. Doch berichteten sie den Fall nicht so, wie ich ihn erlebt hatte. Sie waren nicht dabei …

An einem Donnerstag im Juli 1962 rollte sich eine trostlose Sonne über mein kleines Haus in der Township und ergoß ihre flüssigen Strahlen durch die vielen winzigen Löcher im deckenlosen Dach. Meine Vorgänger, die afrikanischen Bewohner, hatten die Decke vorsätzlich herausgerissen und den Garten zerstört. Kein Buschmann sollte die Früchte ihrer schwarzen Arbeit ernten. Schon hatte der Zersetzungsprozeß des Teile-und-Herrsche eingesetzt. Kein Buschmann – dabei hatten wir uns noch vor ein paar Tagen auf der Straße getroffen, gelacht und miteinander geschwatzt. ›Ihre‹ Kinder, ›unsere‹ Kinder. Sie teilten die gleichen Entbehrungen unter der Rassentrennung und den rassischen Vorurteilen. ›Ihre‹ und ›unsere‹! Mein Gott, was nur war mit diesen Bindungen geschehen – mit diesem blutsverwandten Klopfen hinter dem Brustbein?

Das Licht der Sonne wurde stärker und ich versuchte, es als Gabe für das Ungeborene im Schoß meiner Frau anzusehen. Es sollte Snowy heißen, nach dem Schneefall dieses Jahres.

Es war ein ungewöhnlich heller Tag und die glühende Sonne strafte die Tatsache Lügen, daß wir Winter hatten. Mein Onkel Goon mit seinem ölverschmierten Gesicht rief seinem zwölf Jahre alten Sohn Raymond zu, er solle ihm die Schraubenschlüssel reichen. Mein Onkel roch nach Alkohol. »Du wills also, daß wir hingeh'n un uns das anschau'n, eh?«

Ich nickte. Wir unterhielten uns immer in gebrochenem Afrikaans. In unserer Familie sprachen alle Afrikaans. Nur mit dem Alten unterhielten wir uns in einer Art Englisch. Manchmal auch redeten mein Vater und seine Brüder ihn in seiner Sprache an, vor allem dann, wenn wir italienische Besucher hatten. Die Buren bezeichneten unsere Variante des Afrikaans als *kombuistaal* (Küchensprache). Sie wurde zumeist von den Hausangestellten gesprochen und war für die Buren eine Verunglimpfung und Entwertung des Afrikaans. Aus dieser *taal* ging unmittelbar die *tsotsi taal* hervor, das Patois der Townships, der umgangssprachliche Jargon jener Halsabschneider und Arbeitsscheuen, die zunächst die Weißen ausraubten und später dann ihr eigenes Volk überfielen und bestahlen.

Der Abriß hatte noch nicht begonnen. All die vertrauten Dinge gab es noch. Die Apfelbäume, die Feigenbäume und die Pflaumenbäume warteten. Nackt und düster. Unser riesiger Weinstock stand da wie eine Mißgeburt mit seinen knorrigen und schwieligen Armen, ausgestoßen und vertrocknet.

Wie glücklich war mein Großvater damals, als die Blätter noch grün und feucht waren, und die Reben voll und schwer mit dunklen Trauben hingen. Er lachte und sang wie ein neapolitanischer Bursche in den Weinbergen Süditaliens. Er hatte einen riesigen Holzbottich außen mit Teer verklebt und füllte ihn mit Weintrauben. Wir sollten uns die Füße waschen und gegen ein kleines Entgelt die Früchte zerstampfen. Es war interessant, beim Weinkeltern dabei zu sein, über die Gärungszeit und die Verwendung baumwollener Säckchen anstelle der traditionellen Weinpresse bis hin zum abschließenden Abfüllen in Flaschen.

Als die Blätter noch feucht und grün, wie süß schmeckte der Wein unserer Zufriedenheit an jenem Ort, den wir Zuhause nannten.

Den Holz- und Kohleschuppen, einstmals Heimstatt für ein Dutzend Tauben, hatte das Vorauskommando schon halb eingerissen. Seine schweren Vorschlaghämmer hatten Narben und Druckstellen auf den Wänden hinterlassen. Ein Trödler oder der staatliche Lagerverwalter hatte die mächtigen Holztüren entfernt. Dem einen oder dem anderen würden die Türen eine ordentliche Summe einbringen. Unsere beiden Häuser hatten ebenfalls schon keine Türen mehr, und auch die schweren Fensterrahmen hatte man entfernt. Wie Geier über dem Aas kreisen, so zogen Kinder und Erwachsene auf der Suche nach Verwertbarem durch die zu schleifenden Häuser. Türen, Decken, eiserne Tore, Jalousien und Fensterrahmen brachten den Arbeitslosen gutes Geld. Viele reinigten auch die Ziegelsteine und verkauften sie mit oder ohne Erlaubnis der Regierungsbehörden an die verschiedenen Baufirmen. Straßenhändler und Eisenwarenhandlungen machten aus dem Abriß ein riesiges Geschäft.

In Afrikaans gibt es ein Sprichwort: *Een man se dood is ´n ander man se stukkie brood*, und das bedeutet, daß der eine aus dem Unglück des anderen Gewinn schlägt. Ich gehörte zu so einer Gruppe von Trödlern. Wir zogen von einem Abbruchhaus zum nächsten und rissen die Fußböden heraus auf der Suche nach verborgenen Schätzen, vor allem nach jenen legendären Blechbüchsen voller alter Goldmünzen, die ein schwarzer Geizhals vor Zeiten zurückgelassen haben sollte.

Manchmal war unsere Beute grauenvoll und schockierend: das Skelett eines ungewollten Kindes, die Überreste eines Ermordeten, die Tierhäute und die Knochen eines Medizinmannes. Geld bedeutete für uns kein Omen, selbst dann nicht, wenn wir es in der Faust eines Skelettes fanden. Die Häuser wurden zerstört und dann von den Opfern selbst geplündert. So sah sie aus, die unnatürliche Ordnung aller Dinge jenseits der Kontrolle der afrikanischen Menschen. Zumindest sah es damals so aus. So war es mit den Häusern der anderen geschehen. Und so würde es auch unserem Haus ergehen. Traurigkeit und Unglück, so sagen die afrikanischen Ältesten, gehen hintereinander. Was sie eigentlich meinen ist, daß sie abwechselnd kommen.

Die alte Quelle hatte unsere Familie in den frühen Zeiten, noch vor dem Krieg, als andere ihr Wasser in der angrenzenden Western Native Township von der Stadtverwaltung kaufen mußten, mit dem dringend benötigten Wasser versorgt. Nun war sie mit Steinen und Müll gefüllt. Hier war früher auch der Lagerplatz für unsere Wassermelonen. Und es war die Stelle, von der aus ich als Sechsjähriger beobachtet hatte, wie mein Onkel Giovanni an einem Herzinfarkt starb. Er hatte nach Luft geschnappt und sich mit den Händen an die Kehle gefaßt. »Ruf Ma«, hatte er noch in Afrikaans geflüstert, »ruf Ma …« Dann zuckte sein Körper gewaltsam auf und nieder. Auf und dann ein letztes Mal nieder. Es war das erste Mal, daß ich ein Familienmitglied sterben sah. Viele weitere sollten folgen. Ich hob seinen Kopf auf meinen Oberschenkel und streichelte ihn zärtlich.

Der Tod sollte oft in unserer Familie zu Gast sein. Für mich barg die Quelle bittere und süße Erinnerungen. Jemand hatte die beiden großen Zwinger aufgebrochen, in denen einst unsere Hunde Bruno und Rover untergebracht waren, und die Holzlatten fein säuberlich als Feuerholz für seine Familie beiseite gestellt. Während wir über den geräumigen Hof gingen, blieben mein Onkel, seine Frau und ihr Sohn scheinbar unbeeindruckt von meinem Kummer. Ein boshafter Wind zog eine Kreisbahn und wirbelte viele trockene Blätter auf, die wie bronzene Ballerinen durch die goldene Julisonne schwangen.

Die Blätter tanzten nach ihrer eigenen Musik und stiegen höher und höher in den Himmel, um schließlich hinter den schroffen, aufgereckten Mauern den Blicken zu entschwinden. Aus dem wirbelnden Staub klangen die Stimmen und Geräusche, die ich aus der Kinderzeit kannte und in meiner Jugend gefürchtet hatte, zu mir herüber. Vertraute Stimmen, die mir von jenen Tagen und Nächten sprachen, die ich im Hause meines Großvaters und in seinem warmen Bett verbracht hatte. Kein Gedanke daran, daß er Einwanderer war mit einer ganz anderen Geschichte und Biographie, die sich in seinem Charakter widerspiegelte und in dem, was er tat. Und es kam nicht ein einziges Mal vor, daß er seine farbige Familie abwies oder erniedrigte.

Diese Stimmen und Geräusche, von denen die Straßen von Sophiatown in jener langvergangenen Zeit widerhallten, als die Kriegsherren der Apartheid noch nicht mit ihren Todesmaschinen gekommen waren und uns aus unseren Häusern getrieben hatten, klangen mir in den Ohren. Sehnsucht und Wehmut überwältigten mich. Doch der schwere, brummende Lärm zweier Bulldozer, die sich näherten, störte meinen Tagtraum.

Wie für so viele Häuser vorher war nun auch für unser Zuhause die Zeit der Hinrichtung gekommen. Im ganzen Lande wurden die weltoffenen Townships – das Gegenstück zu rassischem Vorurteil und Rassentrennung – von den vernichtenden Schlägen der Gesetze der Weißen verwundet und schließlich niedergestreckt.

So war es damals, so ist es heute.

Die Maschinen wurden von zwei Buren bedient, hinter denen je ein afrikanischer Begleiter saß, als wäre er ein Bulldozer-Lehrling. Das hieß nicht etwa, daß die Jobreservierung am Verschwinden war. Es war einfach Verwoerds Politik, den Afrikaner seine Dreckarbeit machen zu lassen. Die Maschinen begannen ihren Abriß. Meine Augen waren auf das Haus meiner Großeltern geheftet. Einer der Killer warf sich gegen die Küche und hinterließ eine klaffende Wunde in ihrer Seite. Geschunden und geschlagen brach die Küche zusammen und starb. Die Maschine hielt inne. Sie schien Kraft für einen neuerlichen Angriff zu sammeln. Unaufhörlich vibrierte sie, Kiefer und Zähne zusammengebissen. Dann, in einem gewaltigen Ausfall, rammte sie sich heftig in das Schlafzimmer der alten Leute, so daß die Wände zusammenfielen und eine blind machende Staubwolke aufstieg. Ausgelöscht. Das Zimmer war ausgelöscht.

Ich sah Teilchen von Blut und Knochen, die dem nackten Auge unsichtbar blieben. Unsichtbar auch den staubverblendeten Augen meiner Verwandten. Eine seltsame, unbeschreibliche Traurigkeit überkam mich. Sie war wie das Gefühl, wenn einem ein Insekt über die Haut krabbelt oder wie der plötzliche Schauder beim Anblick einer verwesenden Leiche.

Bei Afrikanern löst das Schlafzimmer der Eltern eine gewisse Ehrfurcht aus. Ohne Erlaubnis setzt man sich niemals auf ihr Bett. Das gehört zu den vielen Bräuchen und Verhaltensregeln, die sich in unserer farbigen Familie erhalten hatten.

Der Angriff ging weiter. Schlag um Schlag. Das Haus begann zu zittern und in sich zu beben, und das Dach sackte auf der einen Seite ein. Mein halbtrunkener Onkel rief dem Fahrer etwas von dem ausgestopften Kopf eines Springbocks über der Eingangstür zu, den wir offensichtlich vergessen hatten, mitzunehmen. Er hatte kaum ausgesprochen, als die Hörner unter der Maschine zermalmt wurden. Mein Onkel fluchte. Er beschimpfte den Mann, der den Bulldozer ausschaltete und uns verärgert zurief, er hätte keine Zeit, sich um die Köpfe von Springböcken zu kümmern. Ich weiß nicht, wie der Mann die Verwünschungen hatte verstehen können, doch er erwiderte: »Hör zu, *boetie*, ich mach hier nur meinen Job.«

Nur ein Job.

Sie waren bloß bezahlte Killer.

Sonst nichts.

Das Morden ging weiter. Die beiden Pfeiler, an denen ich oft hinaufgeklettert war, um auf das Dach zu kommen, fielen in unsere Richtung und zerbrachen in mehrere Stücke. Wie morsche Knochen. Die Pfeiler und der Staub bedeuteten mir mehr. Sie waren ein Zeichen für das Auseinanderbrechen unserer Familie, unserer Township und ihrer Menschen und ihre Unterwerfung. Als schließlich das Dach herunterbrach, wurde mir klar, daß Bulldozer in wenigen Minuten all das einreißen können, was Generationen über viele Jahre hinweg aufgebaut haben.

Die Macht der Zerstörung und der Schmerz, zerstört zu werden ... Staub. Ich sah noch einmal hin und war noch einmal Kind, trieb das Rad eines alten Fahrrads vor mir her. Um unser Haus herum, unter den Pflaumenbäumen und an den Feigenbäumen entlang, vorbei an dem mächtigen Weinstock, war ein Kind, das auf vertraute Geräusche lauscht: auf die vielen neapolitanischen Lieder, die Überreste unseres italienischen Erbes, die aus den Akkordeons meiner beiden Onkel aufstiegen. Und meine Familie war bei mir inmitten des Lärms und des Staubs, den die Bulldozer aufwirbelten.

Schlaglichter der Erinnerung an jenen grausamen Tag, als in Sophiatown die Zwangsumsiedlungen begannen, kamen mir in den Sinn. Sophiatown, der Unruheherd und das »Nest der kommunistischen Agitatoren«, wo die unterdrückten Menschen die Dinge nicht einfach so hinnahmen, und wo freche ›*kaffirs*‹, ›*Boesmans*‹ und ›*coolies*‹ sich gegen die Übergriffe und die Brutalität der Polizei zur Wehr setzten. Es war eine Township, die dem Apartheid-System und der Lüge, daß die Buren als Herrenvolk dazu auserwählt waren, die dunkleren und damit niedrigeren Geschöpfe Gottes zu Erlösung und Zivilisation zu führen, Widerstand entgegengesetzt hatte. Es war das mit dem Blut der Opfer und der Standhaftigkeit ihrer christlichen Berufung gewonnene Vermächtnis ihrer Vorväter, das es zu erfüllen galt: die Stämme aus der Beschränktheit und Sünde eines neuen Sodom und Gomorrah, das da Sophiatown hieß, herauszuführen. Es mußte weg, selbst wenn es Menschenleben kostete. Denn das *volk* wollte es so, und Verwoerd war Diener des *volks*, weiter nichts.

Die Propagandisten und all die anderen Handlanger der Regierung versprachen Wunderdinge in Meadowlands. Dort gäbe es neue Schulen und Freizeitzentren für die Kinder, Räume, in denen die Bewohner sich treffen und ihre Probleme mit den weißen Herren diskutieren könnten. Die Sicherheit wäre größer und der Schutz derjenigen, die nach dem Gesetz lebten, wäre gewährleistet. Die gemeine Bedrohung durch die *tsotsis* und die Gangster würde man beseitigen, und vor allen Dingen würden die afrikanischen Menschen nicht mehr unter den durchtriebenen Juden und den blutsaugenden Indern zu leiden haben. Die Farbigen würde man in ihre eigenen Gebiete verweisen, denn das hatten sie ja immer gewollt. Auch das war das Gesetz.

Das Gesetz des ›Teile und Herrsche‹. Alt wie die Zeit.

Vielleicht bin ich noch zu jung gewesen, die Allmacht jener Kräfte zu verstehen, die damals Keile zwischen die unterdrückten Menschen trieben. Doch ich sah und fühlte ihre Auswirkungen auf die Menschen von Sophiatown. Afrikaner, Inder und Farbige, die seit vielen, vielen Jahren harmonisch Seite an Seite mit Chinesen und ein paar weißen Einwandererfamilien gelebt hatten, wurden bewußt voneinander getrennt. Die Schwachen unterlagen der Propaganda, und die rassischen Feindseligkeiten häuften sich.

Rassentrennung sollte zur Lebensgewohnheit werden.

Genau so wie es alltäglich wurde, daß die Burenkirchen lautstark gegen die Rassenmischung predigten und davor warnten, daß die Frucht solch verbotener Liebe schwachsinnig und ein Fluch für die Menschheit sein würde. Die Genetik würde dies beweisen, beschworen sie und vor allem, daß Gott nicht lüge.

Er sei auf seiten der Wahrheit. Und was sie sagten, sei wahr.

Hitler hatte das auch geglaubt …

Die Menschen zogen um und nahmen all ihre zerbrochenen Träume mit, all die hohen Erwartungen und Hoffnungen und die Überreste von Dingen, die ihnen lieb und teuer geworden waren. Hilflos schaute ich zu, wie meine besten Freunde und meine Feinde mit ihren Familien die Armeelastwagen bestiegen. Sie winkten und lachten mechanisch – den meisten war die volle politische Bedeutung ihrer Umsiedlung nicht einmal bewußt. Wem es bewußt war, der weinte hemmungslos, wenn wir uns zum Abschied umarmten und küßten.

Die Aussicht auf ein neues Zuhause und eine eigene Toilette, selbst wenn diese draußen im Hof war, sei mehr als man verlangen könnte, wurde den Leuten gesagt. Es gäbe ein Privatleben – etwas, wofür zahllose Mütter und Väter in den Ghettos gebetet hatten. Afrikanern aus der Mittelklasse würde man in Diepkloof den Erwerb von Land und die Errichtung ihrer eigenen Häuser gestatten. Es würde das Houghton der afrikanischen Gebiete werden, mit all den modernen städtischen Dienstleistungen einer weißen Vorstadt. Meadowlands würde ein Paradies des Friedens und der Lieder werden.

Und die Menschen sehnten sich nach Frieden – irgendeinem Frieden, so lange sie nur den Übergriffen der Union Defense Force und der Polizei entgehen konnten, die ihre Häuser umzingelt und gestürmt und ihre Nächsten verhaftet hatten. Das ständige Gezänk der weißen Parlamentarier für und gegen die Regierung darüber, was gut für die afrikanischen Menschen sei, hatte sie müde gemacht. Und auch ihre eigenen, entzweiten und unorganisierten Führer hatten sie entmutigt, denn sie redeten von Revolution und Befreiung, versäumten es aber, ihre Versprechen einzulösen, versäumten es, Gewalt mit Gewalt zu beantworten. Was blieb ihnen also außer den Liedern. Liedern von Trauer und Freude, gesungen wie nur die afrikanischen Menschen singen, aus dem innersten Mark ihres Seins.

Die große Umsiedlung fand im Winter 1955 statt. Seither haben viele die Geschichte Sophiatowns erzählt. Doch es fehlt dieses unbeschriebene Blatt, es fehlt die nicht erzählte Geschichte eines Jungen, der in den Straßen kämpfte, eines Jungen, der einstmals sicher in seinen Träumen lebte, bis die Zerstörung in seine Stadt, seine Familie und in ihn selbst eindrang.

Das ist meine Geschichte …

2

SCHLECHTE NEUIGKEITEN

Der südafrikanischen Rassenstatistik zufolge bin ich ein Farbiger der zweiten Generation: Frucht der Rassenmischung und Wesen einer Zwischenwelt. Nicht schwarz noch weiß. Von meiner Sorte gibt es ungefähr noch vier Millionen – Kinder des Zwielichts, die in politischer, sozialer und wirtschaftlicher Vergessenheit leben. Wir sind von der Lebensader einer unmittelbaren Verbindung mit den schwarzen und den weißen Menschen abgeschnitten. Viele Farbige jedoch, vor allem die älteren, banden sich um ihres Überlebens und ihrer Sicherheit willen an die Weißen. Die jüngeren, radikaleren entschieden sich sehr schnell für eine politische und soziale Anbindung an die Schwarzen. Hier spielte der Erfolg des Black Consciousness Movement eine wichtige Rolle. Nach der Umsiedlung der Menschen aus solch buntgemischten Gegenden wie etwa Sophiatown schufen die Handlanger Verwoerds – Politikwissenschaftler und andere Akademiker – unter offenbarer Beihilfe vieler farbiger Verräter eine Mittelklasse unter den Farbigen. Dadurch, daß sie die Losung von der *»swartgevaar«* (schwarze Gefahr) verwendeten, konnten sie viele Farbige näher an das weiße *Lager* heranziehen. Näher, aber nicht hinein. Gerade nah genug, um als Puffer zwischen Weißen und Schwarzen zu dienen. Und allmählich zogen die Afrikaner die Redlichkeit ihrer hellhäutigeren Brüder und Schwestern in Zweifel.

Nur in diesem irrsinnigen und angstverpesteten Teil der Welt, der von Rassenbewußtsein und Pigmentokratie verhext ist, nur hier werden Menschen vom Gesetz in Unterstämme und unter-menschliche Einheiten eingeordnet und klassifiziert.

Nehmen wir zum Beispiel die Farbigen.

Die Griquas sind die Nachfahren eines »eingeborenen Chiefs« namens Adam Kok. Sein Land wurde seinerzeit nach mehreren erfolglosen Aufständen gegen die beiden Erobe-rungsmächte zuerst von den britischen Kolonialisten und später dann von den Buren besetzt. Noch immer heißt das Gebiet innerhalb der südafrikanischen Grenzen, in dem früher Adam Kok regierte, Griqualand.

Dann gibt es die Cape Coloureds. Diese Bezeichnung verweist auf eine direkte genetische Verbindung zu den sogenannten Buschmännern und Hottentotten. Ihre richtige Stammesbezeichnung lautet Khoisan. Die Verfechter der Rassentrennung konnten nicht verhindern, daß viele Nachkommen dieser Buschmänner und Hottentotten blondes Haar und blaue, graue oder grüne Augen hatten.

Die andere »Mixtur« vom Kap kennt man unter der Bezeichnung Kapmalaien. Auch wenn ein großer Teil dieser Gruppe Spuren malaiischen Blutes in sich trägt, so sind doch viele Menschen, die man in diese Gruppe eingeordnet hat, sehr hellhäutig. Sie tragen die Merkmale Europas und die Charakteristika der Khoisan. Ursprünglich kamen die malaiischen Sklaven durch die holländische Ostindische Gesellschaft nach Südafrika. Frauen befanden sich zumeist nicht darunter.

Zu den anderen, weniger bekannten »Stämmen« der Farbigen gehören die »Maasbieker«, deren Bezeichnung aus dem Wort Mosambik abgeleitet wurde. Sie bedeutet soviel wie »eine Art mosambikanischer Farbiger«. Dann gibt es noch die »Basters« oder Bastarde – Mischlinge, die vor allem in Namibia und in Teilen der Northern Cape Province leben.

Die Farbigen von Mauritius, die zumeist hellhäutig sind und lange Haare tragen, wohnen hauptsächlich in Natal. Sie sprechen Englisch, im Gegensatz zu ihren »Artgenossen« in Transvaal und am Kap, die in der Mehrzahl Afrikaans sprechen.

Die wahrscheinlich abscheulichste und am meisten gehaßte Bezeichnung lautet »andere Farbige«. Sie bezieht sich auf »Mischungen«, die den Beziehungen außerhalb der weißen Bevölkerungsgruppe entsprangen. Es handelt sich dabei um Nachfahren von Afrikanern und Chinesen, Afrikanern und Indern und Afrikanern und all den anderen zuvor aufgeführten farbigen »Varietäten«.

Wo begann das alles für mich?

In einer langen Reihe standen wir im Hof eines staatlichen Verwaltungsgebäudes und warteten darauf, daß wir als »reine« Farbige oder als »Eingeborene« – wie man die Afrikaner in den vierziger und fünfziger Jahren offiziell bezeichnete – eingruppiert würden. Wie man eine Blume oder einen Baum einer bestimmten Gattung zuordnete, so ordnete und schichtete man die Farbigen ein. So lange, bis sie selbst nicht mehr glaubten, Menschen zu sein. Es liegt in der Natur des Menschen, alles in Schubladen einzuordnen.

Als ich an einem Tag im August des Jahres 1955 zusammen mit einigen meiner Klassenkameraden in der Standard Eight unser Klassenzimmer an der Vrededorp High School verließ, geschah dies auf Weisung eines Gesetzes des weißen Parlaments. Es legte fest, daß alle Farbigen oder sogenannten »Coloureds« sich bei eigens dafür berufenen Neueinstufungsbehörden zu melden hätten, um ihre »Rasse« feststellen zu lassen.

William »Lovely-boy« Bokera, ein ziemlich gelbhäutiger Junge, der wie ich eine afrikanische Mutter und einen farbigen Vater hatte, zerrte mich nervös am Jackenärmel. Auf seiner Stirn glitzerte der Angstschweiß vor dem Ungewissen wie Öl. »Hey Don, was meinst du, sagen wir den abgefackten Buren, daß unsre Mütter schwarz sind? Ich mein', es geht sie doch 'n Scheißdreck an, wer oder was unsre verdammten Mütter sind. Ich mein', wir haben doch unsre *toejappes* (Väter) nicht drum gebeten, daß sie sich Brikettmädels greifen.« Ich antwortete ihm nicht. Um nichts in der Welt würde ich ihm antworten. Man wußte nie, wer sich in der Nähe rumtrieb, spionierte, Ereignisse und Gespräche belauschte.

»Hey Bra, hörst du mir zu? Sagen wir ihnen die Wahrheit über unsre Alten?«

»Ich weiß nicht, Lovely-boy, aber eigentlich sollte das keine Rolle spielen. Denn soviel ich weiß, ist man das, was auch der Vater ist. Und was uns angeht, so sind unsere Väter beide zur Hälfte Weiße und nicht als Eingeborene oder Neger eingestuft worden,« sagte ich, um seine Angst zu lindern.

»Nie! In diesem Land bist du das, was sie denken, daß du's bist, was sie wollen, daß du's bist. Und all das bist du durch einen einzigen Federstrich. Seit diese Neueinstufungsscheiße angefangen hat, wechselt doch jeder seinen Namen.«

Ich nickte. Wie weitverbreitet sie waren, diese Namensänderungen. Sonnyboy Letlapa – das heißt »Stein« in Tswana, ein ziemlich hellhäutiger Morolong, änderte seinen Namen in Kleppers. Kleppers leitete er aus dem Afrikaans-Wort »klippe« (Steine) ab. Andere unmittelbare Entlehnungen waren Maybee für Mabe, Radbee für Radebe, Cummings für Khumalo und McKwenna für Mokwena. Die Liste ist endlos.

Einige nahmen sogar unseren Familiennamen an. Einmal rief ein Polizist bei uns zuhause an, um uns mitzuteilen, daß ein Verwandter von uns – ein gewisser B. Mattera – wegen eines Verstoßes gegen das Paßgesetz festgenommen sei. Ich eilte hinüber, weil ich dachte, es ginge um meinen Vater. Seine Initialen waren B. G. Im Hof des Gefängnisses sah ich Basil. Ich wollte von ihm wissen, ob er meinen Vater gesehen hätte, da wir die Nachricht erhalten hätten, daß ein B. Mattera verhaftet worden sei. Er lächelte verlegen, fast reumütig, und sagte: »Ich hoffe, du nimmst es mir nicht übel, Donny, daß ich denen gesagt habe, mein Name sei Basil Mattera.« Ich schüttelte den Kopf. »Erinnerst du dich«, fuhr er fort, »daß ich mal für euch gearbeitet habe? Bitte, sag dem Buren da drüben, ich sei dein Onkel!« Seine Stimme wurde zu einem flehenden Flüstern.

»Meneer«, sagte ich zu dem dicken Sergeanten am Schalter, »der Mann da drüben ist mein Onkel. Er ist ein Farbiger. Können Sie ihn bitte freilassen?«

Der Polizist schüttete sich aus vor Lachen. »Der Kaffer dein Onkel? Willst mich wohl für dumm verkaufen? Seit wann machen sich *Hotnots* Schlitze in die Ohren? Schau dir doch den verschissenen *houtkop* (Holzkopf) an. Das is'n richtiger *fokken* Zulu, dem bloß noch die bemalten Pflöcke in den Ohren fehlen. Wenn der dein Onkel is, dann war ich die verdammte Hebamme!«

Sein Gelächter klang mir in den Ohren. Es legte sich mir auf den Magen und ließ sich dann auf meinen Fußsohlen nieder.

Lovely-boy Bokeras Vater, der sich auch Bokeer nannte, hatte sich als ausgezeichneter Golfer Achtung erworben wie auch als ein Mann, der mit Frauen umgehen konnte. Nana, seine Frau, war eine einfache rundliche Tswana, die ihre ländlichen Wurzeln nie verloren oder sich ihrer schwarzen Hautfarbe geschämt hatte. Das war offensichtlich der Grund, warum es Lovely-boy nicht so wohl war: daß er, wie Hunderte vor ihm, als Neger eingestuft werden könnte. Die Schlange vor uns wurde langsam kürzer. Manche kamen mit Tränen in den Augen wieder heraus. Andere lächelten. Eine Träne oder ein Lächeln. Durch den prüfenden Blick der Afrikaaner-Bürokratie und mit einem einzigen Federstrich von einer »Rasse« in eine andere. Mir schauderte bei dem Gedanken daran, über Nacht zum »Eingeborenen« gemacht zu werden. Auch wenn ich mich aufgrund meiner engen Bindung zu meinen Verwandten bei den Tswana nicht dafür schämte, Afrikaner zu sein, so wollte ich doch wenigstens nach meiner Meinung gefragt werden.

Plötzlich trat eine Gruppe junger Männer vor Lovely-boy und mir aus der Schlange heraus und sprach mit einem Mann am Ausgang des Einstufungsbüros. Sie tuschelten miteinander und schüttelten die Köpfe. Auf ihren Gesichtern entdeckte ich Beunruhigung. Einer nach dem anderen ging zum großen Eingangstor, und jeder fuhr sich durch die Haare.

Ich näherte mich einem von ihnen. »'tschuldige, Großer, was is' los? Warum faßt ihr Brüder euch an die Haare und wo geht ihr hin?«

»Zum Friseur, Kleiner. Wir lassen uns alle die Haare schneiden.«

»Warum denn?«

Er zeigte mit dem Daumen über die Schulter und sagte: »Diese Bastarde da drin, diese Hunde, nehmen Streichhölzer und Stifte, um uns einzustufen!«

»Streichhölzer? Stifte?«

»Ja«, kam die eilige Antwort. »Streichhölzer und *fokken*, Stifte, mit denen sie dir durch die Haare fahren! Und wenn der Stift oder das Streichholz stecken bleiben, brüllen die Buren: ›Scher dich in Zimmer 47 und laß dir einen Pass geben!‹ Als ob wir *fokken* Eingeborene wären. Wer, zum Teufel, sind wir für sie?«

Seine Worte ließen alle verstummen. Die Leute sahen sich gegenseitig auf die Haare. Die mit weichem, glattem Haar lächelten zuversichtlich. Einer oder zwei kämmten gar ihr pomadestrotzendes Haar und sonnten sich im offenen Neid derjenigen mit stärker gekräuseltem Haar, die nun einer nach dem anderen aus der Schlange verschwanden. Ein ziemlich dunkelhäutiger Mann lächelte still. Er hatte sich eine Glatze scheren lassen: Streichhölzer oder Stifte können sich auf einem kahlen Schädel nicht verfangen. Eine Träne oder ein Lächeln auf dem Weg zu Leid und Demütigung oder zu Freude und der Befriedigung, ein »wirklicher« Mischling zu sein.

Lovely-boy kam als »reiner« Mischling wieder. Er hatte alle Tests ohne den kleinsten Fehler bestanden: er konnte sowohl das Vaterunser als auch Psalm 23 in Afrikaans aufsagen und schrie *›eina!‹* (aua) und nicht *›aychoo!‹* wie das ein Eingeborener bei plötzlichem Schmerz getan hätte. Lovely-boy war ein paar Zentimeter größer, als er durch die schweren Tore ging. Und dann war ich an der Reihe.

»Und was möchtest du gerne sein, *boetie*?«, fragte *meneer* Lotter, der mich einzustufen hatte. »Hottentotte oder Italiener? Wie ich sehe, hat deine gesamte Familie bereits Stammnummern erhalten. Deine muß irgendwo im Schub sein.« Da gab es keine Streichhölzer, keine Sifte, keine Bluttests, keine Durchsuchung. Ich war der Sohn eines Italieners und der Letztgeborene in der Familie. Wenn die Buren glauben wollten, daß ich der Sohn meines Großvaters war, dann war ich der letzte, der ihnen das ausreden würde. Meine Nummer lautete 331-591697C. Das »C« stand für *Coloured*, doch meine Geburtsurkunde trug den Vermerk »Mischling« in der entsprechenden Spalte. Das war das erste Mal, daß ich von einer Rasse hörte, die Mischling genannt wurde. Dennoch, Mischling war weit besser als Eingeborener und Kaffer, wie viele der dort neu eingestuften Farbigen erfahren mußten.

Solche Geschichten, die einem das Herz zerreißen, zum Bersten gefüllt mit Demütigungen und Leiden, sorgten in den späten fünfziger Jahren täglich für Schlagzeilen in den Zeitungen. Manches Opfer des Neueinstufungstraumas beging Selbstmord, um sich aus seinem absurden Schicksal zu befreien. Ganze Familien, die bislang einträchtig miteinander gelebt hatten, wurden über Nacht zerschmettert, weil die grausamen Gesetze der Rassentrennung Brüder, Schwestern, Söhne und Töchter auseinanderrissen. Den gnadenlosen Pass-Razzien gingen Hunderte von sogenannten »Grenzfällen« ins Netz. »Grenzfälle« zwischen Afrikanern und Farbigen, nicht zwischen Weißen und Farbigen. Erst später sollte man letztere als »andere Farbige« bezeichnen.

In einem besonders schmutzigen Fall der Neueinstufungskrankheit wurde 1955 Thomas Wenzel, ein älterer Mann aus Noordgesig, einem Stadtteil von Johannesburg, ebenfalls als Eingeborener eingestuft, als er bei den Behörden nachfragte, warum man seinen Sohn William in diese Kategorie umgestuft hätte. In zwei Kriegen hatte der alte Wenzel als farbiger Soldat des Cape Coloured Corps gegen die Deutschen gekämpft.

Die Gabriel-Brüder wurden getrennt, weil der eine hellhäutig war und der andere dunkelhäutig. Der eine wurde in die Schublade »reiner Mischling« gesteckt, der andere in die der »Eingeborenen«. Und niemals wieder konnten sich die beiden in der gleichen Township oder gar im selben Haus treffen. So wollte es das Gesetz.

Ein Kamm verfing sich 1955 im Haar eines Mannes namens Maynard in einem der Eingruppierungsbüros und, Abrakadabra, ein »Eingeborener« war geboren. Sein Schädel, die Form seiner Nase, seiner Lippen und seiner Stirn wurden genauestens untersucht und mit den regierungsamtlich bestätigten Schädelatlanten und genetischen Diagrammen verglichen. Deren Rechtsgültigkeit, Macht und Endgültigkeit waren unanfechtbar.

Und wo Macht ist, gibt es auch Korruption. Die beiden sind unzertrennlich wie Zwillinge im Mutterleib. Kein Preis schien zu hoch und kein Geschenk zu teuer, um Gesetze zu beugen und zu verdrehen, die Menschen dazu zwangen, mit Lügen zu leben und sich im Land ihrer Väter selbst zu demütigen. Farbige Männer und Frauen versteckten sich aus Angst vor einer Verhaftung aufgrund der Paßgesetze. Dies eine Mal erfuhren sie ein wenig von der Furcht und der Scham, die zum Leben von Millionen Afrikanern im ganzen Land gehörten.

Und wie es das Gesetz der Weißen vorsah, haben viele dieser unglücklichen Geschöpfe Gottes – in gewisser Weise Kreaturen der Gottheit Apartheid – diese Einstufungen ohne wirklichen Protest hingenommen. Ich wurde in dieses kulturlose, genetisch zweifelhafte Gebilde eingestuft, in diese Gruppe, die man »Farbige« nennt. »Zum Zwecke des South African Population Register«. Doch wußten die Buren im Innersten ihres Herzens, daß dies lediglich eine der vielen Opfergaben auf dem Altar ihrer Gottheit war.

Mit einem Federstrich wurden meine Afrikanität und die italienische Tradition meines Großvaters voneinander getrennt. Apartheid entschied meine Rasse und mein Schicksal an jenem staubigen Tag im August des Jahres 1955 im Hof eines Regierungsgebäudes, als ausgewachsene Männer in langen Reihen darauf warteten, ihr Brandzeichen und ihren Stammbaum mit dem glühenden Eisen der Demütigung und Verachtung eingebrannt zu bekommen. Bürger zweiter Klasse mit Zukunft und Schicksal zweiter Klasse. Südafrikas schmutzige Rasse. Man brachte die Menschen soweit, sich selbst so oder ähnlich zu sehen.

Meine Mutter, Dinki Agnes Lebakeng, war die Tochter einfacher und stark traditionell geprägter Barolong (ein Stamm der Tswana). Ihre Eltern stammten aus Rama Habama, einem Ort im Bechuanaland. Sie waren über Mafikeng in den wuchernden Dunstkreis der Goldenen Stadt gezogen – einer Stadt, die Menschen unterschiedlichster Hautfarbe und ethnischer Zugehörigkeit mit dem Versprechen und der Hoffnung auf Arbeit und Wohnung angezogen hatte.

Meine Großeltern mütterlicherseits wohnten im alten, nur dünn besiedelten Johannesburger Stadtteil Troyeville, in dem die älteren Schwestern meiner Mutter und ihr Bruder geboren wurden. Als die Goldmine von Village Main erschlossen wurde, zog die Familie Lebakeng in die inzwischen ausgestorbene Prospect Township am Rande der Stadt. Drei weitere Lebakengs kamen dort zur Welt, inmitten jener Verwahrlosung und Armut, die den Durchgangslagern und Schlafbarackenstädten so eigen ist, in denen arbeitssuchende Zuwanderer Zelte aufschlugen und Notunterkünfte bauten. Es geschah Ende Dezember 1920 – und fünfzehn Jahre vor meiner Geburt –, daß meine Mutter in einem Haus bitterster Armut und schrecklichsten Leids das Licht der Welt erblickte. Zwei Jahre vor ihrer Geburt hatte man einen Verwandten meiner Mutter zusammengeschlagen, als er, während die afrikanischen Stadtarbeiter in Johannesburg für höhere Löhne streikten, schwarz für die Müllabfuhr und damit als Streikbrecher gearbeitet hatte.

Meine afrikanische Familie zog später in die Western Native Township. Dort wurde ich am 29. Dezember 1935 geboren. Ein paar Jahre später zogen wir nach Sophiatown. Ich erhielt den Namen Monnapula. Das heißt in Tswana »der Mann, der mit dem Regen kam«. Dem Glauben der afrikanischen Menschen zufolge war meine Geburt ein gutes Omen, denn ich kam auf die Welt nach einer langen und verheerenden Dürre, die das Land erfaßt hatte.

Ich wurde von meiner Mutter getrennt. Sie mußte an den Ort zurückzukehren, den die schwarzen Menschen »die Küche« nennen. Sie arbeitete für eine weiße Familie in einer der wohlhabenden Gegenden von Johannesburg. Die Familie meines Vaters liebte sie. Sie war hübsch, hatte schöne glatte Beine und einen ebensolchen Körper. Snookie, einer, den ich gut kannte, nannte sie immer die »englische Lady«. Ich kann mich nicht erinnern, ob mein Vater und sie je zusammen gelebt haben oder auch nur Hand in Hand im Mondschein spazieren gegangen sind. Mein Vater war ein gut aussehender Schürzenjäger, der viele afrikanische Frauen zur Geliebten oder Lebensgefährtin hatte. Er hatte einen guten Geschmack: sie waren hübsch. Und obwohl sie getrennt lebten, liebte ich sie beide. Nehme ich an.

Ich mochte auch meine Großeltern. Für mich machte es keinen Unterschied, einen Opa bei den Tswana und einen europäischen Opa zu haben. Ich meine, welches Kind hätte damals bemerkt, wessen sich heutzutage die meisten Kinder – vor allem die weißen – klar bewußt sind? Natürlich gab es deutliche Unterschiede. In dem einen Haushalt gab es mehr zu essen als im anderen, und es scheint mir nur natürlich, daß ich das Haus vorzog, in dem es Essen im Überfluß gab. Wild, Obst, Salate und köstliche italienische Speisen lächelten mich verführerisch vom Eßtisch meiner Großeltern an. Es gab ausreichend Holz und Kohlen. Und es war Geld da.

Mein Großvater, Francesco Paulo Mattera, kam 1904 von Neapel nach Südafrika. Er war sechsundzwanzig Jahre alt und Matrose bei der Handelsmarine. Seine Eltern waren Bauern, und seine Abenteuerlust, die mit Straßenmusik ihren Anfang genommen hatte, spülte ihn in Kapstadt ans Ufer. Er heuerte ab, und nachdem er eine Weile ohne Freunde durch die Stadt gezogen war, traf er Minnie Rawana, meine Großmutter, eine engäugige Schönheit mit kupferfarbener Haut. Sie war von Xhosa-holländischer und Griqua-Abstammung. Sie heirateten in der Kirche der holländischen Mission in Graaff-Reinet, dem Geburtsort meiner Großmutter.

Damals gab es in Südafrika kein Gesetz, das die Heirat zwischen Schwarzen und Weißen verbot. Sie liebten sich, und das war alles, was zählte. Mein Großvater hat uns oft erzählt: »Damals, nit so wie heut. Du heirat, wen du heirat. Keiner frag, wer de Frau oder de Mann. Kein Gesetz trenn Mann und sein Frau ...«

Er sprach oft darüber, wie die Rassenschranken später zum eigenständigen Gesetz wurden, das eines Tages dazu führte, auf der Grundlage der sogenannten rassischen Reinhaltung den Menschen das Zusammenleben zu verbieten. »Ich, ich heirat eure Mutta, weil ich lieb sie, nit weil ich Weißmann und sie Schwarzfrau. Dutschmann (die Buren) is selbs nit so richtig Weißmann.« Seine Worte gingen mir nie so recht auf, nicht, bevor ich mich, wie ich damals dachte, in ein Mädchen namens Poppy verliebte, das mit seiner farbigen Mutter und seinem weißen Vater in der Westdene Township wohnte, wo viele arme Weiße lebten. Westdene wurde von Sophiatown durch die geschäftige Toby Street getrennt, in der wir als Kinder immer mit den Burenkindern spielten oder gegen sie kämpften. Die *›nonnas‹* – so wurden die weißen Mädchen von den schwarzen Dienerinnen genannt – waren unsere bevorzugten Ziele, und sie ärgerten immer ihre Brüder und gaben damit Anlaß zu Auseinandersetzungen. Damals war das noch Spaß, doch später sollte ich lernen, daß es einen in nahezu tödliche Gefahr bringen konnte, einem weißen Mädchen den Kopf verdrehen zu wollen. Sie waren geheiligtes Gelände. Die Kraft und der Stolz der weißen Nation. Es spielte damals keine Rolle, ob das weiße Mädchen dich liebte oder nicht.

Meine Großeltern zogen von Kapstadt nach Kimberley, fanden dort ein paar kleine Diamanten und ließen sich schließlich im Transvaal nieder, im Herzen der aufblühenden Goldenen Stadt Johannesburg. Gemeinsam eröffneten sie ein kleines Geschäft und verkauften in typisch italienischer Manier Hot Dogs, Hamburger, Popcorn, Erdnüsse und Luftballons. Dann nahm mein Großvater eine Arbeit in den Minen an. Viele Afrikaner wurden seine Freunde. Sie kannten ihren Platz, erzählte er uns. »In mein Land sein nit Weiß, sein nit Schwarz, nur reich und arm.« Er sagte, sie hätten ihm nicht glauben wollen, daß seine Frau schwarz sei. Jim war der einzige afrikanische Bergmann, der ihm glaubte. Er und mein Opa wurden unzertrennlich. Jim hatte sich zunächst von der Drehorgel und dem pfiffigen Schimpansen des Alten angezogen gefühlt, der die unbedarften weißen und afrikanischen Bergleute begeisterte. Jim mochte auch meine beiden Tanten und meinen Vater. Als Jim die Mine verließ, um für meine Großeltern zu arbeiten, schenkten sie ihm ein ordentliches Paar gebrauchter Arbeitsschuhe als Gegenleistung für seine Treue. Mein Opa erzählte mir, daß der barfüßige Jim fast vor Freude gestorben wäre.

»Jim, er nit trag de Schuh. Er mach glanzsauber mit Krem wie Sonne. Er bind um Hals und geh barfuß. Stein brech ihm Zeh, doch Jim nit trag Schuh. ›Warum du nit trag, Jim?‹ ich sag. ›Neu Fleisch kann wachs für Fuß, aber nit neu Leder für Schuh‹, Jim sag …«

Mein »Papa«, wie ich meinen Opa nannte, baute zwei große Häuser in der Gerty Street. Die Beförderung der Menschen stellte im noch jungen Johannesburg ein Problem dar, und jeder konnte in jener Zeit ein Busunternehmen aufziehen oder besitzen. Unseres hieß Morosina, nach der Mutter meiner Oma. Geld kam herein, und die Schwierigkeiten mit meinen Onkeln und Tanten begannen. Der Alte verließ nach neunzehn Jahren wegen zunehmender Sehschwäche und Krankheit die Minen – und zog sich ins Geschäftsleben zurück.

Manchmal schwelgte er in Erinnerungen an sein Land und sein Volk, und seine Geschichte von Krieg und Frieden. Und mächtig wie ein anschwellender Fluß wogte die Musik seines Landes in seinen Adern, so daß er jedesmal, wenn er sang, sofort einen Kloß im Hals hatte. Ein sanftes Würgen. Ich entdeckte Tränen der Sehnsucht und des Heimwehs in seinen halbblinden Augen. Durch diese Lieder habe ich praktisch in jenem Bauernhaus in seiner Heimat Italien gelebt und bin essend und singend durch die Olivenhaine gewandert. Meine Füße haben die Trauben zu Wein gekeltert, meine Hände den Weizen gemahlen und Kartoffeln geerntet. Selbst mein Blut habe ich in den unendlichen Blutfehden vergossen. Ich wurde eins mit jenen, die ich nie gesehen oder berührt oder gesprochen habe.

Noch Monate nach der Beerdigung meiner Großmutter, nachdem ich aus der katholischen Konventsschule in Durban nach Johannesburg zurückgekehrt war, sprach mein Opa über meine Oma, wie sie zusammen gelebt hatten, über ihre Kochkünste, darüber, wie sie ging und sprach. Es waren vor allem ihre engstehenden Augen, die lachten, wenn sie weinen mußte, sagte er. Er erzählte uns von seiner tiefen Liebe zu ihr. Da hatte es viele, viele Frauen gegeben, hübsche weiße Frauen, doch entschieden hatte er sich für sie. Es sei traurig, daß seine Eltern in Italien sie nicht mehr kennenlernen konnten.

In meiner frühen Kindheit lebte ich in der Armut meiner afrikanischen Verwandten. Offensichtlich hatte jemand meiner Oma väterlicherseits von meiner Not erzählt und sie kam, um mich zu holen. Meine Mutter war gerade zu Hause, und ich erinnere mich, daß meine afrikanischen Cousins Dutch und Panini weinten, während sie dabei halfen, meine Sachen zu packen. Ich verließ sie in Richtung grünerer und fetterer Weiden, in Richtung eines Doms aus Überfluß. Meine schwerbehinderte Kuku, wie ich meine Tswana-Großmutter nannte, hielt mich fest, nachdem ich sie zum Abschied geküßt und ihr auf Wiedersehen gesagt hatte. Sie wollte mich nicht loslassen und rief meinen afrikanischen Namen: »Monnapula, Monnapula!« Es war ein Abschied, an den ich mich mein Leben lang erinnern werde. Ich besuchte sie oft und brachte ihnen Geld und Essen aus meinem neuen, wohlhabenderen Zuhause, in dem ich viel Neues kennenlernte, besseres Afrikaans sprach und etwas Englisch dazu. Ich war ein Farbiger geworden – etwas, dessen ich mir wirklich nicht bewußt war, bis zu jenen Umsiedlungen von Sophiatown. Meine Kuku lachte immer, wenn ich ihr von meiner neuen Umgebung erzählte. Eines Tages, ich hatte sie einmal nicht besucht, erzählte man mir, daß sie gestorben sei. In jener Nacht hatte es heftig geregnet, und der Blitz hatte in eine alte Pinie vor ihrem Gehöft eingeschlagen. Ihre letzten Worte hatten mir gegolten.

Meine Mutter besuchte mich an bestimmten, besonders festgelegten Donnerstagen, wenn sie, wie viele Dienstmädchen, frei hatte. Ich habe schöne Erinnerungen an diese Besuche. Sie brachte mir neue Sachen mit und Spielzeug und Süßigkeiten. Und immer, wenn es hieß, sich zu verabschieden, vermochten die Tränen nicht die tiefe Sehnsucht und Liebe zu lindern, die ich für sie empfand. Manchmal fühlte ich mich verlassen und abgewiesen, auch wenn meine Oma versuchte, diese Leere mit Freundlichkeit zu füllen. Sie lehrte mich, stark zu sein und in mir wuchs eine große Liebe zu ihr. Ich nannte sie Ma-Minnie.

Die Familie der Matteras war so weltoffen wie Sophiatown, und die Söhne wohlhabender italienischer Einwandererfamilien hielten um die Hand der beiden älteren Schwestern meines Vaters, Rosina und Helena, an. Rosina, die Rosie gerufen wurde, heiratete Francisco Perreira, einen sehr hellhäutigen Farbigen portugiesischer Abstammung. Ihr einziger Sohn Frank, mit dem Spitznamen Koukie, hatte dunkle, indische Züge, ähnelte aber sehr seinem Vater. Vater und Sohn waren wie Hund und Katze – ständig zankten sie sich über den Glauben oder gerieten wegen des Geldes aneinander, das der Vater liebte und verehrte. Koukie war das sprichwörtliche schwarze Schaf der Familie und wurde seinem Ruf durch Alkohol, Frauen und Glücksspiel gerecht. Er arbeitete als Buchhalter, wurde aber verhaftet, nachdem er die Firma um ein paar tausend Pfund betrogen hatte. Er wurde aus Mangel an Beweisen freigesprochen.

Koukie hat nichts aus seinem Leben gemacht und trank Alkohol, als ob dieser aus einem Wasserhahn in seinem Hof käme.

Die Frauen hielten es bei ihm nicht aus, weil er sehr gewalttätig war. Zwei Selbstmordversuche wurden von Norah, seiner Cousine ersten Grades, die er gegen den Protest seines Vaters, der sich auf die Bibel berief, geheiratet hatte, vereitelt. Wir waren uns sehr nah, er und ich – teilten unsere Geheimnisse, Geld, Essen und Bücher. Aber wir waren uns wohl doch nicht nah genug. Ich fand ihn hinter der Tür seines Schlafzimmers hängend, mit herausquellender Zunge und zu Vollmonden geweiteten Augen. Das Haus war völlig dunkel, und das Streichholz, das ich angezündet hatte und in kaltem Erstaunen in der Hand hielt, verbrannte mir die Finger. Unfähig, das Geschehene zu glauben, rannte ich nach draußen, kehrte jedoch wieder um und umarmte ihn, wie er da am Ledergürtel schwang, den er am Mantelhaken über der Tür befestigt hatte. Er fühlte sich ein bißchen warm an, irgendwie lebendig. Es gab keinen Abschiedsbrief, lediglich ein Buch lag zu seinen Füßen, mit einem Lesezeichen darin. Als ich das Buch schließlich öffnete, sah ich, daß er ein paar Sätze mit roter Tinte umrandet hatte. Sie sprachen von Sorge und Furcht: daß Sorge besser ist als Furcht, daß Sorge zumindest ein Ankommen bedeutet, demgegenüber Furcht eine Reise ist – eine schreckliche Reise.

Die Furcht und die Sorge aber, von denen Alan Paton in seinem Klassiker *Denn sie sollen getröstet werden* schrieb, waren anders als die Sorge und die Furcht, die mein Cousin Koukie in seinem einsamen, verpfuschten Leben erfahren hatte. Welche Sorgen meinen Cousin auch immer gequält haben mögen, er hat sie niemandem in der Familie gezeigt oder anvertraut. Er warnte mich immer davor, den Menschen zu trauen. Vor allen Dingen sollte ich den Frauen nicht trauen – und schon gar nicht der eigenen Mutter. Seine Eltern waren von Sophiatown nach Albertsville, in die Township der farbigen Elite gezogen. Albertsville lag in einem Tal, das im Norden und im Westen von weißen Wohngebieten, Northcliff und Newlands, umschlossen wurde. Albertsvilles unmittelbare Nähe zu den Weißen verlieh seinen Bewohnern ein trügerisches Ansehen, und so sahen sie auf die Bewohner der Slums herab. Aus den Eltern meines Cousins Koukie wurden Snobs – und die haßte er aufgrund seiner engen Beziehungen zu Afrikanern aller Schichten. Die meisten seiner Freundinnen waren Afrikanerinnen und er grenzte sich öffentlich von allen ab, die eine pro-farbige oder pro-weiße Einstellung an den Tag legten.

Koukie war eine Leseratte und verfügte über einen mächtigen Wortschatz in Afrikaans und Englisch, der es ihm ermöglichte, sich mit großem Erfolg an verschiedenen Kreuzworträtselwettbewerben zu beteiligen. Unser wohlhabender Opa gab ihm wöchentlich ein Taschengeld, das er beim Pferderennen verwettete. Seine Mutter, die immer gut und mit einem Hauch von Klasse gekleidet war, steckte ihm manchmal heimlich etwas Geld zu. Sein Vater aber war ein störrischer, wiedergeborener Christ, der, anders als sein Herr Jesus Christus, keine Zeit für Bettler übrig hatte. Und was Mr. Perreira betraf, so war sein Sohn ein Bettler – ein reuloser, verlorener Sohn, der sich weigerte auszusprechen: »Vater, ich habe gesündigt …«

Tante Helena, die zweite Schwester meines Vaters, wurde Baby gerufen. Sie hatte ihren Namen nach einer Schwester meines Großvaters in Italien erhalten. Sie heiratete einen Schotten namens Albert Fernhold, einen weißen Automechaniker, der früher einmal Rennfahrer war. Ihr einziger Sohn, der auch Albert hieß, hatte ein solch »weißes« Aussehen – grünblaue Augen und blonde Haare – daß die meisten afrikanischen und farbigen Kinder ihn ›*Laanie*‹ riefen. Das ist ein Ausdruck aus der Umgangssprache, der sowohl weiß als auch wohlhabend bedeutet. Wir riefen ihn Chossie. Er war schrecklich verzogen und durfte schon mit sehr jungen Jahren Motorräder und Autos fahren. Er hatte das gleiche mechanische Verständnis wie sein Vater. Chossie zog, nachdem man unsere Familien angewiesen hatte, Sophiatown zu verlassen, wie Koukie in die Western Native Township. Er starb im Irrenhaus.

Später erfuhren wir, daß man seine Augen, sein Herz und seine Nieren bei Transplantationen eingesetzt hatte. Seine Beerdigung gehört zu den Begräbnissen in unserer Familie, an denen ich nicht teilnehmen konnte. Man verweigerte mir die Genehmigung dazu, weil ich, dem Sprachgebrauch der Regierung zufolge, eine »Person unter Einschränkung« war – gebannt vom Besuch aller öffentlichen Zusammenkünfte nach dem gefürchteten Prohibition of Communism Act von 1950. Doch das ist eine andere Geschichte …

Mein Onkel Willie, das vierte Kind meiner Großeltern, lebte mit Tilly zusammen, einer außerordentlich hübschen, weißen Frau mit glatten, langen Haaren, die ihr – wie der berühmten Schauspielerin Veronica Lake – über das linke Auge fielen. Sie war immer elegant gekleidet. Tilly und meine Großmutter verstanden sich ganz gut. Das letzte Mal sahen wir die liebreizende Tilly, als Onkel Willie sich der Armee anschloß, um gegen die Deutschen zu kämpfen.

Meine drei anderen Onkel Danny, Frankie und Goon, lebten mit einer Vielzahl afrikanischer, farbiger und indischer Frauen zusammen, die ich allesamt »Tante« nennen mußte. Ich verstand. Auch mein Vater brachte viele verschiedene Frauen mit auf sein Zimmer. Die afrikanische Krankenschwester mochte ich am liebsten. Sie war freundlich und hübsch, brachte mir die schönsten Sachen mit und stellte sich immer vor mich, wenn ich etwas ausgefressen hatte. In gewissem Sinne war meine farbige Familie das Symbol des weltoffenen Charakters von Sophiatown. Andere Familien hatten ebenfalls weiße Väter und afrikanische oder farbige Mütter. Da waren die Bairds, die Rosenbergs, die Rutherfords, die Theunissens, die Janowskis, die Jansens, die Haupts, die Ryans, die Fitzgeralds und eine Menge anderer, die in der lebendig brodelnden Township zusammen mit Tausenden anderen rassisch vermischten Einwohnern lebten. Vielen wurde durch die Fertigkeiten meiner Großmutter als Hebamme auf die Welt geholfen. Einfache Menschen, die miteinander lebten, miteinander starben.

Der Name meiner Oma war in allen Häusern ein Begriff. Ich begleitete sie oft bei ihren Touren als Hebamme und trug ihr die kleine Tasche, in der sich immer ein kleines Fläschchen Schnaps befand. Sie bezeichnete ihn aber als Medizin. Manchmal, wenn sie zuviel von dieser Medizin genippt hatte, ging sie ziemlich unsicher. In solchen Nächten standen die werdenden Mütter doppelte Schmerzen aus. Normalerweise ging meine Oma sehr forsch. Ihre Augen waren hell, und wenn sie lachte – was oft vorkam –, schmiegte sich ein Grübchen in ihre Wange. Englisch konnte sie nicht sehr gut. Mein Opa und sie unterhielten sich teils in Italienisch und teils in gebrochenem Englisch miteinander. Sie war eine meisterhafte Köchin und konnte jedes Gericht, das mein Opa sie gelehrt hatte. Auch die Kunst des Weinkelterns beherrschte sie. Von ihren Kindern verlangte sie absoluten Respekt für sich und ihren Mann. Beim geringsten Anzeichen des Ungehorsams kam immer ein Teller, ein Messer oder ein schweres Bügeleisen geflogen. Die Treue meines Vaters zu seinen Eltern stand außerhalb jeder Frage.

Ich glaube, der Clan der Matteras war ein wichtiger und lebendiger Teil von Sophiatown, denn wann immer in einer armen Familie jemand starb, hieß es: »Geh zu Mattera« – oder *»Matticks«*, wie die afrikanischen Menschen meinen Opa riefen. Wenn jemand Geld für eine Kaution brauchte: »Geh zu Mattera – geh zu den Leuten mit den Bussen und den Autos – sie geben dir immer was.« Essen gab es reichlich. Krüppel und Bettler, manche in zerfetzten Sachen, holten sich wöchentlich ihre Ration. Die etwas ärmeren Weißen, Regierungsbeamte und hochrangige Polizeioffiziere, gingen nie mit leeren Händen von uns und bemühten sich immer, diese Wohltaten zu erwidern. Das war der weitherzige Charakter unserer Familie – und es war die Art und Weise, in der Sophiatwon lebte. Das war die Familie, die mich von meinen armen, ums Überleben kämpfenden Tswana-Verwandten wegholte und einige meiner Kindheitsträume formte.

3
EIN MANN WERDEN

Januar 1943. Wie versteinert stand ich vor dem Ankleidetisch meiner Oma. Die bunte Kappe auf meinem Kopf war merkwürdig schief auf eine Seite gerutscht, der graue Anzug bis zum Kragen zugeknöpft. Ich war sieben Jahre alt und sollte nun auf eine römisch-katholische Konventsschule gehen, Sankt Theresien in Mayville, einem Stadtteil von Durban in Natal. Die alte Frau war damit beschäftigt, meine Sachen zu packen und die Brottasche zurechtzumachen. Ab und an kniff sie mich sanft, und ich spürte die Liebe, mit der sie mich berührte. Wenn ich ungezogen war, dann fiel das Kneifen meist weit heftiger aus. Diesmal streichelten mir ihre sanften Hände über die Wangen, und ihr nach Tabak riechender Mund küßte mir die Tränen des Abschieds von den Augen.

»Weine nicht, mein Kleiner«, sagte sie in Afrikaans. »Du ziehst aus, um ein Mann zu werden. Andeutung ist das einzige, was ich dir geben kann.« Andeutung – indication – war das Wort, das sie für Bildung benutzte.

»Du paß mir gut auf, Tatson«, bedrängte mein Opa mich und rief mich bei meinem Spitznamen. Eigentlich lautete er Tarzan. Ich hatte ihn mir durch die Fähigkeit erworben, gewandt auf Bäume und Dächer zu klettern. Ich klammerte mich an den beiden fest und weinte.

»Weine nicht, hab keine Angst«, beruhigte sie mich. »Ma wird hier auf ihren kleinen Sohn warten, wenn er aus der Schule nach Hause kommt.«

Es sollte aber nicht sein. Es sollten ihre letzten Küsse, die letzten Umarmungen und beruhigenden Worte für mich sein. Sie starb, während ich in dieser Internatsschule war.

Meine Mutter brachte mich zur Johannesburg Station, und ich hing an ihr, als sollte es ein Abschied für immer sein. Meine Mutter war wunderschön angezogen, und als ich in meinem Abteil saß, hörte ich meinen Vater sein Lieblingslied summen. Ein Lied von Very Lynn aus der Zeit des Krieges: »You'll never know«. Ich mochte dieses Lied. Es erinnerte mich immer an meinen Onkel Willie. Er war in den Krieg gegen die Deutschen gezogen.

Mutter und Vater sagten mir auf dem Bahnhof auf Wiedersehen. Wenigstens dieses eine Mal waren sie zusammen, hielten sich an den Händen und lachten. Meine Mutter steckte mir drei Pfund in die Taschen, küßte mich mehrmals und schärfte mir ein, daß ich auf mich aufpassen sollte.

»Männer küssen sich nicht«, sagte mein Vater. Also schüttelten wir uns die Hände. Schließlich sollte ein Mann aus mir werden. Sie waren sich alle so sicher, daß ein Mann aus mir werden würde. Früher, in den alten Zeiten, glaubten wir unseren Eltern aufs Wort. Wenn sie dir sagten, nun würde ein Mann aus dir werden, dann war das auch so. Vielleicht ist es reine Träumerei, daß Eltern inständig hoffen, ihr Sohn möge zum Manne heranwachsen, mit all jener Würde, die das Wort enthält. Träumerei jener Art, die uns Sinnlosigkeit und Verzweiflung ertragen läßt.

Ich liebte meine Eltern sehr, obwohl ich den größten Teil meines Lebens von ihnen getrennt war. Die Menschen drängten sich um den Waggon, und ich sah zum ersten Mal in meinem Leben, daß mein Vater und meine Mutter sich in aller Öffentlichkeit bei den Händen gefaßt hielten und küßten. Die Pfeife erklang und Leute, die den Waggon noch schnell verlassen wollten, drängelten und schubsten. Meine Mutter drückte mir noch mal drei Pfund in die Hand und küßte mich auf den Mund. Mein Vater, der nur ein paar Blöcke von diesem Bahnhof entfernt geboren worden war, ein Mann von rund ein Meter achtzig Größe mit kräuselbraunem Haar und grauen Augen, die sich in Sophiatown viel Respekt verschafft hatten, sagte mir wieder, daß Männer sich niemals küssen. Er schüttelte mir einfach die Hand. Früher gehörte er zur Unterwelt. Er war bei vielen Gelegenheiten angeklagt und zu Gefängnisstrafen verurteilt worden.

Es war etwas an ihm, das ich fürchtete: Er wußte alles, was man wissen mußte. Er hatte alles im Leben gesehen und gefühlt, und die Leute sagten, er sei ein Gesetz für sich. Der Mann, der meine Mutter verlassen hatte, als sie mit mir schwanger war, und der dann andere Frauen zu uns nach Hause geschleppt hatte. Dieser Mann, an dem ich so sehr hing, jedoch nie den Mut hatte, es ihm zu sagen, nahm meine Hand fest in die seine.

»Denk dran, Zinga«, sagte er und sprach mich mit seinem eigenen Spitznamen an. »Denk dran, du gehst in die Schule, um ein Mann zu werden.«

Das war endgültig.

Ich schwor mir, weder ihn noch Oma zu enttäuschen. Mit Sicherheit würde ein Mann aus mir werden. Meine Mutter nickte und lächelte. Die Welt war großartig, und ich fühlte mich großartig, als er sie noch einmal küßte. Die Krankenschwester und all seine anderen Frauen kamen mir kaum in den Sinn. Dann, inmitten der letzten Abschiedsgrüße, all dem Auf Wiedersehen und Gott segne dich, ruckte der Zug gewaltsam an und fuhr los. Meine Eltern hielten sich noch immer an den Händen, als ob sie mich ihrer Liebe versichern wollten. Dann wurden sie mit all den anderen Leuten zu Flecken auf dem schmutzigen Bahnsteig, und im Tränennebel des Abschieds tränkte ich mein Taschentuch in Reinigungsbenzin und schnüffelte daran. Im Neonlicht Johannesburgs wischte das Gesicht meiner Oma vorbei. Die Räder sprachen zu mir, und ich redete mit ihnen. Es interessierte mich nicht mehr, warum Vater und meine Oma zu mir gesagt hatten, daß ein Mann aus mir werden würde. Mir drehte sich der Kopf. Die Fahrkarte mit meinem Namen und meinem Ziel war an meinem Mantel festgesteckt. Sophiatown lag weit, weit zurück. Es hatte mir keinen Hinweis darauf gegeben, was mich bei meiner Rückkehr in die Goldene Stadt erwarten würde.

Und während die Räder über die Schienen ratterten und stöhnten, das Abteil sich gefährlich wand und schaukelte, von einer Seite auf die andere, drehte sich mir der Kopf millionenfach. Zwing, zwang, zwingeling. Das Benzin zog mir einen Schleier über die Augen. Ich fiel in einen tiefen, schweren Schlaf.

Auf dem Bahnhof in Durban wartete Mr. Joyce auf mich. Als ich ausstieg, nahm er meine Taschen und befahl mir, ihm zu folgen. Das Auto, das wie ein Krankenwagen aussah, raste durch die Straßen der Stadt, ohne daß wir ein Wort sprachen. Ich mochte nicht Englisch sprechen, und so starrte ich einfach auf die vorbeigleitenden Lichter. Plötzlich fragte er mich, ob ich Englisch spräche. »Nie so goed nie (nicht so gut)«, erwiderte ich.

»Es wird nicht lange dauern, bis du es kannst«, sagte er. »In Sankt Theresien wird Englisch gesprochen.« Ich nickte und hoffte, daß er aufhörte.

»Kannst du eine afrikanische Sprache?« fragte Mr. Joyce.

»Tswana, ich kann ganz gut Tswana. Meine Mutter ist eine Tswana«, fügte ich zögernd hinzu. Ich war mir nicht sicher, ob es richtig war, das zu sagen.

Das Fahrzeug hielt. Die Gebete waren gerade zuende. Die Nonnen und die Jungen gingen ihrer Wege. Ich wurde in den Warteraum des Konvents geführt, und eine stämmig gebaute Nonne, Mutter Charles, die der Einrichtung vorstand, nahm meine Hände in ihre und sagte: »Das ist also Donald, der Junge, der zu uns gekommen ist, damit ein Mann aus ihm wird. Wir wissen nicht, ob wir einen Mann aus dir machen können, aber wir wollen es von ganzem Herzen versuchen.«

Ihr Gesicht war rund und pausbäckig, und ihre Hände waren sanft und warm. Ihre Sachen waren schneeweiß und tadellos sauber. Eine makellose Lebendigkeit umgab sie wie frisch gewaschene und gebügelte Laken. Am Mittelfinger ihrer linken Hand trug sie einen goldenen Ring. Später sollte ich herausbekommen, daß sie und die anderen Nonnen des Konvents »Bräute Jesu« waren. Mutter Charles rief eine andere Nonne herbei und trug ihr auf, mich in den Speisesaal zu bringen. Während ich ihr folgte, fiel mir auf, daß eine unirdische Stille über dem ganzen Ort hing. Die Nonnen bewegten sich stumm, mit gebeugtem Kopf, und hatten die Hände in ihren langen Ärmeln verborgen. Sie trugen Rosenkränze, bekreuzigten sich und beteten leise. Eine Statue der heiligen Theresa, der Schutzheiligen des Konvents, beobachtete alles stumm aus einer Ecke des Wohnzimmers heraus. Eine Schale mit frischen Rosen zu ihren Füßen glich beinahe jenen Rosen, die sie in den Händen trug. Dann schlug eine Kirchenglocke sechs Uhr und wie auf ein Zauberwort hielten die Nonne vor mir und die anderen, an denen wir in dem langen Wandelgang vorbeigekommen waren, auf ihren Wegen inne, machten das Zeichen des Kreuzes und knieten nieder. Es war Angelus, das im römisch-katholischen Glauben jene Stunde bezeichnet, in der der Erzengel Gabriel der Jungfrau Maria verkündete, daß sie das Jesuskind zur Welt bringen würde.

Der Garten vor dem Konventsgebäude war sehr gepflegt, und die purpurnen Blumen an der dornigen Hecke glichen einer königlichen Kette. Eine schlanke Fichte hielt Wache wie ein engelsgleicher Posten, der den Konvent vor den Kräften des Bösen schützte. Und neben der Kirche standen Jacaranden. Der Konvent befand sich auf dem gleichen Gelände wie das Waisenhaus, hoch über Mayville, einer Vorstadt von Durban. Es schien, als wären die Katholiken auf den Hügel gezogen, um mit ihrem Schöpfer zu reden, denn die Kirche von Sankt Theresien stand genau auf der Hügelkuppe. Im Heim selbst waren nur Jungen, die meisten von ihnen Waisen. Die Internatsschüler trugen ihre eigenen Sachen. Die Waisen hatten alle Khaki-Hemden und Hosen an. An Sonntagen mochten die blauen Hemden und die marineblauen Hosen den Eindruck erwecken, als ob die Waisen gut gekleidet wären, doch das war nicht der Fall. Internatsschüler wie ich hatten meistens gute Schuhe, und in den Wintermonaten war es ein schmerzlicher Anlick, die barfüßigen Jungen zu sehen, wie sie mit zerschundenen Hacken und aufgesprungenen Lippen und Händen der Kälte trotzten. Es lag nicht daran, daß die Nonnen sich nicht kümmerten. Die staatlichen Zuschüsse reichten nicht für Schuhe.

Das Waisenhaus von Sankt Theresien, in dem manchmal Kinder nach Eltern weinten, die sie nie gesehen hatten, nach einer Mutter, die unter der Geburt gestorben, einem Vater, der abgehauen war …

Manchmal veränderte der unverhoffte Besuch eines fast vergessenen Verwandten das Leben eines Waisen: das Gesicht des Jungen strahlte hell wie die Sonne, und er rannte zum Besuchszimmer im Hauptgebäude. Dann aber gab es auch die Zeiten der Einsamkeit, in denen wir zur Veranda des Waschraums zogen und unsere Lieder voll Sehnsucht und Traurigkeit sangen:

In einer kalten Winternacht wars
da meine arme Mutter starb
Und an ihrem Bett stand ich
bis zum letzten Augenblick
Und sie hielt mich so sacht
Und sie bat mich zu beten
Liebe Mutter da oben
schau herab auf dein Kind …

Ich glaube aber noch immer, daß das Gefühl von Glück die traurigen Erinnerungen und die Sehnsucht überdeckte. Die Jungen aus dem Waisenhaus waren von besonderer Art: schwierig, verhärtet und mit Sicherheit erwachsener als die wohlgenährten Tagesschüler. Wir organisierten mit Hilfe der Nonnen und unserer Supervisoren, Mr. Joyce und Mr. Joubert-King, eigene Konzerte und Veranstaltungen. Die Jungen von Sankt Theresien waren in allen Sportarten gut und taten sich besonders in den Kampfsportarten hervor. Das sollte mir bei meiner Rückkehr nach Sophiatown von Nutzen sein.

Es war Krieg und das Essen war knapp im Konvent. Wir hatten riesigen Hunger und Appetit, und wer Freunde unter den Tagesschülern hatte, verwendete das Geld, das man uns gab, darauf, zusätzlich etwas zu essen zu kaufen, Brot und Bohnen zum Beispiel. Aus braunem Zucker, den wir in einer alten Blechbüchse karamelisierten, brannten wir unter Zusatz von Erdnüssen unsere eigenen Toffees. Wir nannten sie »Daumesdick« oder auch *tamalaykee*. Abends, wenn das Licht ausgegangen war, verkauften die älteren Jungen die Toffees in den Schlafsälen. Das knirschende Geräusch, mit dem die Jungen in ihren bröckligen Toffee bissen, war eine Art Schlaflied, eine süße Art, den Tag zu beenden.

Aus den privaten Gärten, die das Waisenhaus umlagerten, stahlen wir Avocados. Wir wickelten sie in Papier und vergruben sie an einem geheimen Ort, um sie später unbeobachtet und in heimlicher Ruhe zu essen. Die Jungen verstanden sich aber darauf, jede Nahrung ausfinding zu machen – wie hungrige Hunde. Wollte man dann seine Avocado holen, begrüßte einen ein leeres Loch der Enttäuschung. Das Stehlen stand im Konvent auf der Tagesordnung. Auch das Lügen war lebenswichtig, denn wenn man die Wahrheit sagte oder sich zu einem Vergehen bekannte, dann sorgten der diensthabende Priester oder die männlichen Supervisoren dafür, daß man schwer bestraft wurde. Bestrafung, so sagten sie, war die beste Methode, dafür zu sorgen, daß der Sünder auch wirklich bereute. Manche logen auch dann noch, wenn sie auf frischer Tat dabei ertappt wurden, wie sie ihre Hände ins Bonbonglas tauchten. Das Lügen geschah fast schon unbewußt.

Es gab hier zwar auch afrikanische und indische Jungen, von den Farbigen aber waren einige so hellhäutig, daß sie leicht als Weiße durchgingen. Das waren Kinder von Weißen und Schwarzen, deren Mütter kein Aufsehen erregen wollten. Das Heim wurde zur Müllhalde für Kinder, die die Nonnen säubern, pflegen und zu guten katholischen Christen formen sollten.

Offiziell war diese Einrichtung für farbige Kinder eingerichtet worden. Die Politik der katholischen Kirche aber war offen und machte keine Unterschiede. Vater Hugo, ein exzentrischer französischer Priester, half dabei, protestantischen Kindern das Licht des katholischen Glaubens zu bringen. Auch wenn man uns nie dazu drängte, Katholiken zu werden, verinnerlichten wir die Gebete und lebten katholisch, lachten, spielten, schliefen, ja aßen sogar katholisch. Die meisten von uns hatten gar keine andere Wahl, als Katholiken zu werden. Und für mich war es eine aufregende Erfahrung, so Grundsätzliches über Gott kennenzulernen. Ich lernte den Katechismus auswendig und sang die Messe in Latein. Allerdings tat das auch weh. Dafür sorgte Vater Hugo mit seiner neunschwänzigen Katze. Ich glaube, er war ein ziemlich grausamer Mensch. Manchmal haßte ich ihn regelrecht. Er hatte mehr Zeit für seine Hunde, die ich, als eine meiner vielfältigen Pflichten, säubern und bürsten mußte, und liebte diese mehr als uns. Auch seine Ziegen mußte ich hüten und melken.

Eines Tages, nachdem ich die vier Hunde gewaschen hatte, machte ich mit ihnen einen Spaziergang. Das hätte ich nicht tun sollen: Vater Hugo bestrafte mich strengstens für diese regelrechte Todsünde. Die Hunde und ich, wir atmeten erstmals den Geschmack der Freiheit, stürmten durch den großen Prozessionshof, vorbei an den Hainen mit Papayas, Mangos und Bananen, über den schmutzigen Fluß hinweg und schließlich durch die Brombeersträucher. Wie die Hunde aussahen, als wir zurückkamen! Zehn Mal geißelte mich die Peitsche des Priesters, bevor das Blut ihm gebot, mit der Züchtigung einzuhalten. Mein Haß auf ihn hatte ein Ziel gefunden, ich rächte mich, indem ich Desinfektionsmittel in den Fischteich warf, den er so innig liebte. Ich stahl auch einen Beutel mit Pennies aus seiner sonntäglichen Kollekte und machte ein paar von seinen Vogelkäfigen auf. Strengere und drastischere Bestrafungen waren die

Folge, einschließlich einer Kopfrasur in *Hot Cross Bun Fashion*. Ich mußte sackleinene Büßerkleidung tragen und wie ein scheinheiliger Pharisäer für meine Sünden büßen. Man warnte mich, daß ich im Wiederholungsfall von der Schule gewiesen werden könnte. Ich war Zielscheibe des Spotts und von diesem Augenblick an wurde ich zum Kämpfer. Ich ging größere und ältere Jungen an und verdiente mir den Beinamen *Don Terror*.

Ich hörte und sah seltsame Dinge in Sankt Theresien. Einige Jungen küßten sich, kuschelten sich aneinander und sprachen über Sex mit den Lehrerinnen. Ein älterer Junge wurde wegen einer unheiligen Beziehung zu einer jungen, farbigen Novizin des Heims verwiesen. Viele von uns wußten, daß Cecil und das Mädchen einander liebten und sich heimlich im Dunklen trafen. Wir haben sie nie verpetzt. Es war schön für uns, daß einer der unseren jemanden gefunden hatte, der ihn liebte. Noch dazu eine Nonne. Denn für uns waren die Nonnen mehr als Vater und Mutter. Sie waren uns Geliebte.

Mich verfolgten die Schwierigkeiten. Die Supervisoren und ich, wir kamen nicht miteinander aus. Das Leben wurde unerträglich.

Als 1946 meine Großmutter starb, hielt man die Nachricht vor mir geheim. Ich erfuhr erst in den Weihnachtsferien von dieser Tragödie, bei meiner Rückkehr nach Sophiatown. Ich hätte mir so sehr gewünscht, daß sie gesehen hätte, was für ein Mann aus mir geworden war. Ein Mann, der lesen und schreiben konnte, Englisch sprach und sogar betete.

Koukie holte mich vom Bahnhof ab. Als ich das Haus meines Opas betrat, spürte ich eine unheimliche Leere. Es fehlte etwas im Haus. Meine Tante Baby stand am Herd, und mein Onkel Willie starrte mich bloß an und trank sein Bier.

»Ma-Minnie ist tot, Don.« Die Stimme meiner Tante klang gedämpft. »Und seither geht alles schief.«

Ich antwortete nicht, sondern ging rüber zum Zimmer meines Opas. Vielleicht konnte er die Leere erklären, diese innere Kälte. Die Tür war verschlossen. Ich sah durch das Schlüsselloch. Rotweinflaschen standen an einem Ende des Tisches und der alte Mann schlief.

Ich ging wieder in die Küche zurück. Onkel Willie fragte mich, wie es mir ginge und meinte, ich sei schnell gewachsen.

»Der Krieg war die Hölle«, sagte er plötzlich und hob sein Hemd hoch. An seiner Seite sah ich tiefe Narben. Er erzählte, bei El Alamein habe man ihm ein Stück vom Finger weggeschossen. Dann, als ich meine Hand ausstreckte, um die Narben zu berühren, schlug er mir voll auf den Mund. Ich fiel aus der Küchentür und in den Weinstock. Er fluchte und ging fort.

»Willie ist verrückt geworden. Das war kurz nach Mas Tod, und jetzt gibt er sich und dem Alten die Schuld. Du weißt ja, wie das ist. Seit Mas Tod ...«

Ich ging zum Wasserhahn. Mein Mund blutete. Ich war wütend. Verletzt. Weder mein Vater noch die Krankenschwester waren zu Hause. Ich war allein und hatte Sehnsucht nach meiner Mutter.

Der Tod meiner Oma hinterließ in meinem Leben ein große Leere. Bis Ende 1947 blieb ich bei meinem Vater, in einer Welt, die sich schnell veränderte, und in einer Familie, die auseinanderbrach. Und ich konnte nichts dagegen tun.

... Wie auch kann ein Kind zu den Erwachsenen sagen: »Hör auf damit oder mach jenes, oder du gehst zugrunde«? Wie kann ein Kind verhindern, daß sein Zuhause oder seine Familie auseinanderfällt, wenn es nach Hause kommt ins Nichts und zu niemandem, wenn das Lachen und die Freude, die es vor seiner Abreise gekannt hat, zu einer tiefen und fühlbaren Einsamkeit geworden sind?

Ich glaube, so richtig verstand ich gar nicht, was da vor sich ging. Meine Eltern bekam ich kaum zu sehen. Mein Opa war fast ein Fremder geworden und sprach nur noch von Oma. Über ihr Zusammenleben und darüber, wie sie sich getroffen hatten. Wie sie ihm immer gefolgt war. Er sprach über seine

Liebe zu ihr und darüber, welche anderen Frauen es gegeben hatte, und wie er keine von ihnen gewählt hatte. In seiner Jugend hatten sich ihm hübsche weiße Mädchen zu Füßen geworfen, doch er hatte sich für meine Oma entschieden. Mein Opa sprach von ihrer beständigen Gemeinsamkeit und der Kraft, die sie ihm gegeben hatte in den mageren Jahren, nachdem er in Kapstadt von Bord gegangen war. Wie sie sich ihm hingegeben hatte, als er mittellos und bedürftig war. Wie sie ihm Mut gemacht hatte. Und wie sie ihm dann mit dem Segen ihrer Eltern nach Johannesburg gefolgt war, mit ihm die Entbehrungen des Fremden in einem fremden Land geteilt hatte. Sie machten das Luftballongeschäft auf, und wenn der Alte in die Minen zur Arbeit einfuhr, blieb sie zu Hause und kümmerte sich um die Familie, die langsam größer wurde. Der Umzug nach Sophiatown versprach ein Leben in Wohlstand und Sicherheit. Trotzdem arbeitete sie als Hebamme, um ihr Einkommen aufzubessern. Tausende haben sie gekannt und geliebt, erzählte er. Und als sie starb, haben ihr Hunderte Menschen aller Rassen die letzte Ehre erwiesen. Pater Trevor Huddleston, ein anglikanischer Priester, der später mein unruhiges Leben beeinflussen sollte, hat den Trauergottesdienst gehalten.

So wie Städte ihre jeweiligen Wahrzeichen historischer Werte und Gefühle haben, so war meine Oma ein Wahrzeichen von Sophiatown. Viele Leute haben mir das bestätigt, und tief in meinem Herzen möchte ich daran glauben. Wann immer der alte Mann von ihr sprach, rollten ihm Tränen aus den halbblinden Augen. Aus diesen Augen, die gesehen haben, wie das Gold die Stadt Johannesburg errichtete. Aus diesen Augen, die niemals wieder seine Heimat Italien sehen sollten. Aus diesen Augen, die weinten, wenn er sich an sein Land und sein Volk erinnerte, an seine Geschichte und die Geschichten von Krieg und Frieden. Wie er in den Straßen von Neapel gesungen hatte, nachdem er der strengen Zucht im Hause seiner bäuerlichen Eltern davongelaufen war, vor allem seinem unnachgiebigen Vater Pasquale, der ihn und seine Schwestern zur Feldarbeit zwang, sie Ähren lesen und die Kelter treten ließ. Oft erzählte mein Opa von den Zeiten, da die Kirchenglocken Angelus verkündeten, und wie er immer durch die Finger geblinzelt hatte, um seinen Vater zu beobachten, wie er tagein, tagaus das gleiche monotone Gebet murmelte. Er ging von zu Hause fort, um sein Glück zu machen und landete schließlich in Südafrika, wo ihm viele farbige Generationen nachfolgen sollten.

Ich hatte das ganze Jahr 1947 in Sophiatown vergeudet, ohne die Schule zu besuchen, und sehnte mich danach, nach Sankt Theresien zurückzukehren. Bei den Meinen hatte ich nichts verloren. Meinen Vater, der sich darum bemühte, die Familie zusammenzuhalten, sah ich nur selten. Man erzählte mir, daß er am Totenbett meiner Oma geschworen habe, nie wieder Alkohol anzurühren, und bis zu seinem Tode hat er sich an diesen Eid gehalten. Meine Mutter kam gelegentlich vorbei, ich aber fühlte eine tiefe Sehnsucht nach dem Heim. Als ich im Januar 1948 wieder in den Konvent fuhr, brachte mich nur mein Cousin Koukie zum Bahnhof. Vergessen war die Verpflichtung, ein Mann zu werden. Es schien, als sei dieser Traum zusammen mit meiner Großmutter gestorben.

Die Räder des Zuges eilten dahin, und ich dachte an meinen verweichlichten Cousin Chossie, den sie regelrecht mit Samthandschuhen anfaßten. Ich liebte ihn und wünschte, daß auch er diesen verfluchten Ort verlassen könnte. Das Geräusch der Räder auf den Schienen hat mich immer fasziniert. Diesmal aber hatte ich kein Reinigungsbenzin mit, das mich in den Schlaf lullen konnte, und ich dachte an meine Oma. Warum mußte sie sterben?

In Sankt Theresien schien sich nichts geändert zu haben. Die Nonnen und die Jungen freuten sich, mich wiederzusehen. Kurz nach meiner Ankunft starb Mutter Charles. Das war eines der traurigsten Ereignisse im Waisenhaus überhaupt. Tagelang sagten wir Rosenkränze für sie auf. Vater Hugo betete für die Rettung ihrer Seele und dafür, daß Gott sie ins Paradies einließ.

Ich gewöhnte mich an das Heim, und die Feindschaft zwischen Vater Hugo und mir verschwand. Ich wurde zum Gruppenführer von fünfzig Jungen berufen. In Sankt Theresien verbrachte ich die glücklichsten Jahre meines Lebens. Ich bemühte mich, meiner Familie zu beweisen, daß ich wirklich zu dem Mann wurde, den meine Oma sich so gewünscht hatte. Ich lernte, bitte und danke zu sagen, mich ordentlich zu kleiden und anständig zu sprechen. Meine Lage unterschied sich in nichts von der der anderen Jungen im Heim, denn die Gleichgültigkeit meiner Familie hatte mich zum Waisen gemacht. Von meinen Eltern bekam ich kaum Post, und die gelegentlichen Päckchen mit Essen oder Geschenken von meinem Opa blieben bald ganz aus. Ich löschte alles und jeden anderen im Andenken an meine Oma aus dem Gedächtnis.

Mit der unersättlichen Gier, mich bei jeder Gelegenheit hervorzutun, nahm ich alles in mich auf, was mir über den Weg kam. Ich sprach ruhig und glaubte daran, daß mein Aufenthalt im Heim gottgewollt sei, und daß Vater Hugo, wie grausam er auch immer zu sein schien, ein Instrument des göttlichen Werks auf Erden war.

Die einsamste Zeit an der Internatsschule brach immer dann für mich an, wenn die Weihnachtsferien vor der Tür standen und meine Familie vergessen hatte, das Geld für die Fahrkahrte zu schicken. Das war die Ausrede, die ich den anderen gab, wenn sie mich fragten, warum meine reiche italienische Familie das Geld nicht geschickt hatte. Die glücklicheren Internatsschüler neckten und veralberten uns, während sie sich auf ihre Reisen in die unterschiedlichsten Himmelsrichtungen vorbereiteten.

Die Weihnachtszeit brachte den einen riesige Freude und den anderen den Schmerz des Alleinseins. Und inmitten all der guten Laune und der Sticheleien, die es gab, wenn die *Schwarze Marie* – immer mit Mr. Joyce am Steuer – laut hupend vom Hof fuhr, fühlte ich neidischen Schmerz wie einen Kloß in der

Kehle. Ich war neidisch darauf, daß sie nach Hause zu ihren Familien fuhren und empfand Schmerz darüber, daß ich zurückbleiben mußte. Das volle Ausmaß dieses Schmerzes zeigte sich auf den Gesichtern der Vollwaisen. Vollwaise hieß, überhaupt keine lebenden Verwandten zu haben.

... Kann es auf dieser Welt wirklich solche Menschen geben? Kann es Vollwaisen geben, wo doch die Nonnen und der Priester uns gelehrt haben, daß wir alle eine Familie in Christi sind – Kinder des Einen und Lebendigen Gottes, der da Himmel und Erde erschaffen hatte? Wenn doch jeder des anderen Hüter war? Wenn dies stimmte, konnte es dann überhaupt Vollwaisen geben? Und wie kam es, daß ich, der an jenem Ort, den man Johannesburg nannte, Eltern und eine reiche Familie hatte, mich so verwaist, so verlassen fühlte?

Die Schwarze Marie sauste aus meinem Gesichtsfeld und nahm mein Herz mit, ließ nur eine leere Hülle in schmutzigen Khaki-Kleidern zurück.

Die anderen Jungen, die zurückblieben, rannten aufgeregt hinter dem Fahrzeug her. Sie winkten und riefen ihren davonfahrenden Freunden nach. Ich ging still zurück, an den Schlafsälen vorbei, die Stufen am Speisesaal hinunter, der sich genau über dem Wasch- und Duschtrakt befand. Unten lagen die unebenen Sportanlagen und die eisenbedachten Baracken, in denen wir spielten und kämpften und die Ausbeute an Süßkartoffeln und Milch miteinander teilten, die wir vom Hof der Livingstones – einer weißen Farm in der Nähe des Waisenhauses – gestohlen hatten. Weiter unten zog sich kilometerlang ein Fluß dahin. Hatte ich einmal das dicke Stahlrohr hinter mich gebracht, das sich quer über den Fluß in ein Gelände mit Guavensträuchern und Avocadobäumen hineinstreckte, schaute ich auf meinem Weg nicht mehr zurück. Ich kletterte den kleinen Hügel hinauf und bahnte mir meinen Weg hin zum Friedhof, setzte mich und starrte auf die Fahrzeuge hinunter, die unten vorbeizogen.

Ein Friedhof ist nicht nur eine Begräbnisstätte für die Toten. Auch Gedanken müssen getötet werden, damit man sie in schwarzes Kattun wickeln, in einen Stahlsarg einschließen und dann der Erde übergeben kann. Aber meine Gedanken und mein Schmerz weigerten sich, auf natürliche Weise zu sterben. Oder sich töten zu lassen. Und so saß ich auf den mächtigen, warmen Steinen und starrte auf die Fahrzeuge, die da unten vorbeikrochen. Und auf die Eidechsen, die wie vierbeinige Sternschnuppen meinen Blick kreuzten. Die warme und feuchte Dezembersonne erfüllte die Luft mit einer seltsamen, geradezu greifbaren Hitze, die mir an diesem Ort des Todes Trost spendete. Und die Sehnsucht wie auch die Einsamkeit besuchten mich und setzten sich neben mich auf den Stein.

Ich wünschte mir Flügel, starke, mächtige Schwingen, die mich hoch über den Friedhof trugen. Über die katholische Konventsschule hinweg, die sie Heim nannten, hoch und höher zu den flaumigen, grauweißen Wolken, die fast unbeweglich schienen. Ich wünschte mir Schwingen, die mich nach Hause trugen, zu Menschen, die ich kannte und liebte und zu verstehen versuchte, zu Orten, zu denen ich eine Beziehung hatte, und an denen ich das Gefühl gewinnen konnte, dazuzugehören – als Anker für meine Ängste und meine Einsamkeit zu Weihnachten. Dann stiegen tief in mir Stimmen auf, die so sprachen, wie wir in Sophiatown sprachen, in dem Vorort von Johannesburg, in der Gerty Street Nummer 16, in unserem Haus und draußen auf der Straße, die mich eines Tages in ihren Bann ziehen sollte.

Ich konnte mich in Durban einfach nicht heimisch fühlen. Diese Stadt würde niemals ein Zuhause für mich sein – ungeachtet dessen, was der Priester und die Nonnen uns sagten.

Ich hatte gemischte Gefühle, was mein Verbleiben am Konvent betraf. Und ein Erlaß der Regierung spitzte die Angelegenheit zu: die katholischen Behörden sollten aufhören, sich um private Internatsschüler wie mich zu kümmern. Das Heim, so sagte man uns, sollte ein Waisenhaus bleiben und jüngere Kinder, die der Wohlfahrt dringender bedurften als wir, sollten unsere Plätze einnehmen. Was mir immer im Gedächtnis bleiben wird, ist der Anblick der Neuankömmlinge. Sie weinten, als sie aus dem Regierungsfahrzeug kletterten, um ihr Leben im Konvent zu beginnen. Sie weinten, als sie kamen. Ich weinte, als ich das Heim verließ.

Ich kam zusammen mit den Dhuki-Brüdern Rishi und Vinai in Johannesburg auf dem Bahnhof an. Niemand war da, um mich abzuholen. Es gab kein herzliches Willkommen, keine Girlanden …

Wir schrieben Ende 1949.

Der Blechkoffer war schwer. Vinai und Rishi, die wie ich von den in Sankt Theresien nun allein herrschenden Waisen verdrängt worden waren, gingen zusammen mit mir vom Bahnhof zur Busstation. Sie stiegen in Vrededorp aus – der Heimatstadt des bekannten, im selbstgewählten Exil lebenden südafrikanischen Schriftstellers Peter Abrahams – und versprachen mir, daß wir uns bald wiedersehen würden.

Johannesburg hatte sich nicht sehr verändert. Noch immer waren die indischen Läden und Straßenverkäufer ein vertrauter Anblick. In der Good Street, in der am meisten bevölkerten und gleichzeitig berüchtigsten Straße von Sophiatown, stieg ich aus.

Niemand erwartete mich, obwohl ich wußte, daß die Nonnen meinem Vater ein Telegramm geschickt hatten, das ihm mitteilte, daß ich nach Hause kommen würde. Ich regte mich nicht darüber auf und betrat gleichgültig Opas Küche. Alles war still. Ich ging in das Schlafzimmer und dort, wie bei meiner Heimkehr 1946, fand ich meinen Opa, geräuschvoll schlafend, den Kopf in einen Berg Kissen gebettet. Ein schweres Schnarchen entwich seinem tabakverfärbten Mund. Ich ging rüber zum Haus meiner Tante Baby, doch weder sie, noch Albert, ihr Mann, noch mein Cousin Chossie waren zu Hause. Der Lärm eines schreienden Babys verfing sich in meinen Ohren, ein Geräusch, das ich mochte, und das mir im Konvent gefehlt hatte. Auf dem Bett lag ein nackter, rundlicher Junge. Eine große, kaffeebraune Frau, hübsch, mit großen Augen, begrüßte mich mit meinem Namen. Sie sagte, das Kind heiße Pasquale – kurz Pashie. Ich mochte ihn vom ersten Augenblick an. Die Krankenschwester war augenscheinlich entlassen worden. Wie so viele Frauen vor ihr.

Ich begrüßte Rebecca. Ich war ziemlich verunsichert und mochte die Unterhaltung nicht fortsetzen. Ich dachte an meine Mutter. Warum war sie nicht in diesem Haus, in dem die neue Frau so autoritär umherstolzierte? Warum hatte mich niemand vom Bahnhof abgeholt?

Eine plötzliche Wut zog mich blind von meiner »Stiefmutter« weg, und ich ging in das Nachbarzimmer, in dem mein Onkel Goon mit seiner Frau Lizzy lebte. Auch sie waren nach dem Gesetz nicht Mann und Frau, doch ich mochte sie, weil sie immer voller Mitgefühl und so verständnisvoll waren. Zwillinge, Jungen, krabbelten lärmend über den ungescheuerten hölzernen Fußboden. Auf einem wackligen Bett lag mein Onkel, völlig in sich zusammengerollt. Neben ihm stand eine Marmeladenbüchse mit den Resten eines einheimischen Schnapsgebräus mit Namen *Barberton*, das man aus Kaffernkorn, braunem Zucker und dunklem Brot in einer großen Blechbüchse voll Wasser zusammenmischt und über Nacht stehenläßt. Für einen härteren Kick gibt man gewöhnlich noch Hefe hinzu, und in manchen Kreisen hieß der Trank *Kill-Me-Quick*. Alle meine Onkel tranken *Barberton*. Und wenn sie nicht viel aßen, dann holten sie sich Schnapsbrand, eine Krankheit, die die Haut derart angreift, daß man sie regelrecht abziehen kann. Wer Schnapsbrand hatte, trug oft langärmelige Sachen, um zu verbergen, daß die Haut sich schälte.

Die roten Augen meines Onkels starrten mich eine Weile ausdruckslos an. Dann murmelte er in Afrikaans, »Don, wo hast du die ganze Zeit gesteckt?«

Ich lachte still und hob einen der Zwillinge vom Boden auf. Mein Gott, waren sie sich ähnlich! Und quicklebendig! Der andere Zwilling zog mich am Bein, und ich nahm ihn auf den anderen Arm. In diesem Augenblick betrat meine Tante Lizzy, eine dralle Afrikanerin, den Raum. Sie hatte früher mal gesessen und überall Narben aus zahlreichen Kämpfen. Sie war auch mal Aufseherin in einer geschlossenen Anstalt. Sie war grob und doch eine freundliche und liebevolle Frau.

»Haai, Don. Bist du's wirklich? Mein Gott, bist du groß geworden. Sieh dich nur an. Wer wollte behaupten, du seist der kleine Don von gestern?« Für eine Afrikanerin sprach sie gutes Afrikaans. Sie küßte mich direkt auf den Mund und der Geruch von Alkohol in ihrem Atem sagte mir, daß ich zu Hause angekommen war. »Der auf deinem rechten Arm ist Kenneth. Nein, Raymond. Verdammt, diese Zwillinge machen mich noch krank«, fluchte Lizzy. Sie fragte mich, wie es mir ginge, und ob ich meine »Stiefmutter« leiden könne. Sie sagte, daß meine Mutter einmal da war, und meine »Stiefmutter« ziemlich rüde mit ihr umgesprungen sei. Gütiger, meine Mutter! Keiner sollte wagen, sie anzurühren! Dann drehte sie sich zu ihrem Mann um und meinte nahezu gleichgültig: »Goons ist seit Tagen, Wochen, Monaten, Ewigkeiten betrunken, Don. Er trinkt und trinkt. Als ob er derjenige mit den ganzen Problemen ist.« Ihre Lippen waren geschwollen. Ich vermutete, daß er sie wieder einmal verprügelt hatte.

»Seit Mas Tod ist alles schief gelaufen. Dein Opa hat sich verändert und ist nur noch verbittert. Danny und Willie sind völlig verrückt geworden. Dein Onkel Danny war mehrfach in der Nervenklinik von Sterkfontein.« Mit einem Mal wurde ihre Stimme tiefer. Vielleicht mußte sie an die Zeit denken, in der sie Aufseherin in einer Anstalt für geistesgestörte Frauen war. Sie muß die Qualen des Verrücktseins verstanden haben. »Seit Mas Tod ...« Bevor sie jedoch den Satz beenden konnte, unterbrach ich sie und sagte ihr, sie solle mir nicht laufend von Omas Tod reden.

»Don, bleib bei uns. Geh nicht zu deinem Vater, dort wirst du bloß unglücklich.«

Das war die Versicherung, die mir gut tat, und so entschied ich mich, komme was wolle, nicht bei meinem Vater zu leben. Bis auf das Bellen unserer Hunde war es still im Hof. Doch auch Rover war alt geworden, und *Baardbek* (Bartschnauz), der einst so freche Terrier, war nun still und zahm. In einem anderen Zwinger lag Bruno, gegen den ich sofort eine Abneigung entwickelte. »Halt dich von dem Hund fern«, warnte mich Opas Hausangestellter, Old Tom Isaacs, der schon bei uns war, so lange ich mich erinnern konnte. »Dieser Bruno hat den *oubaas* schon mehrmals gebissen. Einmal sprang er ihm in den Nacken, und wenn ich nicht gewesen wäre, wäre dein Großvater der *oumies* (alte Frau, meine Oma) gefolgt«. Sein alterndes Gesicht mit den deutlich indischen Zügen verzog sich zu einer Grimasse.

Weil so wenig Platz war, lehnte ich das Angebot meiner Tante Lizzy ab, bei ihnen zu wohnen. Auch mein Onkel Frank lebte mit seiner Lebensgefährtin Patience in nur einem Zimmer. So zog ich zu meinem Cousin Koukie, der in einem freien Zimmer bei meinem Opa wohnte.

Koukie und ich redeten meist bis tief in die Nacht über nahezu alles, was es unter der Sonne gab. Er war ein ausgezeichneter Schüler, doch bei seinen Eltern hielt er es nicht aus. Es dauerte nicht lange, und auch ich schlug seinen rebellischen Weg ein. Unsere Umwelt war das genaue Gegenteil der katholischen Schule in Durban. In Sophiatown lebten jetzt mehr Menschen als zu der Zeit, als ich weggegangen war. Alles war fremd und unfreundlich, selbst meine alten Freunde hatten sich verändert. Ich brauchte einige Zeit, um mich anzupassen, um mit den Jungen in der Nachbarschaft warm zu werden. Ich sprach anders, und selbst mein Afrikaans klang fast intellektuell. Auch der Slang hatte sich verändert, und jeder kehrte den Rowdy hervor. Es dauerte nicht lange, und ich war in viele Auseinandersetzungen verwickelt. Die Straßenschlägereien wurden fast zu meiner zweiten Natur. Mein Können und mein Mut als Boxer gewannen mir eine Gefolgschaft, aus der die *Vultures* hervorgingen, eine der gefürchtetsten Jugendbanden Sophiatowns.

Der Heiligenschein einer guten katholischen Erziehung verschwand zugunsten der Teufelshörner von Rebellion und Gewalt …

Und so kehrte ich zurück in die grausam faszinierende Welt von Sophiatown, die mich einforderte, wie sie so viele Mädchen und Jungen vor mir eingefordert hatte. All die strenge Disziplin und die katholische Erziehung zählten nicht mehr. Es zog mich an den Busen meiner »Mutter« Sophiatown zurück. Denn sie war in mir, und ich lebte in der Wärme und Geborgenheit ihres schmutzigen Blutes. Viele haben versucht, die Nabelschnur zu durchtrennen, doch nur wenige sind ihrem Vermächtnis entkommen.

Sophiatown pulsierte und wogte wie eine um Liebe bettelnde Nymphe und zog mich immer tiefer und näher an ihren Körper, aus dem ich das Weinen und das Lachen eines Volkes hörte, das von dem uralten Ungeheuer Furcht gefangen und gefesselt war, in dem ich meine Familie auseinanderbrechen sah, in dem Frauen und Männer – Politiker und Polizisten, Priester und Sünder – mit solcher Intensität liebten und haßten, daß ich mir einbildete, Gott, dieser katholische Gott, den ich kannte und fürchtete, hätte Sophiatown im Stich gelassen, hätte meine Familie aufgegeben und verflucht.

4
SOPHIATOWN

Niemand kann die wirkliche Geschichte von Sophiatown aufschreiben. Die Geschichte von Aufstieg und Fall einer Township, von der magischen Anziehungskraft und dem geheimnisvollen Zauber, die über dem Ort lagen …

Ungefähr 200 000 Menschen wohnten hier sehr eng beieinander, vermischten in einer im südlichen Afrika vielleicht einzigartigen Weise ihre Kulturen miteinander, ihre Traditionen, ihren Aberglauben. Jeder verfügbare Platz wurde von etwas Lebendigem belegt – einem Menschen, einem Tier.

Sophiatown war ein Ort, an dem die Armen Opfer einer raffinierten Ausbeutung durch gerissene chinesische, indische, weiße und, in einigen Fällen, afrikanische Geschäftsleute wurden. Sehr geschickt saugten sie die Menschen aus. Nahrungsmittel wurden mit beträchtlichem Gewinn in kleinen Mengen zu hohen Preisen verkauft. Ein Brot zu fünf Pennies wurde in zwölf oder fünfzehn Stücke zerschnitten und das Stück für einen Penny verkauft. Andere Waren des täglichen Bedarfs, wie Speiseöl, Zucker, Maismehl, Tee und Kerzen, verpackte man fein säuberlich in Päckchen zu drei oder fünf Pennies, die ebenfalls einen größeren Gewinn abwarfen. Und die ahnungslosen Kunden zahlten und merkten nicht einmal, daß man ihnen das Blut aussaugte. Selbst die Mieten wurden auf Ratenbasis gezahlt. Die Grundbesitzer, vor allem Juden und Inder, bauten auf kleinen Landfleckchen mehrere Einzelquartiere und gestatteten es, zusätzlich Hütten aus Holz oder Wellblech zu errichten, für die Mieten von zwei oder drei Pfund pro Monat zu zahlen waren. Die meisten Grundstücke hatten nur eine einzige

Toilette und einen einzigen Wasserhahn, den sich 150 bis 200 Menschen teilen mußten. Die Menschen und die Hunde der Township erleichterten sich an denselben Wänden und hielten ihre Münder und Schnauzen unter dieselben Wasserhähne. Und unter ein und demselben Baum hatten sie ihre kurzen sexuellen Erlebnisse.

Die Häuser und Hütten waren klein und stanken, wie es immer stinkt, wenn Menschen auf so engem Raum zusammenleben. Und man fand immer jemanden, ob Mann ob Frau, der hier in Schmutz und Schleim und Abfall lag und die faule Luft eines aus der Bahn geworfenen und aufgegebenen Lebens atmete – Männer und Frauen, der lebenswichtigen Fasern beraubt, die den Menschen vom Tier unterscheiden.

Es gab Zeiten, da suchte man einen aus dem Kreis seiner Lieben in einer der Alleen und fand ihn oder sie verwundet im Krankenhaus oder im Gefängnis. Oder tot im Leichenschauhaus. Oder man suchte einen Ehemann oder Vater, einen Sohn oder Bruder, der von der Arbeit nicht mehr nach Hause gekommen war. Oder man wartete vergeblich auf eine Mutter, Tante oder Schwester, die nicht mehr dort aus der Straßenbahn oder dem Bus ausstieg, wo man immer auf sie gewartet hatte. Und dann war da noch die quälende Angst, die den Berichten über die *tsotsis* folgte, die arbeitslosen und arbeitsscheuen Banden, die Herren über die Tage und Nächte, die Frauen vergewaltigt, geschlagen und ausgeraubt hatten. All das war Sophiatown, das *Kofifi* der *majietas* (Großstadtpinkel) und *moegoes* oder *bar-rees* (Grünschnäbel). Das Leben hier war aufregend, herausfordernd und gefährlich.

Sophiatown, die Stadt mit den vielen Gesichtern: liebenswürdig, grausam, heidnisch, christlich, islamisch, buddhistisch und hinduistisch. Mit dem Antlitz dessen, was man Gesetz nannte und dem, was man als kriminell bezeichnete. Jedes Gesicht erzählte seine eigene Geschichte, hatte seine Geheimnisse und schrieb sich in das Buch *Kofifis* ein. *Kofifi* – Sophiatown: das Klein-Chicago von Johannesburg.

Am deutlichsten konnte man das freudvolle Antlitz Sophiatowns in der Guy-Fawkes-Nacht und am Weihnachtsmorgen erleben: auf den Gesichtern aller Kinder aus den unterschiedlichen Kulturen und auch bei den Erwachsenen mit junggebliebenem Herzen. Alle freuten sich auf diese Tage wegen der festlichen Stimmung und der Karnevalsatmosphäre, die bei den Bewohnern der Township ihren Ursprung nahm. Es war eine ergreifende Schau aus Blendwerk und Farben und Komödie. Die meisten waren sich der politischen Bedeutung des Guy-Fawkes-Festes nicht einmal bewußt. Farbe, Make-up und Puder wurden reichlich auf junge Gesichter aufgetragen, wenn Kinder in improvisierten Parodien die Rollen ihrer Eltern spielten. Menschen unterschiedlichster ethnischer Herkunft tanzten miteinander, aßen und tranken miteinander und liebten einander in einem Geist der Zusammengehörigkeit und des gegenseitigen Verstehens. Und ich gehörte dazu, küßte Münder, die nach dem Schnaps der Weißen oder nach irgendeinem anderen Gebräu rochen und für ein oder zwei Pennies sangen und tanzten.

Mit Weihnachten verband sich die Vorstellung von körperlicher und geistiger Reinigung. Familien, die den christlichen Glauben kaum kannten, erinnerten sich plötzlich in leidenschaftlichen Gebeten einträchtig und mit lärmender Festlichkeit seines Begründers und richteten die Bedrängten und Ausgestoßenen auf. Feinde reichten sich die Hände, und gute Freunde festigten ihre Freundschaft mit Geschenken und guten Wünschen und erneuerten den Schwur, einander zu lieben.

Das war Sophiatown.

Weihnachten war die Zeit, in der sich die Tische unter dem Gewicht köstlicher Speisen bogen. Alle Menschen waren voll offener Freigebigkeit, wenn Familien zu den traditionellen Gebetsplätzen zogen, um zu dem Erlöser zu beten, den sie so lange Zeit vergessen hatten. Zu dem Gott, den sie kaum kannten. Zu dem Gott, der sie verlassen hatte – wie manche behaupteten. An diesem einen Tag würde das Christkind sie willkommen heißen, an diesem einen Tag würden sie in ihrer Armut und ihrer schäbigen Umgebung mit dem Christkind vereint sein. Zumindest aber würden sie an diesem einen Tag von aller Sünde und aller Scham erlöst und reingewaschen werden.

Weihnachten war auch die Zeit, in der sie sich bis zur Besinnungslosigkeit betrinken konnten, ohne fürchten zu müssen, wegen Trunkenheit oder wegen unerlaubten nächtlichen Rumtreibens in einer weißen Vorstadt verhaftet zu werden. »*Heppie, mein baas*«, riefen sie dann, »wenigstens heute, *heppie, mein baas*. ...« und der *baas* in seiner Polizeikluft nickte zustimmend und schwang sich zu einem dem Anlaß entsprechenden Großmut auf: »*Ja jong* (ja, Junge), laß dich nur vollaufen, denn wenn Boxing Day vorbei ist, werde ich dir wieder in all meiner Glorie und Macht erscheinen. *Ja heppie*, mein Junge ...«

Weihnachten löste etwas von der Spannung, die die Menschen übers Jahr ertragen mußten. Wer gegen irgend jemanden Groll hegte oder mit jemandem eine Rechnung zu begleichen hatte, verschob das auf später. Als Kind liebte ich diese aufregendste und erhebendste Zeit des Jahres sehr. Verwandte und selbst völlig Fremde überhäuften uns mit Geld und Geschenken. *Heppie* war das Losungswort, das spontane Großzügigkeit auslöste, eine Wahrhaftigkeit des Geistes und offene Liebesbezeugungen.

Auch die Trauer brachte uns einander nahe. Die Menschen versammelten sich im Hause der Hinterbliebenen und brachten ihnen Trost und Beileid: eine Packung Zucker, Kerzen, Seife, Essen und alles mögliche, das die Bürde der Trauer über das Mitleiden ein wenig leichter machen konnte. Immer war da die alte verschleierte Frau, die ihr Bündel an Mitleid vorbeibrachte. Einfach um zu zeigen, daß sie sich der Tatsache bewußt war, daß das Unglück Schlange steht (wie das afrikanische Sprichwort sagt), daß morgen sie an der Reihe sein, der Tod seinen Schatten auf sie werfen oder sie das Unglück ereilen könnte, eingesperrt zu werden. Oder eine der vielen anderen Schwierigkeiten, die die Menschen in einem Land befallen, dessen großer

Reichtum unter den wenigen »Auserwählten« verteilt wird, einem Land, dessen Gesetze auf die systematische Zerstörung der Millionen gerichtet waren, die nicht zu den »Auserwählten« gehörten.

Weihnachten aber brachte sie einander näher in einem Geist der Nächstenliebe. Man gab den Kindern, die das ganze Jahr über keine richtige Mahlzeit gekannt hatten, soviel, wie sie nur essen konnten. Und der Mann und die Frau, die sich vor jenen verstecken und fliehen mußten, die das Gesetz verkörpern, fanden einen Augenblick der Rast, in dem sie ohne Furcht vor Verhaftung trinken und zusammen spazieren gehen konnten. Kleine Gnaden in einem Land der großen Werte des Christentums. Klein und trotzdem willkommen.

»*Heppie, mein baas*, zumindest heute, *heppie, mein baas...*«

Dann war da das Gesetz. Mit grimmigem, häßlichem Gesicht, verzerrt von Korruption und Skrupellosigkeit. Nicht alle Gesetze der Verfassung waren so, gibt es doch immergültige Richtlinien. Gesetze, die vom Uranfang her überliefert sind, Gesetze, die der Gesellschaft Ansehen verschaffen, sie schützen und verteidigen. Einige jedoch waren einmalig in Südafrika, und die Polizei hütete sie. Gesetzeshüter, die die Buchstaben der Gesetze auszuführen und aufrecht zu erhalten hatten. Und diese Gesetze waren geschmiedet aus tiefem Mißtrauen, aus Brutalität, Drohung und Beleidigung. Es spielte keine Rolle, ob man das Gesetz befolgte oder kriminell war. Jeder war Opfer seiner Ungerechtigkeit. Die Bestechungsmasche, die es Gesetzesbrechern erlaubte, der Haft zu entgehen, die Korruption hochrangiger Polizeioffiziere, die eine ganze Lebensweise bestimmte.

Soviel zu jenem Teil, den man Polizei nannte.

Die Zellen waren mit afrikanischen Gesetzesbrechern überfüllt. Die Gerichte urteilten sie in Routineverfahren ab – angeklagt, nächtens in einem weißen Gebiet gewesen zu sein, während die Weißen schliefen. Am Tage hatte das seine Richtigkeit: afrikanische Frauen waren *maids* und afrikanische Männer *garden boys*.

Nachts aber wurden afrikanische Männer als heimlich lauernde Scheusale behandelt, die auf der Suche nach dem Blut des weißen Mannes waren, oder als Vergewaltiger, die die Heiligkeit der weißen Frauen schänden wollten. Nicht weil sie Frauen, sondern hauptsächlich deswegen, weil sie weiß waren. Schwarze Frauen, die man verhaftet hatte, weil sie den Sonderpass für die Nacht nicht besaßen, wurden von schwarzen und weißen Polizisten gleichermaßen zu stillen und einsamen Orten gefahren und erkauften sich ihre Freilassung mit Sex. Und es kam oft vor, daß man afrikanischen Männern vor ihren Frauen und Kindern an die Hosen ging und ihnen befahl, sich auszuweisen. Wenn sie das nicht konnten, bedeutete das Verurteilung zu bis zu sechs Monaten Haft oder zur Arbeit auf der Farm eines Afrikaaners bei niedrigstem Lohn – weniger als zwei Schilling am Tag. Manchmal rächten sich die »Missetäter« wegen der demütigenden Art, mit der man sie zwang, sich auszuweisen. Ich habe viele tote Polizisten gesehen, Opfer einer Menge, die die gefühllose Mißachtung menschlicher Würde in Wut gebracht hatte. Es gab auch einige gute unter ihnen, aber da sie alle die gleiche Dienstmarke trugen, wurden sie alle gleichermaßen verabscheut. Die Kinder spuckten aus, wenn die Polizei bei ihren Gewohnheitsrazzien vorbeikam. Auf der Suche nach *dagga*, nach dem illegalen Schnaps der Weißen, oder nach dem einheimischen Gebräu. Die Frauen bezahlten uns dafür, daß wir nach den Lastwagen der Polizei Ausschau hielten, die unter dem Namen *kwela-kwela* – Zulu für Fahr-fahr – bekannt waren.

»*Zinja!*« (Hunde!) riefen wir, und die gesamte Nachbarschaft gab unsere Warnrufe weiter, die den illegalen Händlern Zeit gaben, ihre Waren zu verstecken. Von ihren vielen Informanten wußte die Polizei um jeden Trick, den wir erfanden. Das Gebräu wurde in großen Erdlöchern unter Aschehaufen und Schmutzbergen versteckt. Die Polizei trieb lange Eisenstangen in die Erde, bis sie die trommelförmigen Behälter fand, grub sie dann aus und goß ihren Inhalt in den Hof. Wegen solcher Funde konnte niemand verhaftet werden. Überhaupt waren diese Verstecke von den Schnapsbrennern mit Bedacht ausgewählt: was sich in der Erde befand, gehörte der Erde. Die Polizei wußte das und drohte den Frauen in den Höfen nur. Und wir wußten auch, daß nach einigen dieser Erdlöcher nie gesucht und gestochert wurde. Erdlöcher, deren Besitzer den üblichen Schutzzoll gezahlt hatten, indem sie die Handflächen der Buren und ihrer schwarzen Lakaien schmierten, die immer schlecht bei Kasse waren. Selbst hohe Offiziere machten sich schuldig, Bestechungsgelder angenommen oder von den chinesischen, indischen und afrikanischen Händlern, die illegalen Handel trieben, erpreßt zu haben. Kleine Jungs wurden verprügelt, wenn man sie dabei erwischte, daß sie grundlos »Die Hunde kommen!« riefen, denn das bedeutete Verlust an Einnahmen. Die Prügel waren oft so schlimm, daß ein beständiger und bitterer Haß auf die Polizei in ihnen aufstieg – so auch in mir.

... Dies sind die Männer, die mein Vater haßt. Die meinen Bruder erschossen haben, als er weglaufen wollte, weil sein Paß nicht in Ordnung war. Und die Schwarzen, die ihr eigenes Volk verraten und verkaufen, und die dann die Buren anlächeln, wenn sie meiner Schwester an die Brust grapschen. »Lekker svart vleis, my basie« (Leckeres schwarzes Fleisch, mein baas). Und wie die Schwarzen lachten, als die Buren die Decke vom Bett meines Vaters rissen und ihre Taschenlampen auf den nackten Körper meiner Mutter richteten. Und der Ausdruck auf Vaters Gesicht. Und das Knirschen seiner Zähne in Furcht und hilflosem Zorn. Seine Würde vor seiner Frau gedemütigt. So sind diese Männer...

Wir würfelten auf dem sandigen Bürgersteig in der Nähe von Ah Poen Leong's Supply Store in der Gerty Street von Sophiatown. Er ging mitten durch uns hindurch, als ob wir unsichtbar wären, stieß mich beiseite, und das Geld in meiner Hand fiel in den Sand. Ich sah auf, fluchte und verwünschte ihn: »Hey, was zum Teufel soll das?« Doch seine Augen blickten durch mich hindurch. Ich versuchte, mein Blut wieder zum Fließen zu bringen, das unter seinem Blick gefroren war. Er sagte etwas, das sich wie *kap-kwai* anhörte. Wie ich später erfuhr, war das der chinesische Ausdruck für »Kaffer«. Er murmelte noch eine unheimliche, unverständliche Silbe, sprang dann mit einer scharfen Wendung in Ah Poens Laden und drehte sich plötzlich noch einmal um, um mir mit dem Finger zu drohen: »Du *kap-kwai*!« Meine Freunde und ein paar Erwachsene, die die Szene beobachtet hatten, brachen in Gelächter aus über Dai-Sok, wie man ihn in unserer Straße nannte – einer Straße, in der viermal mehr Frauen als Männer lebten. Dai-Sok schien direkt aus einem amerikanischen Western in diese lange Straße gekommen zu sein. Aus einem Film, in dem er vielleicht die Rolle des anspruchsvollen chinesischen Kochs hätte spielen können.

Er trug einen schwarzen Seidenanzug mit dazu passender Kappe und Slippern, jedoch ohne den traditionellen Zopf. Sein gelbes Gesicht war grobschlächtig und von zahllosen tiefen Falten zerklüftet, die sich wie kleine Bäche kreuz und quer in alle Richtungen in sein Gesicht gegraben hatten. Selbst ostwärts, von wo Dai-Soks Schiff nach Südafrika, dem neuen Land von Milch und Honig, in See gestochen sein mußte. Wie ungebetene Gäste sprangen schmutzige, tabakgefärbte Waschbärzähne aus seinem kleinen Mund. Ein paar Jungs hatten sogar gewitzelt, daß seine Zähne speziell für Menschenfleisch gemacht seien. Damit machten sie den kleineren Kindern Angst vor allen Chinesen. Obwohl er nur knapp einen Meter fünfzig groß war, erschien Dai-Sok auf den ersten Blick vielleicht deshalb größer, weil ihm die Hosenbeine nur bis an die Knöchel reichten. Als ob sie zeigen wollten, daß er jeden Tag größer wurde.

Seine Hände waren klein und zierlich und von jener Zartheit und Sensibilität, die man normalerweise in den Konventen und Klöstern antrifft. Dai-Soks Augen strahlten eine gewisse

Wärme aus, die davon sprach, daß er in seinem Leben viel erlebt hatte. Sie schienen die geheime Bedeutung von Leben und Tod zu verstehen. Doch verbarg er diese Weisheit geschickt unter der Kruste eines schroffen und grobschlächtigen Benehmens, so daß die meisten Kinder in unserer Nachbarschaft große Angst vor ihm hatten.

Die winzigen Brocken Englisch, die Dai-Sok zu meistern versuchte, verschlimmerten das Verständigungsproblem nur noch, und zwar so sehr, daß die Leute mit dem aufhörten, was sie gerade machten, wenn er sie ansprach. Es war eine seltsame Mischung aus Gestammel und orientalischem *Pidgin*, das mit ungeheurer Geschwindigkeit durch seine schönen, dünnen Lippen sprudelte.

Ich habe oft versucht – vielleicht aus einem verrückten Gefühl der Tollkühnheit heraus, den Panzer aus eisiger Rätselhaftigkeit zu durchbrechen, der ihn umgab, aber ohne Erfolg.

»Don Zinga«, sagte Stretch eines Tages zu mir, »warum versuchst du immer so verbissen, mit diesem blöden *Gong* Freundschaft zu schließen?« *Gong* war eine gebräuchliche, abwertende Bezeichnung, die man in den Townships auf die Chinesen anwendete. Ich antwortete nicht, er aber drang weiter in mich: »Das bist du doch gar nicht, Bra, der hier den Zahmen spielt. Los, verpassen wir ihm etwas von unserer *Schwarzen Magie*, vielleicht kriegen wir ihn ja klein.«

Ich nickte. Es war höchste Zeit, daß wir unsere Taktik änderten.

Dai-Sok lernte ein paar Worte Englisch und Afrikaans sowie ein paar Ausdrücke der *tsotsietaal* Sophiatowns und bald schon begann er, ein Glückspiel zu betreiben. Das hieß *koppie*-Würfeln und wurde mit drei Würfeln und einem Brett gespielt, auf das die Zahlen von eins bis sechs geschrieben waren. Die Würfel wurden mit einem Becher verdeckt, den Dai-Sok schüttelte, während die Einsätze auf dem Brett plaziert wurden. Nachdem er den Becher von den Würfeln gehoben hatte, zahlte er diejenigen aus, die die Zahlen auf den Würfeln richtig vorhergesehen hatten. Freitags wurden die Einsätze erhöht, und dann machte er einen ziemlichen Gewinn.

Eines Freitags wies ich ein Mitglied meiner Bande an, das Licht auszumachen, und heimlich schoben wir ihm ein Paar gezinkte Würfel unter, die immer die Fünf und die Sechs würfelten. Wir machten Dai-Sok platt. Der Laden hallte von heftigen Verwünschungen auf uns *kap-kwai* wider, und in hilfloser Furcht beobachtete ich, wie der wütende Chinese die Würfel mit einem Hammer zerschmetterte, die Stückchen aufsammelte und mir ins Gesicht warf. Das Quecksilber der gezinkten Würfel brannte mir im Gesicht.

»Du veldammte *kap-kwai*, du denk ich klein Männchen – saublöd. Du Swindlel – betlügen Dai-Sokkee mit die gezinkte – Läubel – Wülfel. Du komm zulück, ich bling um dich, du veldammte *kap-kwai* …«

Das war das Ende unserer Spielsucht. Wenn wir es wagten, uns dem Laden auch nur zu nähern, rannte Dai-Sok hinein und kam, drohend ein gräßliches Fleischermesser schwingend, wieder heraus. Wir wurden zur Zielscheibes des Spotts der Gerty Street, sehr zur Freude unseres Verfolgers. Aber wir sannen auf Rache. Dai-Sok war nicht verheiratet und unsere Straße ein ziemlich flotter Strich. Wir wußten, daß Dai-Sok für eine Liebesnacht gut zahlte, und wenn es dazu kam, dann war keine Rede mehr von *kap-kwai*. »Stretch, mein *bra* – mein Bruder, es wird Zeit, daß wir dem *Gong* mal wirklich ein paar Manieren beibringen«, sagte ich. Stretch nickte: »*Ja*, machen wir ihm ein für allemal klar, wo er hingehört.«

Ich sagte ihm, er solle sich wie ein Flittchen anziehen: mit Make-up, Schmuck, hochhackigen Schuhen und Turban und allem drum und dran – und natürlich mit einer passenden Handtasche an der Hüfte. Wir kicherten und lachten, als wir an die Umsetzung unseres teuflischen Vorhabens gingen und übten wie Schauspieler vor der Premiere. Aufregung und Erwartung krochen mir den Rücken hoch, als ich beobachtete, wie Stretch sich an sein Betrugsmanöver machte.

Und der Mond, ein unfreiwilliger Komplize, verbarg sein Gesicht hinter einer großen dicken Wolke. Vergeltung war angesagt, ob es ihm nun gefiel oder nicht ...

Dai-Sok wartete wie ein Raubvogel auf das Erscheinen *irgendeiner* heimlichen Geliebten. Stretchs Hinterbacken zeichneten sich so deutlich unter dem Kleid seiner Schwester ab, daß der sexbesessene Chinese pfiff und unzweideutige Bemerkungen machte, als er an ihm vorbeischlenderte. Wie zwei strahlende Sterne tanzten die großen weißen Ohrringe über der weißen Perlenkette, die auf Stretchs Wattebrüsten ruhte. Unser Junge vollführte ein strahlendes Schauspiel der Verführung, das leicht auch andere liebeshungrige Freier angemacht hätte. Mit dem Duft einer ganzen Flasche Kölnisch Wasser um sich herum strich Stretch aufreizend an Dai-Sok vorbei, der dem Jungen instinktiv an den Hintern faßte.

»Oh, Dai-Sokkee«, kicherte unsere »Schwester«: »Was wills du?«

»Du woll Swanz, ich geb Geld! Du woll, ich dil geb mein Swanz?« erwiderte Dai-Sok wie aus der Pistole geschossen. So feurig, daß ich unwillkürlich Mitleid mit ihm hatte und fast weinen mußte. Stretch erwiderte nichts. Stattdessen wiegte er selbstsicher in den Hüften und ließ seinen langen, bereiften Arm vorschnellen, öffnete die Hand und sagte: »Jaaa, ich woll, aber ers ich woll fünf Pfund«. Die schrille Stimme wurde plötzlich zum heiseren Krächzen.

Das Spiel ist aus, dachte ich, verdammt, unser Spiel ist aus ... Dann, im nächsten Augenblick, als hätte er meine Gedanken gelesen, sagte Stretch ganz ruhig: »Ich woll, aba ers du gib Geld, mein Süßer, Geliebter, Herzchen.« Dai-Sok schmolz dahin. Er schob unserem Helden ein paar Geldscheine in die Hand.

»Du lass Hose runter«, sagte der süßlich riechende Stretch. Demütig fielen die Hosen des Chinesen bis zu den Knien und gaben seine Männlichkeit frei, aufgereckt und bereit. Stretch, der keine Unterhosen anhatte, hob gehorsam das Kleid hoch.

Dai-Sok schob seine Finger unter das Kleid, um seine Partnerin zu befühlen und gab einen lauten, verheerenden Schrei von sich, der mich erschütterte.

»Du veldammte *kap-kwai*! Bastald, ich dich bling um!« Er versuchte davonzulaufen, fiel aber auf die Hände und schrie: »*Kap-kwai! Kap-kwai!*«

»Du mög Rückseite, Dai-Sokkee?« hänselte Stretch, hob noch einmal das Kleid und zeigte ihm sein Hinterteil. Unser Held schwenkte seinen Hintern hin und her und rannte dann lachend auf uns zu.

Wir waren in verschiedene Richtungen auseinandergelaufen und hielten uns die Seiten in hysterischem und unkontrolliertem Gelächter. Zuschauer stiegen in den Spaß ein, während der Mann aus China durch die Straße sprang und stampfte und orientalische Kraftausdrücke ausstieß.

Die Rache war nicht nur süß, sondern hatte auch noch etwas eingebracht.

Und wir hänselten Dai-Sok weiter, mit einem satirischen Liedchen, das wir aus seinem abgebrochenen Liebeserlebnis machten. In ganz Sophiatown und auch in den anderen kosmopolitischen Townships von Johannesburg, in denen Chinesen lebten, liebten und arbeiteten, wurde das Lied zu einem Gassenhauer:

Ching-ga Mao le
Taai bossee
One sigalet
And two toffee

Ja, Ching der Chinese war ’n übler Boss, ihm blieben nur ’ne Zigarette (’nen Steifer) und zwei Toffees (dicke Eier) nach seinem Sex-Abenteuer. Dai-Sok und alle anderen Chinesen haßten das Lied und reagierten wütend, wann immer man sie damit hänselte. Die anderen hatten natürlich Dai-Soks Demütigung in der Nacht unseres kriminellen Vergnügens nicht erlitten. Die

Demütigung bettete sich tief in seine Augen. Doch geschlagen gab er sich nicht. Die Rache war sein.

Die Rache ist ein Echo, das aus dem Tal unserer Taten zu uns aufsteigt und uns daran erinnert, daß in diesem Spiel der Vergeltung niemand gewinnt, daß jeder durch die Qualen des anderen verliert, daß jeder »Teil des Ganzen« ist. Wie steht es aber um das Kind, dem nie jemand von der besseren menschlichen Eigenschaft der Vergebung erzählt hat, oder vom Schmerz der Demütigung?

Lange nach unserem Sex-Spaß und inmitten der Anzeichen einer unausgesprochenen Waffenruhe lockte Dai-Sok eines Tages Stretch und mich in den Laden.

»Ton (Don), du woll helf mil in Laden. Ich dil geb zwei Pfund, ehllich, fül ein klein Joppee. Du komm?«

Seine Stimme klang sanft und bittend. Wir stimmten bereitwillig zu und betraten den Laden durch eine Seitentür.

»Ich woll ihl wassen *taboo* (Ladentheke). Sie sehl smutzig. Ihl guck *taboo*, ihl seh wie smutzig«, sagte Dai-Sok und bückte sich, um uns zu zeigen, wie wir auf die Theke schauen sollten.

Stretch und ich, wir beugten uns nieder zum Ladentisch.

»Sehl smutzig, guck nul!«

Wir blieben in unserer Haltung und nickten verlegen, und Dai-Sok blies uns mit gewaltigem Atem die rote Schicht Chili-Pfeffer in die Augen. Geblendet und hilflos umhertappend, schrien und weinten wir und riefen nach unseren Müttern. Dai-Soks schallendes Gelächter wurde von knallenden Peitschenhieben begleitet, die mir in Kopf und Körper schnitten. Stretch gellte: »Bitte, Boss Dai-Sok, bitte schlag mir nicht auf den Schwanz! Schlag mir nicht auf den Schwanz!« Die Peitsche traf mich so schwer, daß ich mir in die Hosen machte.

»Du mög Swanz, ich hau Swanz, *kap-kwai*!« höhnte der Chinese zwischen heiseren Ausbrüchen sarkastischen Gelächters.

Ich weiß bis heute nicht, wie es Stretch und mir gelang, die mehrfach verriegelte Tür zu öffnen und auf die Straße zu entkommen, in der wir Dai-Sok verletzt und gedemütigt hatten. Nach diesem Vorfall besuchte Stretch mich kaum noch, und ich traute mich kaum in die Nähe von Ah Poens Laden. Die anderen Kinder in der Nachbarschaft entwickelten eine neue Art von Respekt vor dem kleinen Chinesen und ihre Furcht vor ihm wuchs.

Dai-Sok und seine vielen Landsleute lernten schnell, wie man im wuchernden, politisch verdammten Sophiatown überlebte. Sie wurden zu einem Teil der Geschichte dieser Township, Teil ihres weltoffenen Glanzes, Teil ihrer Qualen.

Und als die Abrißbrigaden der Regierung in unsere Township kamen, in unsere schöne Straße, in unser Leben, kam niemand ungeschoren davon. Die Bulldozer kamen, sahen und nahmen sich jede Blechhütte, jede Holzbaracke, jedes vornehme Haus und jeden Laden vor. Wie Streu wurden wir in alle Winde verweht.

Ah Poens Supply Store und Spielbude ging mit den Häusern unter. Ah Poen zog mit seiner Familie in eine weiße Vorstadt von Johannesburg, da das Gesetz in diesem Land den Chinesen den Status eines Weißen verlieh. Dai-Sok ging nicht mit den Ah Poens mit. Er entschied sich, in Sophiatown zu bleiben und suchte sich Arbeit in einem anderen chinesischen Laden tief im Herzen der Township. Doch gönnten die Bulldozer der Apartheid ihm und den zahllosen anderen Familien keine Ruhe. Sie zermalmten und zerfleischten jeden Ziegel und jede Diele und jede Wellblechkonstruktion.

Alles.

Jeden.

Afrikaner, Farbige, Inder und selbst die unpolitischen und eng miteinander verschweißten Chinesen mußten sich den eisernen Ungeheuern unterwerfen. Keiner wurde verschont, und unsere Straße – mit ihren schönen und ihren häßlichen Menschen, ihren Sträuchern und ihrem Grün, ihren Bürgersteigen mit den Pinien und Eichen – starb, ermordet im Oktober 1958, als die Häuser der weniger starrköpfigen Hausbesitzer ihren letzten Atemzug taten. Meine Familie blieb, die Ermordung der anderen Häuser zu bezeugen.

Dai-Sok verschwand in der Zeit dieser grausamen Angriffe. Erst nach zweiundzwanzig Jahren sah ich ihn wieder, im Herbst 1980. Auf einer Parkbank, in der Nähe der *Johannesburg Library*, eine Schnitte mümmelnd. Er war alt geworden, sah verhärmt und staubig aus, hatte langes, ungepflegtes Haar, das ihm wie Kriechpflanzen auf die gebeugten und gebrochenen Schultern fiel. Ich rief mehrmals seinen Namen, jedes Mal lauter, aber ich bekam keine Antwort. Dann, nahe an seinem Ohr, sagte ich: »Dai-Sokkee, ich bins, Ton. Erinnerst du dich? *Kap-kwai*? Ah Poens Laden in der Gerty Street, Sophiatown?« Doch ich bekam keine Antwort. Es schien sinnlos, es weiter zu versuchen. Und als ich meinen Kopf hob, sah ich überall um mich herum mißtrauische, verdächtigende Augen, die mich mit ihrer Neugier auszuziehen schienen.

Dann, als wollte er mich vor den fremden und unwissenden Anklägern in Schutz nehmen, hob Dai-Sok den Kopf. Es schien eine Ewigkeit zu dauern, bis er mich ansah. Ein plötzlicher, flüchtiger Windstoß peitschte die Bäume, und ein paar herbstliche Blätter legten sich in unsere Blicke. Wie viele Herbste waren seit jenem Tag vergangen, da ein koboldiger Dai-Sok voll Energie in Ah Poens Laden getreten war?

... Menschen sind wie Blätter. Frisch und grün in einem Augenblick, voll der Kraft und Vitalität der Jugend. Üppige Blätter, die den Baum kleiden und zieren, auf daß andere den Beistand und die Wohltat seines Schattens finden. Schirm vor der glühenden Hitze des Zorns und der Leidenschaft menschlicher Grausamkeiten. Menschen sind wie Blätter: erst Schönheit und Hingabe, dann Wandlung und Verfall und das langsame Sinken hin zur wartenden Erde, auf der alles gleich wird. Dann die Beerdigung.

Das Vergessen.

Menschen sind wie Blätter ...

Vorsichtig schaute Dai-Sok aus den Winkeln seiner engstehenden, blutunterlaufenen Augen auf und nickte mehrmals. Langsam. Dann sagte er: »Du, du *kap-kwai* du …«, und ein Lächeln lief über sein Gesicht. Eine endgültige Waffenruhe schließlich. Endlich das langersehnte, langerwartete Aufbrechen der menschlichen Wehr, angenommen im Dämmer seiner Jahre. Doch wie sein Kopf sich gehoben hatte, so sank er auch wieder, wie eine ermüdete Blume, wie ein schwerer, abwärts schwebender Sarg, der all die Freuden und all das Lachen und all die unaussprechlichen Qualen der Einsamkeit mit sich nimmt.

Ich bin oft mit der Polizei aneinandergeraten. Damals zum Beispiel, als ich am Bahnhof Nancefield aus dem Zug stieg, um in White City Jabavu, das heute Soweto heißt, meine Mutter zu besuchen. Ein großer schwarzer Polizist hielt mich an. Seine riesigen Hände griffen nach meinem Gürtel, preßten mir die Hose gegen die Geschlechtsteile.

»Den Pass!« brüllte er, damit die Passanten ihn auch hören konnten.

»Ich bin ein *Farbiger*«, antwortete ich und benutzte das Passwort zu einem Anschein von Privilegien und zeitweiliger Sicherheit und Immunität. Es würde wirken, wie es schon mehrmals geholfen hatte, als die Polizei unser Haus in Sophiatown auf der Jagd nach Leuten durchsuchte, die gegen das Paßgesetz verstießen.

»Halbblütiger *Boesman*, meinst du wohl«, sagte er und verstärkte seinen tödlichen Griff, so daß meine Hoden in die Blase gepreßt wurden. Sich seiner rohen Kraft sehr bewußt, drückte er immer stärker und grinste dabei sadistisch. Urin lief mir die Schenkel hinab und netzte seine Hand. Ein Schlag ließ meinen Kiefer gefühllos werden. Halb blind sank ich zusammen und sein Griff lockerte sich. Als ich wieder zu mir kam, krachte ein weiterer Schlag gegen meine Rippen. Dunkelheit. Als ich aufsah, fuhr mir ein burischer Polizist mit seinem Knüppel in die Hoden.

»*Wat's verkeerd, bruin balas*?« (Was ist los, brauner Sack?) Ich versuchte zu sprechen, doch er befahl mir, aufzustehen und mich zu trollen. Ich drehte mich zu seinem schwarzen Kollegen um und versprach ihm, daß ich es ihm eines Tages noch besorgen würde.

»Besorg's deiner Kaffernmutter, du Sohn einer räudigen Hündin!« rief er, um die Aufmerksamkeit der Schaulustigen auf sich zu ziehen. Einige lachten. Eine Frau wollte mir helfen, doch ich wies sie zurück, verärgert wegen der aufdringlichen Blicke und des Gelächters.

Als ich meiner Mutter von dem Zwischenfall erzählte, sagte sie nur, daß ich jetzt vielleicht anfangen würde, die Demütigungen zu verstehen, die das Leben ihres Volkes ausmachten.

»Jetzt weißt du zumindest etwas. *Farbige* habens leichter. Ihr habt viele Rechte und Privilegien. Eure Hautfarbe sichert euch Status und Zukunft. Kein Paß, keine Genehmigungen, keine Zuwanderungsbeschränkung. Wenn aber deine Haut schwarz ist, wird es schlimm. Ich bin froh, daß ich dich zu den Leuten deines Vaters gegeben habe – sonst hättest auch du leiden müssen«, sagte sie ohne Mitgefühl.

Ich entgegnete ihr, daß der Polizist doch Afrikaner gewesen sei. Ein Schwarzer, und daß er mich dennoch ohne Rücksicht auf mein Alter geschlagen hätte. Sie erwiderte, daß er seit dem Augenblick, da er die Polizeimarke übernommen hatte, aufgehört habe, Afrikaner zu sein. Er sei etwas völlig anderes geworden. Ein Werkzeug, ein Roboter. Etwas anderes, doch kein Afrikaner. Sie sagte, Afrikaner zu sein, sei etwas Großartiges, Besonderes und bedeute Menschlichkeit und Offenherzigkeit. Wenn ich zurückschaue, dann vermittelte sie mir etwas Wichtigeres als Mitgefühl. Sie half mir, an meine Afrikanität zu glauben und sie zu verstehen. Mehr als alles andere wollte ich richtiger Afrikaner sein.

1952 war ich sechzehn Jahre alt, und im Dezember sollte ich siebzehn werden. Der Winter war rauh und kalt. Ich hatte mich innerlich bereits von meinem Vater und dem größten Teil der

Familie in der Gerty Street Nummer 16 entfernt, streunte herum – ein Straßenschläger und Gewaltverbrecher, für den Gewalt und Halsstarrigkeit goldene Regeln in einem Spiel des Selbstschutzes darstellten. Meinen Leuten machte es nichts aus, mir machte es nichts aus und dem Staat am allerwenigsten. Mein Onkel Willie, der Soldat aus dem Zweiten Weltkrieg, von dem man damals sagte, er leide unter einer Kriegsneurose, verhielt sich mir gegenüber offensichtlich feindselig und gewalttätig. Es waren seine Fäuste, die mir am Tag meiner Rückkehr aus der katholischen Konventsschule in Durban die Lippen spalteten. Das war seine Art, mich zu Hause zu begrüßen.

Mein Großvater hatte mir sein Haus verschlossen und verriegelt, nachdem herausgekommen war, daß ich durch eines der hinteren Fenster kam und ging, wie es mir gefiel. Die Einbrüche in unserer Gegend hatten zugenommen und waren gewalttätiger geworden und ich wurde beschuldigt, sein Leben in Gefahr gebracht zu haben. So hatte sich mir eine weitere Tür verschlossen – einige sollten sich mir nie wieder öffnen. Schwere Stahltüren menschlicher Gleichgültigkeit schlossen mich aus, isolierten mich in der gleichen Weise, in der ich meine Familie zurückgestoßen hatte und aus meinem Leben ausstieß.

Eines Nachts führte ich die *Vultures* gegen die *Styles*-Bande in ihrem Schlupfwinkel an der Kreuzung von Edward Road und Gold Street. Es war ein grimmiges, mit Verbissenheit geführtes Gefecht, bei dem keine Seite auch nur einen Zentimeter zurückwich. Messer gruben sich in weiches, dunkles Fleisch. Äxte, Klingen und Tomahawks – ob zu Hause mit einfachen Mitteln zusammengebaut oder kürzlich im Eisenwarenladen gekauft – schmetterten auf Knochen und Schädel. Das Armeebajonett von Onkel Willie krachte mit seiner schartigen Spitze in Mkhubas Kopf. Er drehte sich um und starrte mich ungläubig und zu Tode erschreckt an. Sein Blut spritzte mir ins Gesicht und auf die Kleider. Er schrie auf. Er rannte weg. Er fiel hin. Es war das Ende der *Styles*-Bande.

Der Weg nach Hause war unangebrachter Jubel und Gesang. Blutüberströmte Hände. Blutverschmierte Kleidung. Blutende und gebrochene Leben, doch was machte es. In den Straßen Sophiatowns würden die Leute über uns reden. Und dafür lebten wir – daß man uns zur Kenntnis nahm, über uns redete und uns fürchtete. Mit Achtung hatte das alles nichts zu tun.

Die einen schauten uns an und duckten sich vor Angst – und rannten weg. Andere aber spuckten verächtlich vor uns aus und forderten uns auf, den kurzen, zerbrechlichen Ruhm und all die Schande, die wir so töricht und rücksichtslos auf uns geladen hatten, zu verteidigen. Viele aber grüßten uns ehrerbietig und klopften uns sogar auf die Schulter in Anerkennung für das Fleisch, das wir aufgerissen, die Knochen, die wir gebrochen und die Leben, die wir genommen hatten.

Nichts mehr.

Nichts weniger.

Niemanden kümmerte es.

Mein Onkel fand mich schlafend auf der Veranda meines Opas, eingehüllt in zwei schmutzige Laken, die ich vom Schutzgeld eines Ladenbesitzers gekauft hatte. Sein Stiefel grub sich in mich und raubte meinen Lungen die kühle Luft der Zeit vor dem Morgengrauen.

»Wo, zur verfluchten Hölle, ist mein Bajonett? Was hast du damit gemacht? Wieder so einen armseligen Hundesohn umgelegt? Wo, verdammt, ist meine Waffe?«

Er war wütend und aufgebracht, hatte ich ihm doch sein Erinnerungsstück an den Krieg weggenommen, seine Trophäe, seine einzige Belohnung für den Kampf gegen die Nazis. Er hatte gekämpft und war verwundet worden, war nach Hause zurückgekehrt, unbeachtet und vergessen, und beobachtete mit stillem Neid, wie die weißen Kriegsveteranen für ihre Tapferkeit vor dem Feind – einem Feind, der sich in nichts von dem unterschied, der eines Tages die Anordnung zur Zerstörung unserer Häuser geben sollte – ausgezeichnet und belohnt wurden.

Ich gab ihm das Bajonett und er jagte mich, wobei sein Gebrüll den Zustand meiner verwirrten und ausgestoßenen Existenz zum Ausdruck brachte.

»Komm her, du kleiner Bastard! Komm her, ich mach deinem verfickten Elendsleben ein Ende …«

Ich lachte, während wir ums Haus rannten. Zwei verlorene Seelen, zwei verlorene Krieger, jeder mit einem verlorenen Krieg. Ich duckte mich und wich ihm aus, unbeeindruckt und unbewegt von der Grausamkeit seiner Worte.

In jenem Winter holte ich mir auf der kalten Zementveranda eine Hirnhautentzündung. Es war die einzige Zeit, in der ich meine Familie wirklich wiederhatte – als sie sich an meinem Bett im Krankenhaus versammelte. Es tat gut, sie um mich geschart zu sehen, wie vorübergehend dies auch immer sein sollte. Sobald ich »außer Gefahr« war, verloren sie wieder das Interesse an mir.

Das Elend blieb mir.

5
DUMAZILE

Der Holzbearbeitungslehrgang war erst spät zuende an jenem Donnerstag im Monat September des Jahres 1953. Ein sanfter, gleichmäßiger Regen näßte mir Kopf und Schultern und rann den Nacken hinab. September Badenhorst zog mich am Hemd.

»Rennen wir, Zinga«, sagte er, und sprach mich mit dem Spitznamen an, den mein Vater mir gegeben hatte. »Los, komm schon«, drängelte er, als ich mich losriß.

»Du weißt, ich mag den Regen«, gab ich ihm zur Antwort und öffnete den Mund, um von dem sanften Sprühregen etwas einzufangen.

»Du bist verrückt. Ich hau ab, ich renne.« Seine Worte hingen noch immer in der feuchten Luft, als ich ihn bereits um die Ecke bei Mukkadams Fleischerei verschwinden sah.

September war mein hochgewachsener, dunkelhäutiger Klassenkamerad. Er kam auch aus Sophiatown. Beide wurden wir im Dezember dieses Jahres achtzehn. September war ein ruhiger Charakter, fast schon zu gutmütig für das gesetzlose Gezücht, das in Sophiatown regierte. Seit frühester Kindheit waren wir schon Freunde. Nun gingen wir beide in die Krause Street High School in Vrededorp, ungefähr zwei Meilen von der Innenstadt Johannesburgs entfernt. *Fietas*, wie Vrededorp im Volksmund hieß, war ein kleines, übervölkertes, weltoffenes Ghetto, in dem vor allem indische Händler und farbige Künstler wohnten. Die Afrikaaner, die zumeist im Nordteil von Vrededorp wohnten, waren arm und ungebildet. Sie wohnten in billigen, abgewirtschafteten und halbverfallenen Häusern und hatten, ihrer Armut wegen, eine Art Haßliebe zu den wohlhabenderen Indern entwickelt. Liebe der Waren wegen, die sie auf

Pump bekamen, und Haß, weil sie Inder zu Nachbarn hatten. Not schafft manchmal seltsame Bettgenossen …

Aufgrund einer unerklärlichen Strategie wohnten die Afrikaner – die »Eingeborenen«, wie man sie in jenen Tagen nannte – am Südende von *Fietas*, eingepfercht zwischen ihren indischen und farbigen Nachbarn, eine ungewöhnlich anmutende Gruppe zwischen dem weltoffenen *Fietas* und dem Vorort Mayfair, der den Weißen vorbehalten war. Die Afrikaner waren nicht nur »rassisch« eingequetscht, sondern – wie einige farbige Familien auch – gleichzeitig Opfer extrem hoher und ausbeuterischer Mieten.

Die Freunde und die Feinde, die ich in *Fietas* gewonnen oder überwältigt hatte, verdankte ich meinen Fäusten. Es war leicht möglich, daß sie jetzt vorbeikamen. Das war der Grund, weshalb September wollte, daß ich mit ihm rannte. Es ging das Gerücht um, daß der Kerl von der *Times-Square*-Bande hinter uns her war, den ich vorige Woche verprügelt hatte. Gerüchte gab es immer, aber sie berührten mich kaum. Ich grübelte, als ich an Mukkadams Fleischerei vorbeikam. Sein Sohn Ghalab hatte im Klassenzimmer den Zorn meiner Fäuste zu schmecken bekommen, weil er mich wegen meines Gangs nicht *Cassidy* sondern einen *Hopalong Kaffir* genannt hatte. *Durango Kid* – der Boxer, den ich geschlagen hatte, war Ghalabs Idol.

Der Regen wurde stärker, und ich mußte rennen, um meinen Bus nach Sophiatown zu erreichen.

Ich saß neben einer Frau, von der ich wußte, daß sie neu in unserer Straße war. Man sagte, sie käme von einer der Farmen in Zululand. Hellhäutig und unscheinbar, hatte sie kurzes, krauses Haar, eine schmale, hübsche Nase und Wangen mit weichen Grübchen. Dicke Augenbrauen schienen ihre großen Augen zu schützen. Ich hatte schon oft versucht, sie anzusprechen, weil ich jedesmal, wenn sie mir zulächelte, ein mächtiges sexuelles Verlangen verspürte. Sie war zierlich und zurückhaltend, und mir ging es gut, wenn ich sie nur ansah.

»Dumazile«, erwiderte sie, als ich sie nach ihrem Namen fragte. »Sprichst du Zulu?«

»Ja«, sagte ich, »aber nur ein bißchen. Gerade genug, um dir zu sagen, daß du in unserer Straße wohnst.« Mein Zulu kam langsam und vorsichtig.

Sie lächelte, und Stille breitete sich zwischen uns aus. Der Bus bremste ruckartig und schlingerte von einer Seite zur anderen, so daß im ersten Augenblick mein Atem sie streifte, im nächsten ihr Atem mich. Ich fand heraus, daß Dumazile eine Tochter hatte. Der Vater war während irgendwelcher Gruppenzwistigkeiten in Msinga in Zululand brutal ermordet worden. Der Mann war viel älter als sie. Sie hatte Angst um ihr Leben gehabt und war nach Johannesburg gekommen, um Arbeit zu suchen.

Ich war für den Lärm im Bus völlig unempfindlich. Bis plötzlich ein halbbetrunkener Mann, der gerade eingestiegen war, brüllte: »Baby, come *duze*! Come *duze,* baby!« Er wiegte sich in den Hüften und zeigte erst auf Dumazile, dann auf mich. »*Sukuma wena mfana!*« Ich sollte ihm meinen Sitzplatz überlassen. *Baby, come duze* riefen die liebeshungrigen Wanderarbeiter immer, wenn sie eine Frau sahen, die sie begehrten. Der Eindringling wiederholte seinen Befehl, von meinem Sitzplatz zu verschwinden. Als er näher kam, stieß ich ihn wütend weg und zog mein Jagdmesser hervor.

»Du spinnst wohl, *baba* (Vater)! Ich stehe für niemanden auf! Ich hab genauso bezahlt wie du.« Mein Zulu kam schnell und wütend.

Ich ging auf den Mann zu, aber Dumazile hielt mich zurück. »Setz dich«, sagte sie bestimmt, »siehst du nicht, daß er betrunken ist?«

Dann rief jemand dem Eindringling zu: »Sei vorsichtig, der ist ein *tsotsi*, er wird dich abstechen. Hier ist nicht *Jeppe Hostel*!« Jemand lachte höhnisch. Der Hohn gab mir Kraft und noch mehr Mut – sie schienen auf meiner Seite zu sein.

Dumaziles Ehre und meine Mannbarkeit waren gerettet,

dachte ich. Ich setzte mich und sah sie an, und ihre Augen schienen sich in meine zu versenken.

»Ich weiß, daß man dich Don nennt, und daß du in den großen Häusern wohnst.« Ich nickte. »Wie alt bist du?« fragte sie.

Ich zögerte und ließ absichtlich das Messer fallen, um sie von meiner Männlichkeit zu überzeugen. Wenn ich mit dem Messer umgehen kann, macht mich das nicht zum Mann? Doch ich blieb still. Sie wiederholte ihre Frage.

»Achtzehn«, antwortete ich und hoffte, daß damit das Verhör beendet war. Mitnichten …

»In welche Klasse gehst du?« Ihr Englisch war gut.

»Standard Eight, J. C.« Ich log, wie bei meinem Alter. Warum, zur Hölle, mußte sie das wissen, vor allem, wo sie doch neben mir so winzig aussah? Sie lächelte ihr warmes und bezauberndes Lächeln und erzählte mir, daß sie bis Standard Ten zur Schule gegangen sei, aber den Abschluß nicht gemacht habe. Als ich meinen Kopf hob, trafen sich meine Augen mit dem starren Blick des Eindringlings. Ich starrte zurück und grinste. Er duckte sich und schaute zur Seite. Noch eine Runde gewonnen.

In der Toby Street, zwei Straßen von unserem Ziel entfernt, stiegen Dumazile und ich aus. Sie wohnte unserem Haus schräg gegenüber in der Nummer 19. Wir gingen in ihrem Tempo. Mein Gesicht tropfte vom Regen, und mein weißes Schulhemd klebte mir am Körper. Sie öffnete ihren Schirm. Ich durfte ihn tragen. Schweigend bogen wir in unsere Straße ein und gingen dann in Grovenders Lebensmittelladen, um Brot und Milch zu kaufen. Wir gingen weiter, noch immer in ihrem Tempo. Menschen huschten und eilten an uns vorbei, als ob sie Angst vor einem drohenden Sturm hätten. Es dauerte eine Ewigkeit, bis wir schließlich bei uns zu Hause ankamen. Es war 18.20 Uhr, und ich wußte, daß mich niemand fragen würde, wo ich gewesen sei und warum ich so spät aus der Schule käme.

Es kümmerte niemanden …

Ich drehte mich um, um in unseren Hof zu gehen und gab ihr den Regenschirm zurück. Wir blieben stehen.

»Gehst du nach Hause?« fragte sie, und bevor ich noch antworten konnte, sagte sie: »Komm mit. *Baby, come duze ...*« Wir mußten beide lachen. Halb widerstrebend schüttelte ich den Kopf. »Komm«, sagte sie in Zulu. »Du mußt erst deine Sachen trocknen und einen Tee trinken.«

Urplötzlich war aus der Gerty Street ein Leichenschauhaus oder ein Friedhof geworden, so still war es. Zwischen meinen Beinen fühlte ich Wärme aufsteigen, die mir heiß ins Glied fuhr, so daß es sich hart gegen die Unterhosen preßte. Das war ein Gefühl, das weit tiefer als alles ging, was ich mit den anderen, jüngeren Mädchen erfahren hatte, auf die ich gewöhnlich in der Dunkelheit Jagd machte.

»Komm ...«

An der Tür zu ihrem Zimmer angekommen, schloß Dumazile mehrere Vorhängeschlösser auf und schob riesige Riegel zurück. Wir betraten das dunkle, feuchte, sechzehn Quadratmeter große Zimmer. Mit meiner Hand ertastete ich ihr Bett. Sie suchte nach einer Schachtel Streichhölzer. Die Paraffinlampe hüllte den Raum und ihre Augen in ein gelbes Licht. Sie lächelte. Ich setzte mich ihr gegenüber. Der Primuskocher unterwarf sich demütig ihrem Pumpen, sklavisch geradezu, und als sie ihn anzündete, schoß eine blau-gelbe Flamme auf. Das Wasser kochte, der Tee wärmte mich auf.

»Ist dir jetzt wärmer?« fragte sie.

Ich nickte und stellte gleichzeitig fest, daß die Hitze zwischen meinen Beine und die Härte meines Gliedes nicht mehr so stark waren wie draußen auf der Straße. Seltsam, der heiße Tee kühlte die Hitze tief in meinem Innern, die es vermocht hatte, daß ich mich wie ein richtiger Mann fühlte.

Als Dumazile mein Hemd nahm, nahm sie auch mich. Sie forschte wieder in ihrer Muttersprache: »Warst du schon mal mit einer Frau zusammen? Ich meine, hast du schon mal mit einem Mädchen geschlafen?«

Stille.

... Stille, jene fließende Zeit, wenn die Seele in den Embryo eindringt und das Blut zum Leben erweckt. Sie ist jener Augenblick, in dem die Seele ihre menschliche Last ablegt und sich zum Ewigen Ursprung erhebt. Stille ist jene Pause zwischen Wahrheit und Lüge, wenn das Herz zu wählen hat ...

»Don, hast du schon mal mit einem Mädchen geschlafen?«

Nach einer Zeit, die mir wie hundert Jahre vorkam, nickte ich, doch ich log – ich hatte noch nie Sex gehabt. Masturbiert – ja, doch noch nie mit einem Mädchen geschlafen, geschweige denn mit einer Frau. »Ja«, sagte ich, um die Lüge zu bekräftigen und damit meine Männlichkeit zu stärken.

»Komm ...«

Die Nacht kam mit tiefem und schwerem Feuer, dunkel und flammend auf meiner Haut und im Innern meines Körpers. Ich erinnerte mich an das Losungswort: *»Baby, come duze«*, komm näher, Frau, Kind, Junge, Mann, komm näher, *come duze*. Donner grollte aus meinem Körper und brennende Blitze zuckten durch meine Muskeln. Dumazile rief wohl tausend Mal meinen Namen.

»Komm ...«

Das Zauberwort rief die brennende Nacht in dieses vier mal vier Meter große Zimmer und durchtrennte den goldenen Faden meiner Jungfräulichkeit. Es regnete viel stärker. Ich schlief an ihren Brüsten. Ausgebrannt, verletzt, beschämt und freudig verwirrt. Und doch gleichzeitig eingehüllt in eine tiefe Erfüllung aus Frieden, Stärke und ungeahnter Kraft.

Seltsam ...

»Dumazile«, fragte ich sie, »wie heißt das Zulu-Wort für wohlfühlen? Welches Wort gibt es dafür in deiner Sprache?«

Stille.

»Fühlst du dich so, mein Don?«

»Ja ...« Aber warum nur immer eine Frage auf eine Frage, überlegte ich.

»Ich fühle mich auch sehr wohl.«

Ihre Worte hatten den gleichen geheimnisvollen Zauber, den ich in ihren Augen gesehen hatte.

»Doch wie heißt das in Zulu?«

»Duduza, es heißt duduza oder duduzile.«

»Das klingt ja fast wie dein Name!«

»Nein, Dumazile bedeutet Enttäuschung oder enttäuscht sein.«

»Warum haben deine Eltern dir diesen Namen gegeben? Waren sie über irgend etwas enttäuscht?« Jetzt war ich mit dem Verhör dran.

»Ja, über meine Geburt. Weißt du, mein Vater wollte, daß sein Erstgeborenes ein Sohn ist.«

Schweigen.

»Nun, ich bin nicht enttäuscht«, sagte ich. Sie lachte sanft, fast flüsternd.

»Ja«, sagte sie und berührte meinen Nabel. Leben und Feuer brandeten erneut heran, dunkel und flammend aus der Nacht. Ich erinnere mich, wie ich ihren Namen wohl tausendmal, eine Million Mal rief. Ein neuartiger und tiefer Schlaf überwältigte mich.

Baby, come duze ...

Mehrere Donnerstage folgten: der Holzbearbeitungslehrgang ging weiter, und das »Wohlfühlen in der Enttäuschung«, das ich bei Dumazile erfuhr, rief in Nummer 19 einige Aufregung hervor und verleitete einige Leute dazu, mich schief anzusehen. Erwachsene, Frauen und Männer, Jungs und Mädchen in meinem Alter schauten und glotzten und schnatterten wie die Affen. Ich ignorierte das Geschwätz und geriet auf die schiefe Bahn – spielte und stahl – um Dumazile jene Sachen schenken zu können, die ein richtiger Liebhaber ihr schenken mußte.

Es war immer schwierig, sie dazu zu bewegen, daß sie über sich sprach, weil sie so zurückhaltend war, was Dinge anging, die sie liebte und wollte; die Dinge, die ihr in der Kindheit Freude bereitet und als Frau Schmerzen zugefügt hatten. Ich nehme an, daß es damals, als ich achtzehn war, Dinge gab, von denen ich noch nichts wissen oder fühlen konnte, geschweige denn hoffen konnte, sie zu verstehen. Viele, auch meine Familienangehörigen, sagten gewöhnlich, ich sei frühreif: ein *ougat* (alter Arsch), wie sie es derb ausdrückten, meines Intellekts und meiner Kenntnis von Dingen wegen, von denen sie meinten, daß sie Erwachsenen vorbehalten seien. Dumazile hat mir oft gesagt, daß sie sich niemals ganz sicher war, ob sie mich nun als kleinen Jungen oder als Erwachsenen behandeln sollte, wenn wir über ernste Dinge redeten.

Ein einziges Mal erzählte sie von sich. Das war am 5. November 1953, am Abend von Guy Fawkes.

»Ich stamme aus einer strengen Familie – streng und traditionell verwurzelt –, in der wir Frauen häufig wie Sklaven behandelt werden, als Töpfe oder Tiegel oder Kalebassen, aus denen man Bier oder Wasser trinkt. Erst wenn eine Frau alt geworden ist, *li-Mama* oder *li-Gogo* (alte Mutter oder Oma), bringt man ihr etwas Respekt entgegen. Warum sollte ich warten, bis ich alt bin, damit meine Würde als Frau, als Persönlichkeit (*uMuntu*) respektiert wird?« Sie sprach leise, wie unter Qualen.

Ich verstand ihre Klage über die Prüfungen einer Zulufrau nicht ganz. Ein Blick in meine Augen mag ihr vorgetäuscht haben, daß ich ihre Empörung, ihr Aufbegehren und ihren verborgenen Schmerz verstand.

Sie fuhr fort: »Don, wie behandeln die *Farbigen* ihre Frauen? Befolgen dein Vater und seine Brüder die schwarze Tradition der Überlegenheit der Männer auch in Bezug auf farbige Frauen?«

Ich schüttelte den Kopf. »Das weiß ich nicht genau, Dumazile, denn in unserer Familie haben alle schwarze Frauen, mein Vater und meine Onkel. Weißt du, meine Mutter ist schwarz, eine Tswana, und ich weiß, daß man die Frauen zum Teil schlecht behandelt hat, doch es gab auch Frieden und Verständnis. Meine Oma war zur Hälfte Xhosa und mein Großvater ist Italiener.

Dumazile nickte etwas verwirrt. »Ja«, sagte sie, »aber hier sind wir in Johannesburg – *Kwa-umfazi ushayi indoda* (der Ort, an dem die Frauen die Männer schlagen)«.

»Du bist also aus Natal weggegangen, weil man Frauen dort schlecht behandelt?« fragte ich nach, wobei ich mir nicht sicher war, was ich da sagte. Und ich wollte doch ihre Gefühle nicht verletzen.

»Zum Teil, hauptsächlich aber, weil meine Eltern einen Mann ungeschoren davonkommen ließen, nachdem er mich auf dem Heimweg von der Missionsschule vergewaltigt hatte. Ich stand kurz vor dem Abschluß von Standard Ten.«

Dumaziles Gesicht nahm einen nachdenklichen Ausdruck an, den ich noch nie zuvor bei ihr gesehen hatte. Ich fühlte tiefes Mitleid mit ihr.

»Ich war auch auf einer Missionsschule, in Durban, im Stadtteil Mayville. Einer von den großen Jungs, ein Kerl namens Dry, hat mich sexuell belästigt. Ich hab ihm aber ein Eisenrohr über den Schädel gezogen. Dry hat wie ein Schwein geblutet. Später wurde er der Schule verwiesen.«

Meine Worte vermochten sie nicht zu trösten. Im Gegenteil, ihre Augen forschten in meinem Gesicht, und sie schreckte vor mir zurück.

»Ich wollte unbedingt Krankenschwester werden«, sagte sie kalt.

... Es ist schwer, sich an Verletzungen der Seele oder an Demütigungen zu erinnern. Immer besteht die Gefahr, daß die grausame Hand der Zeit die schlecht verheilten Wunden aufreißt und das Blut und das Fleisch und das Trauma jener bitteren Erfahrungen bloßlegt, da schreckliche Dinge uns die Glieder verletzten und unbedachte Worte versuchten, unsere menschliche Würde zu töten. Diese Gefahr besteht immer ...

Ich hatte Angst, daß sich Dumazile deshalb von mir zurückgezogen hatte, zurück in die Sicherheit ihrer harten Schale, daß ein Teil von ihr zugrunde gegangen wäre, wenn sie mehr von sich preisgegeben hätte. Immer war die Gefahr da. Doch ich versuchte es weiter: »Hat man den Mann bestraft? Was hat dein Vater gemacht? Zog er den Mann zur Rechenschaft für das Verbrechen, das er an dir begangen hatte?« Wie Wellen aus Zorn und Anteilnahme brachen die Fragen aus mir hervor, sollten ihr zeigen, daß ich auf ihrer Seite stand, auf der Seite der Beladenen und – unbewußt – auf meiner eigenen Seite.

Dumazile nickte und rückte näher. »Mein Vater kannte den Mann. Er gehörte zum gleichen Clan wie unsere Familie: ein Sithole. Er mußte Schadenersatz zahlen. Er war viel älter als ich, alt genug, um mein Vater zu sein. Ich war erst neunzehn und wünschte mir nichts sehnlicher, als Krankenschwester zu werden.«

»Hast du deshalb Standard Ten nicht abgeschlossen?« fragte ich.

»Ja. Ich war schwanger, und die Nonnen kriegten es raus und zwangen mich, die Schule zu verlassen. Wegen des schlechten Einflusses auf die anderen Mädchen.«

Dumazile begann leise zu weinen, und was ich in meiner hilflosen Verwirrung auch sagte, es vermochte nicht, sie zu trösten und ihren Schmerz zu lindern. Warum nur, warum hatte sie mir diese Geschichte erzählt?

»Dumazile«, fragte ich, »was wurde aus dem Mann und dem Kind?«

»Der Mann wurde, Gott sei Dank, von Leuten des Zwane-Clans getötet, die unser Dorf angriffen. Auch mein Vater ist barbarisch umgebracht worden.«

»Lebt dein Kind noch?« Ich ließ nicht locker, und wieder zog sich Dumazile von mir zurück und bat mich zu gehen. Es war lange nach Mitternacht und all der Trubel der Guy-Fawkes-Nacht in den Straßen war erstorben. Ich ging nach Hause und klopfte an die Tür meines Vaters.

»Geh dorthin zurück, wo du herkommst«, lautete seine Antwort. Ich hörte meine »Stiefmutter« kichern. Ich schlief auf der Veranda des Hauses meines Großvaters, wütend und verbittert, und wußte nicht, was mit mir und Dumazile werden würde.

Immer war da die Gefahr.

An einem Donnerstag Mitte November faßte Dumazile auf dem Weg von der Bushaltestelle fest nach meiner Hand. Wir blieben stehen.

»Don, wie alt bist du wirklich?«

»Achtzehn. Am 29. Dezember werde ich neunzehn. Warum fragst du?«

»Nun, ich möchte, daß du weißt, daß ich eine Tochter ungefähr in deinem Alter habe. Sie ist fünfzehn und wird im Dezember sechzehn, am Dingaans-Tag.« Dumazile zählte bis sechzehn an ihren Fingern und lächelte teuflisch. Ich erinnere mich, daß ich mich verletzt und verwirrt fühlte. Die Qualen eines Schuljungen – wie gegeben, so genommen. Doch ich ließ den Dingen ihren Lauf.

»Wie heißt sie?« fragte ich.

»Duduzile.«

»Trost?«

»Ja, und sie wird in meinem Zimmer sein, wenn wir dort ankommen. Sie ist gekommen, um Geld zu holen. Und auch, weil ich sie vermißt habe.« Dumazile sprach jetzt Zulu: »Ich möchte nicht, daß sie etwas von uns erfährt. Was würde sie sagen, wenn sie all den Klatsch über uns erfahren würde? Du, ein Schuljunge – fast in ihrem Alter. Was soll sie von mir denken? Don, die Sache mit uns muß jetzt aufhören!«

Ich wußte nicht, was ich ihr darauf erwidern sollte, aber mir war klar, daß es ihr ernst war. Sie nicht mehr sehen! Mein Gott, ich würde zugrunde gehen. Ich behielt meine Gedanken aber für mich.

Duduzile sah ihrer Mutter sehr ähnlich, war nur größer und kräftiger, hatte aber die gleichen Grübchen. Ihr Haar war zu dicken glänzenden Zöpfen geflochten, die sich zu einer runden

Krone um ihren wohlgeformten Kopf legten. Ich begrüßte sie in Zulu, doch sie antwortete auf Englisch. Ich ließ die beiden allein und wußte nicht, was am nächsten Tag werden sollte. Dumaziles Tür blieb das ganze Wochenende über verschlossen, auch am Freitag. Es war das erste Wochenende seit langer, langer Zeit, das mich nachts mit meinem Messer in die Straßen zog und mit blutgetränkten Sachen nach Hause zurückkehren ließ.

Die Mitglieder meiner Bande begrüßten mich: »Glückliche Heimkehr …«

Der Montag ging vorüber. Der Dienstag wurde geboren und ebenfalls beerdigt. Der Mittwoch verbrannte zusammen mit der Asche meines ausgebrannten Herzens. Voller Erwartungen stieg der Donnerstag empor, ein Tag, schwanger mit meinen Hoffnungen und Ängsten. Im Bus um 17.45 Uhr suchte ich jedes müde Gesicht ab. Dann, vor ihrem Zimmer, rüttelte ich an den schweren Vorhängeschlössern. Zusammen mit dem Freitag gingen zahllose Opfer von Gewalt und Verbrechen zugrunde, Verbrechen, verübt von *tsotsis*, jungen Gangstern wie mir, die sich unter den Schuluniformen und den Soutanen der Ministranten verbargen. Am späten Sonnabendnachmittag jener qualvollen Woche kaufte ich Lebensmittel und Fleisch für Dumazile. Die Schlösser fehlten. Ich hörte Stimmen und ohne anzuklopfen, stieß ich die Tür auf und sah einen Mann, nackt bis auf die Unterhosen, auf eben jenem Bett, das meinem Körper Leben und Feuer eingehaucht hatte. Auf dem Bett, das die Male meiner Liebe trug.

»Was zur Hölle!« Die Stimme des Mannes war tief und heiser.

Dumazile, die mit ihrem Lieblingspetticoat mitten im Zimmer stand, schlug mir schnell die Tür vors Gesicht, ich aber stieß sie wieder auf und schmiß die Lebensmittel und das Fleisch in das Zimmer. Ich rannte weg, hielt mir die Hand vor den Mund und rannte zur nächsten Toilette, in die ich meine Wut, meinen Schmerz und meine Demütigung erbrach. Ich versteckte mich in unserem Kohlenschuppen und weinte jämmerlich. Dabei verstand ich meine Traurigkeit überhaupt nicht.

Ich holte mein Messer aus seinem Versteck und schwor, daß ich sie beide drankriegen würde. Die Nacht brachte das Feuer der Wut. Ich ging zu Dumaziles Zimmer zurück und wartete darauf, daß sie herauskämen. Ich schwor mir, in der einzigen Sprache mit ihnen zu reden, die ich verstand – der Sprache der Gewalt. »*Baby, come duze, come duze, Baby*«, flüsterte ich vor der Tür. Stille. Als der Morgen dämmerte, lugte ich in das Zimmer. Es war niemand drin. Tage- und wochenlang, über Dingaan's Day, über Weihnachten und meinen Geburtstag hinweg, blieben die Schlösser vor ihrem Zimmer.

Ich sah sie nie wieder.

6
KOFIFIS ANDERE GESICHTER

Verwahrlosung und Armut, Krankheit und Tod haben ein abscheuliches Antlitz. Es machte keinen großen Unterschied: der größte Teil von Sophiatown war ein erbärmlicher Slum, der einen krank machen konnte. Die Schwarzen hatten zwar das Recht, Grund und Boden zu erwerben, und ein paar Häuser konnte man mit denen der Weißen in den angrenzenden Vororten vergleichen. Und doch verkam Sophiatown bis ins Mark, weil der Stadtrat von Johannesburg seiner Verantwortung für die Erhaltung Sophiatowns nicht in vollem Umfang nachkam. Öffentliche Anlagen wie Sportplätze und andere Erholungsmöglichkeiten? In der ganzen Township gab es nicht einen einzigen Fußballplatz.

Basketball oder Fußball spielte man auf den Schulhöfen und in den Straßen. Kirchen, Klassenzimmer und Wellblechbaracken waren die Trainingshallen der Boxställe, die viele Champions hervorbrachten. Und auch Mörder. King Berry war so ein Boxer. Er wurde gehängt, weil er seine Frau aus Eifersucht brutal umgebracht hatte. Die Frauen machten ein Lied daraus, und das ging so: »King Berry, der Champ, tötete das einzige, was er liebte. Verhext muß er gewesen sein ...«

Doch Sophiatown hatte auch seine Reize. Malerisch war es und anheimelnd, wie die meisten Ghettos. Zweistöckige Häuser und verträumte kleine Landhäuser mit gut gepflegten Gärten standen Seite an Seite mit schäbigen Hütten aus Holz und Metall, brüderlich umschlossen von Schmutz und Verbrechen. Zu den Wohlhabenden gehörten Afrikaner, Farbige, Inder und Chinesen.

Mabuza, einem der Reichen, gehörte ein zweistöckiges Haus,

das er mit den teuersten Möbeln zum Preis von über dreißigtausend Pfund ausgestattet hatte. Dazu kam ein dreistöckiges Gebäude mit einer riesigen Molkerei und einer Fleischerei im Erdgeschoß, fünf Schlafzimmern im obersten Stock und einem dazwischenliegenden großen Restaurant. Am Rande von Johannesburg besaß Mabuza, dessen Sohn Early ein berühmter Jazz-Musiker wurde, ein weiteres großes Restaurant. In Sophiatown konnte man sich seine Nachbarn nicht aussuchen, so daß unmittelbar neben den wohlhabenden Mabuzas, Xumas, Makhenes oder Rathebes die Ärmsten und Bedürftigsten wohnten. Das einzige, das die Reichen zu jener Zeit tun konnten, war, hohe Mauern zu errichten und auf ihren Kronen Glasscherben einzuzementieren, um Diebe abzuschrecken.

Die Reichen und die Armen, die Ausbeuter und die Ausgebeuteten waren alle in ein farbenprächtiges Gebilde verwoben, das keine Rassen und keine Klassen kannte. Die Kinder vermischten sich freizügig miteinander, ob ihren Eltern das nun gefiel oder nicht. Die Kinder in ihrer Unschuld erkannten keine Unterschiede an. Es gab kein gesondertes bürgerliches Terrain, keine Konzertsäle für die Eliten. Nur lange Straßen und Tausende von Menschen, die wie ruhelose, unersättliche Insekten durcheinanderwimmelten: Schwarze, die Schwarze ausbeuteten. Und weil die weißen Behörden nicht dazu in der Lage waren, die soziale Not zu lindern, sorgten unter hohem Aufwand die katholische und die anglikanische Kirche dafür. Die reichen Hausbesitzer – und viele von ihnen waren Weiße oder Inder –, führten nie auch nur den geringsten Teil ihrer riesigen Profite in die Township zurück. Es war eine vom Wolfsgesetz regierte Welt, auf eine seltsame Weise zugleich hart und zärtlich.

Sophiatown hatte zwei Kinos. Sie gehörten Juden: das Picture Palace, das nach seinem Besitzer auch Balansky hieß, und das Odin, das einem Mann namens Lakier gehörte. Vom Odin sagte man, daß es mit seinen rund 1100 Sitzen das größte Kino in ganz Afrika sei. Es war gleichzeitig Kino, Konzertsaal, Kirche und Tagungsort für politische Massenveranstaltungen von Organisationen wie dem African National Congress, dem Anti-Removals Committee, dem Defiance of Unjust Laws Campaign Committee. Die international bekannte Sängerin Miriam Makeba, die bis jetzt im Exil lebt und nicht nach Südafrika zurückkehren darf, ist auch im Odin aufgetreten – an dem Ort, an dem das Publikum Messer und Schußwaffen bei sich trug und oft genug auch rücksichtslos einsetzte. Irgendwann zwischen 1948 und 1950, als ich noch in Durban zur Schule ging, eröffnete Lakier auch eine Milchbar und eine Jukebox-Kneipe im Harlem-Stil, mit einarmigen Banditen und Laterna magica.

Nahezu alles, was wir aßen und an Kleidung besaßen, war amerikanisch. Es gab Banden und einzelne Mitglieder von Banden, die sich Namen, Gewohnheiten und Gehabe solcher Filmstars wie George Raft, John Garfield und John Wayne, der den Spitznamen *Motsamai* (Schwankender) verpaßt bekam, zulegten. Einige Modeläden machten ihre Sachen auf Empfehlung der Amerikaner-Bande absichtlich teurer, weil die das ausschließliche Privileg haben wollte, Importe aus den USA, wie zum Beispiel Florsheim-, Nunn Bush- und Jarman-Schuhe, zu tragen und bereit war, dafür zu bezahlen. Was sie damals vielleicht nicht ahnen konnten: Diese Läden trugen das Erbe der hohen Preise in die sechziger, siebziger und achtziger Jahre. »Made in the USA« war das alleinige Kriterium, und jeder Schwachsinn wurde allein dadurch schon begehrenswert, daß er die Aufschrift USA trug. Und in Sophiatown gab es viele Läden und viele Schneider – ausnahmlos in jüdischem oder indischem Besitz –, die aus dieser »Made in the USA«-Manie riesige Profite schlugen. Selbst die traditionellen afrikanischen Heilkundigen benutzten grell bemalte Schilder, um ihre Aphrodisiaka, Blutmixturen und Glücksbringer aus den USA anzupreisen. Und wenn man die Ami-Marotte ablehnte, wurde man ganz schnell zum *moegoe* oder *Greenhorn* gestempelt.

Wie bunt fluoreszierende Reklame strahlte das Antlitz der Religionen von den zahllosen christlichen Sekten und hinduistischen, muslimischen und buddhistischen Kreisen her. Sie alle predigten und verkauften ihr Verständnis von Buße, Erlösung und der Aussöhnung mit Gott. Da gab es die Rituale der afrikanischen *amaZioni* mit ihrer frenetischen Verehrung bei Beckenschlag und Trommelklang, deren Dröhnen von Mitternacht bis Sonnenaufgang auf- und abschwoll. Männer, Frauen und Kinder riefen verzweifelt nach ihrem Gott, als sei Er seit Ewigkeiten im Urlaub. Kirchen wetteiferten um die Erlösung der Seelen. Sie versuchten, Gott wie auf einem Wühltisch an jene Menschen zu verhökern, die schon seit langem nichts mehr kauften, nicht etwa, weil ihnen das Geld fehlte, sondern weil sie den Glauben verloren hatten …

Und Erlösung war um den Preis eines Liedes zu haben. Doch, so schien es, die Menschen hörten nicht hin. Nur die Alten öffneten den Liedern ihre Ohren und gaben die Überreste ihres verschwendeten und zerbrochenen Lebens in einem allerletzten Ersatzdienst dem Einen hin – dem *Umkhulumkhulu*, dem *Modimo*, dem Thixo, der Erde und Himmel regiert.

Dann rasselten wild die Tamburins und Becken. Sie sprachen von der Eile und den Anstrengungen, mit denen die Menschen vor sich selbst und vor Glauben und Aberglauben Schutz suchten, und die stärker als die Vernunft oder gar das Christentum waren. Oft entschied das beschwörende Werfen von Knochen oder Amuletten über Leben und Tod. Viele wurden es müde, das Schicksal ihrer Nächsten und das ihrer eigenen Seelen in die Hände jenes Unsichtbaren Gottes zu legen, in dessen Namen sie beherrscht und verunglimpft wurden. Wenn alles andere versagt hatte, wandten sie sich wieder ihren traditionellen Medizinmännern zu.

Und mitten in der Nacht, in der geheimsten Kammer seines Herzens, sucht jemand seinen »Doktor« auf.

Patient: »*Baba, Makhosi,* – Vater, König, es gibt etwas, das stiehlt mir den Schlaf und legt einen Schatten auf mein Heim.

O Baba, O Makhosi Sizwe – O Vater, O Führer unseres Volkes, ich bitte dich um Fürsprache mit unseren heiligen *amadhlozi* – unseren Ahnen.«

Doktor: »Ich höre dich, Sohn der vom Kummer geplagten Schatten, dessen Haus der Frieden des Schlafes meidet. Diese *amathambo* (Knochen) sind die Stimmen deiner toten Verwandten. Sie werden uns den Dorn deiner Heimsuchung offenbaren. In Kürze wird uns alles bekannt sein – nichts bleibt den *amadhlozi* verborgen. Sag ja, *vumani-bo.*«

Patient: »*Siya vuma, Makhosi* – wir stimmen zu, Herr.«

Und im matten, flackernden Licht der Kerzen murmelt der *nyanga* (der traditionelle Medizinmann) sein scheinbar zusammenhangloses Gebet, seine Anrufung, schüttelt die heiligen Knochen in seinen ockerfarbenen, perlgeschmückten Händen. Das Licht der Kerzen bewegt sich in der Glut seines Atems. Hierhin, dorthin. Und er ruft an die alte Weisheit seines Stammes. Und betet zu den Ahnen seines Patienten und erweckt sie, Antwort zu geben.

Doktor: »*Makhosi, Makhosi, vumani-bo, vumani-bo!*«

Patient: »*Siya vuma, siya vuma, Makhosi …*«

Auf den heiligen Teppich rollen dann die Knochen, und die weise Zunge leckt die eifrigen, vollen Lippen, die Augen werden tief und starr. Dann schüttelt sich der Kopf, und die Augen – diese durchdringenden und scharfsichtigen Augen – untersuchen und prüfen die Lage der Knochen. Wieder und wieder rasseln die Knochen und rollen auf den heiligen Teppich, den weder Schuh noch Fuß je betreten haben.

Doktor: »Sprecht, *Makhosi*, sprecht. Euer Schattensohn, den Schlaflosigkeit quält, erwartet eure Stimmen. *Vumani-bo*!«

Patient: »*Siya vuma* (ja). Wir sind eins mit unserem Geist!«

Dann sprechen die Knochen und die Botschaft entströmt diesem Gesicht, von dem das Wasser rinnt, entströmt jener Zunge, die die Lippen leckt. Der Patient lauscht aufmerksam, den Kopf ehrerbietig gesenkt vor einer Wesenheit, die größer ist als er selbst, größer als alles, was auf der Erde lebt. Und er vernimmt die Botschaft und wartet auf ihre Auslegung. Die Ahnen haben über ihren Boten gesprochen. *Siya vuma,* wir unterwerfen uns …

Es ist möglich, daß die Ahnen ein Leben für das »Leben« einfordern, das sie dem Patienten schenken. Blut um Blut. Nur dann gehen die Schatten schlafen, und der Frieden ist wieder hergestellt.

Und der Mann oder das Kind oder die Frau oder das Lamm oder die Ziege werden geschlachtet. Ihr Blut geopfert. Dann kommen die Schatten nicht mehr, und der tiefe Schlaf kehrt zurück, zu läutern Schmerz und Furcht.

Vumani-bo, vumani-bo …

Über den zersplitterten christlichen Sekten thronten die römisch-katholische und die anglikanische, die methodistische und die lutherische Kirche wie Felsen über der Brandung. Geordnet, organisiert. Zahlenmäßig zwar bei weitem von den vielen verschiedenen Sekten übertroffen, wurden sie von ihnen dennoch als die Wiege ihres christlichen Glaubens respektiert. War aber ihre afrikanische Religion nicht älter als jene, die die frühen Pioniere des Christentums von jenseits der großen Wasser gebracht hatten? Und war es nicht ihre afrikanische Götterverehrung, die Blitz und Donner und Regen herbeirief, wenn das Land verdorrt und durstig war? *Vumani-bo, Makhosi!*

Wie die Lutheraner und die Methodisten erbauten die Katholiken und die Anglikaner neben ihren Kirchen riesige Missionsschulen aus den Mitteln, die ihnen ihre weißen Sponsoren in Südafrika und Übersee zur Verfügung stellten. Diese Mutterkirchen empfanden eine starke Bindung an die Ideale der Würde des Menschen und der sozialen Gerechtigkeit. Sie fanden in Männern und Frauen, Nonnen und Priestern wie Vater Rakale, Vater Singleton, Vater Sidebotham ihren sichtbaren Ausdruck. Vor allem aber in Pater Trevor Huddleston, dessen persönliches Engagement für die Menschen in Sophiatown überhaupt nicht genug gewürdigt werden kann.

Doch wie ich die Guten unter den Trägern der geistlichen Robe erlebt habe, so sah ich auch die Schlechten und Bösen. In einigen christlichen Sekten nutzten die Prediger ihre Kirche zum persönlichen finanziellen oder sexuellen Vorteil aus. Im Namen Gottes häuften sie riesige Reichtümer auf. Sie verkauften Bibeln, Kreuze, Zierat und mit leuchtendem Tuch verkleidete Erlösungsstäbe, Leopardenfelle und Schärpen. Einige Geistliche hatten viele Frauen und befahlen in der Tat noch weiteren, ihr Zuhause zu verlassen und sich der Kirche anzuschließen – was unweigerlich im Bett endete. Diese Prediger kauften Autos und wohnten in riesigen Häusern – ihre Kanzel im Himmel. Alles in Seinem Namen …

Und die Menschen verstanden dies als »den Willen Gottes« und nahmen es hin. So war Sophiatown, wo man Gott für ein Liedchen haben konnte, zum Niedrigstpreis verhökert … »*Vumani-bo, siya vuma!*«

Ein Schwimmbad kann eine Oase aus Spaß und Trubel für unterprivilegierte Kinder sein, die keine Freizeitbeschäftigung außer Fußball, Boxen und Straßenkämpfen kennen. Wenn man letzteres überhaupt als Freizeitbeschäftigung bezeichnen kann. Das Schwimmbecken wird dann zum zentralen Treffpunkt, an dem all die eingeschlossenen Energien und Frustrationen ausgelebt werden, die Kinder haben, die in einer Einöde aus Hoffnungslosigkeit leben.

Das Schwimmbecken der Anglican Church's St Cyprian's Primary School in der Meier Street zog Kinder von nah und fern an. Alle Farben, alle Formen und Größen versammelten sich zutraulich – wie kriegszerfetzte und wettergeschlagene Flüchtlinge – in »San Ceepee«, wie die Schule genannt wurde. »Planschbecken« wäre richtiger, denn es war immer so überfüllt, daß man nicht schwimmen konnte. Auch Tauchen war nicht ohne Gefahr möglich. Da trampelte man womöglich auf jemandem herum, und im nächsten Augenblick drückte einen ein anderer dunkler Körper hinunter, als sei man unsichtbar. Doch brachte uns das Schwimmbecken zueinander – die Kinder der Reichen und der Armen und die Waisen. Wir probierten unsere Kräfte aneinander aus und erneuerten jene Bindungen, die der Group Areas Act durch seine gewaltsame Absonderung durchtrennt hatte. Und es war ein Ort für Streiche und Bosheiten.

Einmal brachte Tolla-Tolla, einer meiner Freunde, einen kleinen Bienenstock mit zum Schwimmbecken. Viele Jungs, die sich keine Badehose leisten konnten, durften nackt baden, und so warteten wir, bis das Becken richtig voll mit Kindern war. Tolla-Tolla bedeckte sich den Kopf mit einem großen Handtuch und warf den Bienenstock ins Becken. Wie schnell das Becken leer war! Im Nu lag der Ort verlassen da, bis auf ein paar ganz Mutige, die – trotz der Bienen – immer wieder aus dem Wasser schossen, um Luft zu holen. Die Priester und die Prahlhänse flohen in die Sicherheit der Toiletten, Waschräume und der Sakristei, denn die wütenden Insekten griffen alles und jeden an, sogar die Pfarrkatzen und die Kaninchen. Was Tolla-Tollas Kopf nicht an Stichen abbekam, erhielt er überreichlich in den freien Körper. Meine Augen waren derart geschwollen, daß ich ins Krankenhaus mußte. Als ich zwei Wochen später wieder zum Schwimmbecken kam, verfluchten mich alle, und Vater Rakale verpaßte mir ein paar Hiebe mit seinem dicken Gürtel. Mehrere Wochen durfte ich nicht zum Baden kommen. Tolla-Tolla durfte. Am Becken empfing er mich mit einem gequälten Lächeln.

»Ich hatte meinen Kopf verhüllt, Alter. Was sie nicht sehen, können sie nicht bestrafen«, sagte er, tätschelte mir den Kopf und sprang ins Wasser.

Mein Benehmen wurde besser. Ich wurde Rettungsschwimmer und half in einer einzigen traurigen Woche, die Körper eines Jungen und eines Mädchens zu bergen.

Die Anglikaner unterhielten auch eine kleine, aber gut bestückte Schulbibliothek, aus der ich mir die ersten Exemplare von Peter Abrahams *Tell Freedom* und Richard Wrights *Native Son* auslieh. Bücher, die ich mir auslieh, bei denen ich zu meiner Schande aber gestehen muß, daß ich sie nie zurückbrachte. Sie machten auf mich einen bleibenden Eindruck und halfen, mein Denken zu formen.

In der Ekhutuleni-Suppenküche hinter der Kapelle teilten die Nonnen Essen aus. Meine Tswana-Cousins und ich holten dort die Familienration. Jeder bekam zusätzlich zwei Scheiben Brot, dick mit Erdnußbutter oder Marmelade bestrichen, und einen Becher voll Milch – all dies mit den besten Empfehlungen des African Children's Feeding Scheme von Pater Trevor Huddleston.

Die katholische Kirche führte für jung und alt Alphabetisierungslehrgänge durch, bot Filmvorführungen an und stellte ihre Bibliothek zur Verfügung, die im Nonnenkloster »Notre Dame« untergebracht war.

Was Sophiatown an Sportplätzen und Erholungsgebieten fehlte, hatte die Western Native Township im Überfluß: eine Bücherei auf neuestem Stand mit reichlich Plätzen zum Lesen und Studieren und ordentlichen Schreibtischen und Stühlen, ein Gemeindezentrum und ein gut ausgestattetes Jugendzentrum. Drei Fußballplätze gab es, zwei Tennisanlagen, einen Umkleideraum mit Toiletten und Duschen und in der Mitte einen öffentlichen Waschraum mit Bädern und Duschen. Und mit wehmütiger Freude erinnere ich mich an den legendären Doracs-Kindergarten in Western, in dem ich mit ungefähr fünf Jahren eine Woche lang umsorgt wurde, nachdem ich mich verlaufen hatte. Die Township verfügte auch über weite Rasenflächen mit gefegten und sauber verschnittenen Pinien, Tannen sowie einem Kinderspielplatz mit Schaukeln, Wippen, Rutschbahnen und Schaukelpferden.

Vor allem an Sonntagen zogen die Menschen in Massen von Sophiatown nach Western zu den traditionellen Fußballspielen, die oftmals mit Krawallen endeten, wenn die Polizeiautos mit geöffneten Türen, in denen lachende, amüsierte Polizisten hingen, auf das Spielfeld preschten, mit schrillem Pfeifen für Recht und Ordnung sorgten und auf alles Jagd machten, alles einfingen, was zwei Beine hatte.

Und während die Leute davonliefen, konnte man, wenn man weit genug vom Staub weg war, den die Polizeiautos und die rennenden Füße aufwirbelten, die untergehende Sonne sacht in ein Loch am südlichen Ende von Western Township fallen und ihr geschlechtsloses Kind gebären sehen, das Zwielicht. Dann konnte man die schwindenden Schatten und die Silhouetten müder Sportler und ihrer Anhänger sehen, wie sie matt durch eine surreale Staubwolke trotteten. Die Menschen und ihre Hunde auf dem Nachhauseweg. Kinder, die auf dem Rücken ihrer Mütter schliefen, wie sie aus dem Licht ins Halbdunkel und schließlich in die Nacht hinein liefen, halb Freie, halb Sklaven.

Nie kam ein Fremder nach Sophiatown und blieb, wie er war, oder verließ Südafrika, ohne vom unergründlichen Zauber dieser verdammten Township oder dem Wahnsinn, der in ihren ruhelosen Adern pulsierte, berührt worden zu sein. Im Januar 1942, als die Alliierten unermüdlich gegen die deutsche Armee kämpften – die in Südafrika offen von der fünften Kolonne, der *Ossewa Brandwag*, unterstützt und begünstigt wurde –, besuchte ein unbekannter Geistlicher der anglikanischen Kirche aus London unser Land. Mehrere Wochen wohnte er in der Priorei *Christ the King* in der Meyer Street von Sophiatown. Der Priester spendete seiner Herde die Sakramente und erkundete die ganze Township, traf sich mit Leuten aus allen Gegenden, mit den unterschiedlichsten Schicksalen, und redete mit ihnen. Bevor er nach England zurückkehrte, schrieb er einen kleinen Aufsatz über die Meyer Street von Sophiatown, der im *Star* veröffentlicht wurde. »Ein kurzer Blick auf Sophiatown« mag ein wenig die verzaubernde Wirkung veranschaulichen, die Kofifi auf die Menschen hatte.

... Ich habe in dieser Stadt eine Straße entdeckt, die nach meiner Erfahrung ihresgleichen unter den Straßen sucht. Ich

habe nichts dergleichen in London oder ganz England, weder in Frankreich noch in Spanien gesehen, ganz zu schweigen von Australien, dem anderen neuen Land, das ich kenne. Wie der durchschnittliche Londoner nie bei Madame Tussaud oder im Tower gewesen ist, so sind wahrscheinlich die meisten Einwohner von Johannesburg nie in der Meyer Street von Sophiatown gewesen. Wenn Sie sie entdecken wollen, nehmen Sie den Newlands bis zur Haltestelle Nummer 36 und sie liegt Ihnen zur Rechten. Der Anfang der Straße ist alles andere als außergewöhnlich: es geht 200 Meter bergauf, geteert, mit Bürgersteigen und Gullys. Danach aber gibt es keine Bürgersteige mehr, keine Gullys, keine Teerschicht und die Häuser kennen keine Kanalisation. Man passe gut auf, wohin man tritt, denn zum einen Teil ist die Straße sehr steinig und es gibt jede Menge lose Steine, zum anderen Teil aber wegen der Mülltonnen. Wenn Sie wie ich an einem Sonnabendnachmittag dort hinkommen, werden Sie die Straße außerordentlich bevölkert vorfinden. Die Straße steigt steil an, und wenn Sie sich bis nach oben durchgeschlagen haben, entdecken Sie dort eine Kirche, eine Schule, ein Krankenhaus, ein Haus, das man ›Ekuteleni‹ *nennt, in dem Wanderarbeiterinnen untergebracht sind, und ein geistliches Gemeindezentrum, dessentwegen vielleicht meine Schritte von schmuddeligen Bürschchen verfolgt wurden, die mich angrienten und mir zuriefen: »Wie gehts, Farder? Auf Wiedersehen, Fada! Guten Tag, Fada!«*

Auf der Hügelkuppe hört die Straße auf, und der unerschrockene Forschungsreisende sieht sich felsigem Untergrund gegenüber. Wenn man den Fehler gemacht hat, bis hierher mit dem Auto zu fahren, dann läßt man es jetzt besser stehen, denn von nun an kommt man mit dem Auto nicht mehr durch. Man kann aber zu Fuß den Hügel hinabgehen, über die Kreuzung Edward Road hinweg. Dann liegt direkt vor Ihnen ein Teich. Ich kann mir nicht helfen, aber wenn man schon einen Teich in seiner Straße haben muß, dann sähe es bestimmt besser aus, wenn er nicht so schlickerig und schlammig wäre. Der hier ist am tiefsten längs einer Umfassungsmauer, die sich vor ein paar Häusern entlangzieht, und fast so breit wie die Straße. Im Augenblick ist er ungefähr 50 Meter lang, doch ich wage zu behaupten, daß er bei trockenem Wetter bedeutend weniger Wasser haben, dafür aber wesentlich stärker riechen wird.

Einmal wollte ich eine Kleinigkeit erledigen lassen und betrat einen Hof, an dem ein Schild mit der Aufschrift prangte: »Schuhmacherei hier. Vorsicht bissiger Hund. Unbefugte verboten.« *Es roch nach Hühnern. Ich traf einen Mann, der mir sagte: »Nein. Der ist schon lange weg.« Der Geruch forderte Tribut. Ich floh und lief bis zum Ende der Meyer Street. Sie hört abrupt auf an hohen, stachelbewehrten eisernen Zäunen. Wenn man durch diese Zäune hindurch blickt, sieht man das Land, sauber und unverbraucht.*

Ohne Zweifel bedeutet das etwas, nur was? …

Andere Träger des heiligen Tuches fanden gleichfalls den Weg nach Sophiatown, um mit eigenen Augen zu sehen, was ihre Vertreter im Parlament als »Hort von Sünde und Laster« und »Metastase des Kommunismus« bezeichneten. Die Mission dieser Pharisäer bestand nicht darin, »die Geringsten der göttlichen Schöpfung« zu kleiden, zu nähren, zu trösten, mit ihnen zu teilen, sie zu besuchen und zu beerdigen. Nein. Sie kamen, sich zu vergewissern, daß die Heilige Schrift der Apartheid aus ihren granitenen Tempeln und ihrem Parlament befolgt wurde. So war das Gesetz, blind gegenüber dem Leiden und blind gegenüber der menschlichen Schönheit. Sie kamen nur, damit die Heilige Schrift der Macht und der Abgrenzung eingehalten wurde, entsprechend der Satzung ihres harten, niemals lächelnden Gottes.

Es war das Gesetz.

7
PATER TREVOR HUDDLESTON

Jeden Sonntag erlebte Sophiatown eine geradezu wunderbare Verwandlung. Durch die Straßen brodelte eine riesige Menschenmenge, die flink und ohne alle Gewissensbisse umhereilte, als sei sie von unsichtbaren Dämonen und Engeln gelenkt und getrieben, die sich um den Besitz ihrer Seelen stritten. Sie gingen die Straßen auf und ab auf der Suche nach sich selbst und nach Gott. Und hatten doch erst in der vorhergehenden Nacht bis in die frühen Stunden des zauberhaften Sonntags hinein, bis zur Erschöpfung den erotisierenden, einheimischen *Famu* und *Marabi* getanzt – einen Tanz fleischlicher Liebe und Leidenschaft, bei dem die Augen der Frauen verführerisch glühten, wenn sie ihre Körper in den kurzen und engen Kleidern aufreizend bewegten – zur Freude des halbtrunkenen Mannes, der sie nehmen und dafür bezahlen würde. *Marabi* und die stieren Augen, verstummt beim frühen Klang der Kirchturmglocken. Zeit der Läuterung, Zeit für Jesus. Männer, Frauen und Kinder marschierten in die Kirche, um sich von ihren Sünden und Ausschweifungen freisprechen zu lassen. Und dann zu einer weiteren Woche Sünde und Ausschweifung zurückzukehren. So war Sophiatown am Sonntag: ein Wirrwarr sauberer Kleider und großer, farbiger Hüte und verrückter Handtaschen und stolzer Väter mit ihren Kindern auf dem Arm oder an der Hand.

Ich saß in *Shorty's Fish and Chips* und las ein Flugblatt des *Anti-Removals Committee*, als ein indischer Hausbesitzer den Laden betrat. Ich kannte ihn. Er grüßte mit erhobenem Daumen, und die Leute antworteten mit ›*Mayibuye!*‹ Er ging wieder hinaus und über die Straße zum Odin.

Eine riesige, lärmende Menge hatte sich dort versammelt, und wie immer rasten die Pickups der Polizei laut hupend vorbei, so daß die Leute auf den Bürgersteig springen mußten. Ein großer Vogel flog in den Laden herein und erschreckte die Kunden. Frauen schrien und rannten nach draußen. Ein stämmiger Mann, Besitzer einer Tischlerei an der Kreuzung von Victoria Street und Gerty Street, fing den Vogel und drehte ihm den Hals um. Heißes Blut tropfte zwischen seinen dicken Fingern hervor. Er warf den Vogel ins Gully und trampelte wie wild darauf herum, bis nur noch ein Brei aus Blut und Federn übrig geblieben war. Jemand rief: »Der Vogel hatte hier nichts zu suchen. Den haben die Feinde geschickt!« Eine Frau nickte: »Muß wohl so sein, denn was versteht ein Vogel schon von Fish and Chips?« Ein lautes, lang anhaltendes Gemurmel folgte. Die Leute nickten beifällig.

So war Kofifi, grausam und abergläubisch. Der Sonntag brachte ihr Bestes wie ihr Schlechtestes an den Tag …

Robert Resha vom African National Congress hatte ein paar von uns gebeten, die Flugblätter gegen die Umsiedlung zu verteilen und versprochen, uns dafür zu bezahlen. Wir gingen die Good Street, in der sich das Kino befand, hoch zur Victoria Street und dann die Annadale Street entlang und verteilten die Flugblätter, bis wir zur Edward Street kamen, die parallel zur Victoria Street verlief. Von dort ging es zurück zum Kino. Die Leute weigerten sich selten, von Straßengangstern wie mir Flugblätter anzunehmen. Das war ihnen zu gefährlich. Am Kino verteilten wir weitere Flugblätter. Wie dicker, schwarzer Sirup mit weißen, indischen oder farbigen Flecken drängten die Leute ins Kino. Es herrschte geradezu Karnevalsstimmung. Unaufhörlich klickten die Fotoapparate. Es war an jenem großen Tag im Februar des Jahres 1955, meinem fünften Jahr der Straßenkämpfe, der offenen Gewalttätigkeiten und der zeitweiligen Verhaftungen. Plötzlich teilte sich die Menge, als wollte sie ein Ehrenspalier bilden. Ein paar Männer nahmen ihre

Hüte ab. Junge und ältere Frauen traten stumm zurück, fast ehrerbietig. Da kam der Mann, geliebt und verehrt. Ein Riese, der mit mächtigem, energischem und schwerem Schritt die Zimmer und Korridore der Macht durchschritt und dennoch die Erde mit jener Demut berührte, die ihm über seinen Glauben und seinen Auftrag als Mann Gottes zufloß.

Pater Trevor Huddleston, 1913 in Bedford in England geboren. Bevor er 1943 nach Südafrika kam, um in Sophiatown die Community of the Resurrection der Kirche von England zu leiten, war er Missionar in Ceylon und Indien. 1937 war Pater Huddleston, den die Kinder nur *Faadaa* nannten, zum Priester geweiht worden. Ich kannte die anglikanische Gemeinde von St. Cyprians, zu der meine Tswana-Familie gehörte, und in die ich sie als Kind begleitet hatte, um die Nahrungsmittelzuteilungen abzuholen. Ein Priester namens Singleton hatte meinen Cousin Dutch und mich in das Margaret Ballinger Heim in Roodeport hinter Sophiatown und westlich von Johannesburg geschickt.

Und ich erinnere mich, wie ich auf ihn zuging, als die Menge ihm Platz machte, und ihm schließlich fast im Wege stand. Seine langen, knochigen Finger strichen mir über das Haar, und er lächelte ernst und tiefgründig. Als ausgesprochener Gegner der Apartheid-Politik und von Verbrechen und Gewalt hatte er sich vor allem bei den schwarzen Menschen Ansehen erworben. Er hatte das Schwimmbecken auf dem Gelände der anglikanischen Kirche in Sophiatown mitgebaut, hatte eine Jazzband mitgegründet, die seinen Namen trug. Und so ging »der Unerschrockene« an mir vorbei und betrat die Halle mit einem ernsten und tiefgründigen Lächeln auf dem Gesicht.

Harte Männer trieben die Leute rücksichtslos auf die Sitzplätze. Die Fahnen des ANC, des Anti-Removal Committee und des Transvaal Indian Congress hingen an der Leinwand und auf beiden Seiten der Bühne. Mehrere Männer und eine Frau, anscheinend hochrangige Offizielle, saßen an einem langen Tisch auf der Bühne. Zwei Weiße saßen auf Stühlen an einer

Treppe, Pater Huddleston zu ihrer Rechten. Mehrere Wasserkrüge und Gläser schmückten den Tisch. Es sollten viele Reden gehalten werden.

Der Schneider Dan Siwisa, ein kleiner Mann, Freund unserer Familie und des verstorbenen John B. Marks, erhob sich und begrüßte die Menge kurz. Danach erhob sich ein großer drahtiger Mann und rief: *»Mayibuye iAfrika!«* Donnernd erschütterte die betäubende Antwort die Halle. Ich bekam eine Gänsehaut.

»Mein Volk«, begann Siwisa, »Brüder und Schwestern Afrikas, wir sind hier zusammengekommen, um unsere Treue zu unserem Land und unseren Mitbürgern zu bekunden. Laßt uns mit einem Lied um Gottes Segen bitten, damit unser Land und unsere Kinder und ihre Kindeskinder eines Tages wirklich frei sind.« Die Antwort wurde beinahe zum Kriegsruf, lautstark und furchterregend. Dann wurde die heilige Hymne gesungen, *»Nkosi Sikelele iAfrika«* (Gott segne Afrika). Am Anfang stand das zarte Klingen der Frauenstimmen, das von den Hängen und grasbewachsenen Hügeln unseres Landes herabzugleiten schien, um in einen sanften, melodischen Klang überzugehen, der sich dann mit den vollen Baritonstimmen der Männer zum Dach der Halle hinaufschwang. Dennoch erfolgte dieses Aufschwingen ganz sacht, so wie ein Riese ein Kind aufheben würde – sanft und doch fest. Und wer den Text nicht verstand, ließ sich von dem erfüllenden Rhythmus bewegen.

... Ich sage euch, in der menschlichen Stimme gibt es etwas, daß einem den Geist verwirren kann. Etwas, das Gewicht und Masse aufhebt, dich in ungekannte, nie erträumte Höhen erhebt, in denen du Gott in den anderen suchst und in dir selbst erkennst ...

Ich sah, wie eine Frau in der Uniform des ANC weinte, während sie sang. Ich verstand das Lied, nicht aber, warum sie weinte. Die meisten Frauen in ihrer Reihe weinten auch. Vielleicht hatte die Hymne sie auf seltsame Weise angerührt, denn die Tränen rannen wie *medupe* – sachter Regen – ohne das dröhnende Grollen des Donners. Ja, sie weinten, aber nicht die Tränen des Schmerzes, sondern die weichen, glücklichen Tränen, die der Geburt folgen. Eine Freude, die aus Schmerz geboren wird. Frauen sind seltsam.

»Rette Afrika. Warum aber Afrika, sind es doch die Menschen, die sterben und ihr Heim verlieren, ihre Besitztümer und ihr Geburtsrecht.« Die Stimme des schlaksigen Mannes echote durch die Halle, und viele Köpfe nickten zustimmend. Er fuhr fort: »Die Regierung drückt dem Volk mit Gewalt und Blutvergießen ihren Willen auf. Ich sage: Auge um Auge. Ich sage: Leben um Leben. *Mayibuye!*« Unter donnerndem Applaus und dem Ruf *»Mayibuye iAfrika!«* verschwand er in der Menge. Über tausend Daumen reckten sich in die Luft. Einer gehörte der Frau des schwarzen Geheimpolizisten Jerry Mollson, die in Sophiatown wohnte. Andere Redner kamen. Ihre Themen unterschieden sich kaum voneinander:

Ungerechtigkeit
Sklaverei
Ausbeutung
Enteignung der Besitztümer
Unterdrückung
Freiheit und menschliche Würde

und die Anerkennung des Rechts der schwarzen Menschen, Häuser zu besitzen und ohne die Bedrohung leben zu können, von der Polizei und den Regierungstruppen mit Gewalt von ihrem Besitz und aus ihren Häusern vertrieben zu werden.

Einige sprachen über das Blutvergießen und die Notwendigkeit der Bewaffnung, wenn die Macht der afrikanischen, farbigen und indischen Massen etwas bewirken sollte. Ein indischer Redner, der dem Publikum als Führer des Transvaal Indian Congress vorgestellt wurde, redete leidenschaftlich über die drohende Enteignung und die widerrechtliche Besitznahme von fremdem Eigentum. Er sagte, daß Dr. Xuma und Oliver Tambo zusammen mit Duma Nokwe einen Plan des Anti-Removals Committee vorlegen würden, mit dem die Angelegenheit von Land und Eigentum vor den höchsten Gerichten des Landes verfochten werden sollte. Mit Bitterkeit griff er Hans Strijdom, den Premierminister, und seinen damaligen Sekretär Hendrik Verwoerd an. Auch Spengler, ein Agent der Special Branch der Polizei, erhielt seinen Anteil giftiger Bemerkungen, der die Menge unter großem Beifall und Geschrei von den Sitzen riß.

Ich hörte Sachen, die ich nie für möglich gehalten hätte: Männer, die voll Leidenschaft und mit unverhohlener Wut schrien. Männer, die ich vor weißen Polizisten und Regierungsangestellten den Hut habe ziehen sehen: »Ich gehör' nich zu denen, mein *baas* ...« Das hier war etwas Neues. Ich begriff langsam, zu welch seltsamen Dingen die Politik die Menschen trieb.

Ein Raunen ging durch die Reihen, als Pater Huddleston sich erhob, um zu reden. Wie viele andere, so hatte auch ich ihn bislang nur bei Gottesdiensten erlebt und in den Zeitungen über ihn gelesen. Während er sprach, schlug mir ein erwartungsvoller Schauer gegen die Schläfen. Meine Kehle brannte wie ausgedorrt. Es war keine eigentliche Trockenheit, sondern etwas schwer zu Schluckendes. Er sagte den Zuhörern, daß vieles, was seine Vorredner gesagt hatten, richtig war. »Die Regierung der National Party hat es in vielen Dingen nicht vermocht, den legitimen Forderungen des unterdrückten Volkes gerecht zu werden. Ich bin ebenso wütend wie ihr, wenn eure Häuser im Namen des Christentums zerstört werden. Wir alle wissen doch, daß man das in Wirklichkeit im Namen der Apartheid tut.« Er sprach davon, daß, auch wenn all die Untaten von Weißen verübt würden, nicht alle Weißen schlecht seien. Es gäbe einige, denen das Leid und die Drangsal der schwarzen Menschen nicht gleichgültig sei. Er sagte, er wende sich wegen der ideologischen Gründe, die die Obrigkeit als humanitär darstellte, gegen die Umsiedlung.

»Tag für Tag treibt die Obrigkeit euch zur Gewalt, doch es wäre ein großer Fehler, sich in solche Versuchung führen zu lassen, denn Gewalt ruft nur wieder Gewalt hervor.« Er bat die Menschen inständig, zueinander zu halten und sich zu vereinigen.

Während er sprach, betraten uniformierte Polizisten und Beamte in Zivil den Saal. Sie waren alle bewaffnet und näherten sich dem indischen Redner, der Verwoerd und Strijdom so freimütig angegriffen hatte. Sie befahlen ihm, ihnen zu folgen, doch er weigerte sich. Es kam zu einem Wortwechsel. Und vor den Augen der Menge faßte ein schlanker, Pfeife rauchender Beamter, der einen Hut aufhatte, den Wortführer der indischen Bevölkerung am Arm, zog ihn von der Bühne und bewegte sich Richtung Ausgang. Sein Opfer stolperte und fiel hin. In der Nähe schrie eine Frau auf. Wie auf ein Signal erhob sich die Menge und rief Verwünschungen auf die Greifer herab. Einige sprangen aus den Reihen und fielen übereinander, als sie versuchten, sich den Polizisten in den Weg zu stellen, die eilig ihren Gefangenen wieder auf die Füße stellten. Instinktiv zog ich mein Messer aus der Scheide und begab mich zum Ausgang. Wenn es zu Gewalttätigkeiten kommen sollte, dann wollte ich dabei sein, denn davon verstand ich mehr als von der Politik, die die Frauen zum Weinen gebracht und ihre Männer so wütend gemacht hatte.

Ich hörte die Leute rufen: »*Skiet! Skiet!*« (Schießt! Schießt!). Draußen vor der Halle sah ich, wie Männer und Frauen wütend gegen die Polizisten vorgingen, die ihrerseits drohend ihre Pistolen und Maschinenpistolen hoben. »*Staan weg!*« (Stehenbleiben!) warnten sie die Menge. Doch ihre Stimmen gingen in Obszönitäten unter. Und von hinten fielen mehrere Schaulustige in die Schreie ein. Gleich gehts los, dachte ich, und Erinnerungsfetzen an den Aufruhr gegen die Erhöhung der Straßenbahnfahrpreise schossen mir durch den Kopf. Damals hatten Menschen wegen einer Fahrpreiserhöhung um einen Penny gegen die Polizei und die Regierungsbehörden gekämpft. Es war immer so: die Polizei gegen die Menschen, immer die Bewaffneten gegen die Unbewaffneten, Gewehre gegen Steine. Ich harrte der Dinge mit seltsam trügerischer Lust und Erwartung: daß sie auf uns schießen würden. Ich wollte erleben, wie das Langgewohnte eintrat, wollte erleben, wie die immer gleiche Hand den immer gleichen Abzug betätigte, wollte erleben, wie der immer gleiche schlaffe Körper von seinem eigenen Blut durchtränkt wurde. Ich drängte mich in die erste Reihe, mein Messer fest in der Hand.

Gleich geht's los ...

Pater Huddleston kämpfte sich verzweifelt durch die Menge, den großen hölzernen Rosenkranz fest im breiten Gürtel verstaut, den er um die Taille trug.

»Wartet«, rief er, »wir wollen hier keine Gewalt!« Beide Parteien hielten für einen Augenblick inne. Die finsteren Züge fielen von den Gesichtern ab wie zerfetzte Lumpen. Der Priester überschritt die unsichtbare Grabenlinie zwischen den beiden Kriegsparteien und sprach mit dem hochgewachsenen Pfeifenraucher, der den Revolver in der einen und sein Opfer in der anderen Hand hatte. Ein anderer Polizist zeigte dem Priester ein Stück Papier und faltete es wieder zusammen. Dann wandte sich Pater Huddleston an die Menge und bat sie eindringlich, wieder in die Halle zurückzukehren. Dort sollte die Versammlung fortgesetzt werden. Die Polizisten senkten ihre Waffen und ein Teil der Menge zog sich vorsichtig in die Halle zurück. Ein Mann biß sich auf die Lippen, der Zorn stand ihm auf der Stirn. Das sah besorgniserregend aus und war doch jener Lust und Erwartung ähnlich, die ich zuvor verspürt hatte, als die Polizisten drohend ihre Waffen gehoben hatten. Ich blieb draußen und beobachtete, wie sie davonfuhren, ihr bebrilltes Opfer auf den Rücksitz zwischen zwei stämmige, finster blickende Polizisten gezwängt. Dann drang der Klang der Hymne wieder nach draußen. Klagender, dunkler als zuvor, drängte sie sich mit jener Wärme ins Blut, die *Nkosi Sikelele* immer hervorruft.

Als die Leute nach draußen kamen, begannen sie ihre sarkastischen Spottlieder zu singen, die sich über die Behörden lustig machten und deren Zorn hervorriefen.

Hübsch anzuschauen in ihren Uniformen aus Khaki und Gabardine, mit den schwarzen Baretten und den grünen, goldenen und schwarzen Schulterklappen, marschierten die Frauen und sangen aus vollem Herzen. Junge Männer trugen stolz die Fahnenstangen, an denen die riesigen Flaggen der nationalen Widerstandsbewegung flatterten.

Ich sah, wie der schlaksige Priester mit den knochigen Fingern und den adlerhaften Gesichtszügen durch die Menge schwamm. Er schien müde zu sein, und ich empfand eine seltsame Liebe und ein eigenartiges Mitleid mit diesem Mann. Welche Kraft steckte in ihm, daß andere sich ihm beugten?

Sogar die Polizei, die ich auf den Straßen herausgefordert und bekämpft hatte, hatte auf ihn gehört und ihn gefürchtet. In meiner Bande, den *Vultures*, genügte ein Wort, eine unbedachte Weisung an eines der Bandenmitglieder, um zu entscheiden, ob ein Gegner lebte oder starb. Bewunderung schlug in meinem Herzen, und ich folgte ihm in einigem Abstand. Mein Messer hatte ich unter dem Hemd versteckt. Wie aus dem Nichts kamen die Grüße, und schließlich folgte dem Priester eine riesige Kinderhorde, als sei er eine Art religiöser Rattenfänger von Hameln. Ein paar berührten seine schwere schwarze Robe und den Rosenkranz, der an seinem Gürtel baumelte. Die Mutigeren schüttelten ihm die bleichen Hände. Andere machten das Kreuzzeichen und führten meine Gedanken in die katholische Kirche zurück, zur Beichte, in der ich wie ein Papagei mein Reuebekenntnis nachplapperte: »Vergib mir, Vater, denn ich habe gegen Gott gesündigt …«

Ich sah den Priester lächeln. Seine ernsten, tiefen Augen veränderten sich beim Anblick dieser kindlichen Unschuld und Unbefangenheit. In diesem Augenblick schien es mir, als sei er glücklich, oder als strahlte dieser Mann, der an diesem Tage das Blutvergießen verhindert hatte, Glück aus.

... Ich sage euch, seltsam ferne Trommeln dröhnen im Herzen, wenn Liebe und Bewunderung ans Licht drängen und Gefühle freisetzen, die viel tiefer gehen, als du verstehen kannst. Und weil ihr beide Männer seid, beide Krieger, auch wenn ihr mit unterschiedlichen Waffen kämpft, hältst du dich im Zaum, liebst und bewunderst stumm ...

Im Februar 1955 wurden in mir und ein paar Freunden die ersten Keime politischen Bewußtseins gepflanzt. Gleichzeitig war es das Jahr meiner schwersten Gewalttaten. Ich war fast zwanzig Jahre alt, und es bestand keinerlei Hoffnung auf meine Rückkehr in ein normales Leben – zumindest dachten und sagten das viele. Im April jenes Jahres wurde ich zweimal angeschossen. In der Nacht zum vierten wurde ich bei einem Angriff auf ein Polizeiauto von einer Kugel an der Wade erwischt. Und am nächsten Morgen schoß mir ein indischer Lehrer durch den Oberschenkel, nachdem seine erste Kugel ihr Ziel verfehlt und in die Schultasche geschlagen war, die ich hielt. Am 5. November leitete ich einen Angriff auf eine Polizeistation in der Stadt, um ein Mitglied unserer Bande zu befreien. Mehrere Menschen wurden verletzt. Dann, am 11. November, schoß ich auf einen Blackjack, und auf der Flucht wurde ich von einem Mitglied einer rivalisierenden Bande überwältigt und bekam mehrere Messerstiche ab. Neunzehn Tage später war er tot. Am 19. Dezember jenes Jahres wurde ich verhaftet und des Mordes an ihm angeklagt. Weihnachten und meinen zwanzigsten Geburtstag verbrachte ich im Gefängnis in Gesellschaft verurteilter Krimineller. Unter ihnen befanden sich Sexualverbrecher und heimtückische Killer.

Ich war der erste von elf Angeklagten. Ironischerweise aber waren die Worte, die ich auf der Versammlung gegen die Zwangsumsiedlungen gehört hatte, nicht umsonst. Jahre später sollte ich politische Bildungsveranstaltungen besuchen und die feurigen Reden jener Versammlung auf Kundgebungen und Jugendversammlungen im ganzen Transvaal wiederholen. Ich las auch meine Gedichte von Protest und Widerstand in den Hörsälen der Universitäten und von den Podien der Townships. Doch das ist eine andere Geschichte ...

Pater Huddleston war eine zentrale und wichtige Gestalt im Leben und in der Geschichte Sophiatowns und des ganzen Landes. Wie ein Denkmal menschlicher Anteilnahme steht sein selbstloses und tätiges Bemühen über der schmutzigen Not der Squatter von Newclare, die er in seinem kompromißlosen und bewegenden Buch *Naught for Your Comfort* so anschaulich beschrieben hat. Er war ebenso ein *Kofifianer* wie die *outies* (Großstadtpinkel) dieser legendären Township. In einem Land, in dem Rassenhaß und Angst auf der Tagesordnung standen, war er ein Symbol der Hoffnung. Ein Freund für die Verlorenen und Einsamen, für die Ausgestoßenen und Verachteten, für die Niedrigsten in Gottes Schöpfung.

Einen Freund der Afrikaner nannten die Afrikaaner *kaffirboetie* (Negerfreund), und einmal, es war im Jahr 1955 während der Umsiedlung in der Bertha Street, sah ich, wie Pater Huddleston kleine Kinder auf einen Armeelastwagen hochhob. An jenem Tag war er still und nachdenklich, und Potgieter, der Beamte der Buren, lachte und wieherte über den Priester, dessen schwarze Robe von Regentropfen und, so möchte ich glauben, von Tränen glänzte.

Pater Huddleston wurde von den südafrikanischen Behörden verfolgt und schikaniert. Morddrohungen, Belästigungen auf der Straße, Bedrohungen seiner vielen schwarzen und weißen Anhänger im Rahmen des African Children's Feeding Scheme sind nur einige der bekannten Drangsalierungen, die er erdulden mußte. Im April 1956, zwei Monate nach meinem Freispruch von der Mordanklage und meiner Freilassung, verließ Pater Huddleston Südafrika. Man hatte ihn in sein Heimatland zurückbeordert. Er sollte dort eine andere Stelle übernehmen. Einige behaupteten, daß er damals auf der Liste des Afrikaaner Broederbond gestanden haben soll, und daß seine

Freunde in England um sein Leben gefürchtet haben. Sein aufrichtiger Glaube war ganz anders als die christlichen Lippenbekenntnisse, die damals wie heute von den Kanzeln der Heuchler tröpfeln. In *Naught for Your Comfort* spricht er über den Kampf seiner Herde für Frieden und Würde in Südafrika:

Immer, in all den zwölf Jahren, die ich in Afrika verbracht habe, gab es wichtige Arbeit für und mit den Menschen, die ich liebte. Das African Children's Feeding Scheme, das Schwimmbad von Orlando, die Newclare Squatters, die Huddleston Jazz Band ... All das war fesselnd, faszinierend und aufregend. Ich glaube aber nicht, daß all diese Aktivitäten ausgereicht hätten, die Last der Sorgen von meinem Herzen zu nehmen, hätte ich nicht täglich und stündlich die Freundschaft und Zuneigung der Afrikaner erfahren. Oft genug war ich, ich gestehe es voll Scham, ungeduldig, gar zornig, wegen der unaufhörlichen Beanspruchung »meiner« Zeit. Doch Gott weiß, ich möchte nicht einen Augenblick davon missen. Ich habe es nie verstanden, noch werde ich es je verstehen, wie das weiße Südafrika einen solchen Reichtum an Leben so leichtfertig wegwerfen und noch dazu eine derart mächtige und undurchdringliche Mauer aus Stolz und Vorurteil und Angst um sich herum errichten kann.

Die vielleicht genaueste Erinnerung an ihn stammt aus der Zeit, als ich aus dem katholischen Konvent in Durban zurückkam. An einem Sonntag führte mich mein Weg in eine Kirche in der Ray Street. Es roch nach Weihrauch, und in unregelmäßigen Abständen erklangen während der Messe kleine Glöckchen. Vom Meßwein aber nippte nicht nur der Priester, sondern alle Kommunikanten. Mir wurde klar, daß das keine traditionelle katholische Messe war.

Hinterher stand der Priester an der Tür und verabschiedete die Gemeinde beim Hinausgehen. Als alle gegangen waren und ich mit dem Priester allein war, fragte ich: »Pater, ist das eine katholische Kirche?«

»Nein mein Sohn, das ist eine anglikanische Kirche. Die katholische Kirche ist in der Annadale Street.«

»Und welche ist nun die richtige Kirche, die anglikanische oder die katholische, Pater? Ich komme nämlich aus einer katholischen Schule, und man hat uns gelehrt, daß die katholische Kirche die wahre Kirche Gottes ist.«

Pater Huddleston lächelte und schüttelte ganz sacht den Kopf. Ich wiederholte meine Frage.

Er fuhr mir dann sanft über das Haar und preßte mir seinen langen rechten Zeigefinger genau auf die Rippen, hinter denen mein Herz raste.

»Dort, mein Sohn, dort, in deinem Herzen, ist die wahre Kirche Gottes.«

8
PINOCCHIO

Für mich können sich das Trauma und der Schrecken der brutalen südafrikanischen Apartheid nicht treffender und eindrucksvoller widerspiegeln als in der tragikomischen Geschichte eines Jazzliebhabers und Schallplattensammlers aus Sophiatown, den man ›Pinocchio‹ nannte. Er war klein, geradezu winzig, aber er hatte eine ungewöhnlich hohe, klare Stirn. Seine Stimme war weich und von gewinnender Liebenswürdigkeit. Pinocchio gehörte zum ›Nylon Club‹, wie wir Rowdies solche wie ihn nannten. Sie waren friedliche Intellektuelle, deren Hauptinteresse dem Wein galt, den Frauen und der Musik, in seinem Falle dem Jazz. Die *Nylons* waren die Favoriten der leichtlebigen, mannstollen Frauen, der *›ousies‹* oder *›Motaras‹*, wie sie im Sophiatown der Mittfünfziger genannt wurden. Diese winzige, schillernde Figur umgab eine Aura von Fröhlichkeit, die so ansteckend war, daß man nicht stehenbleiben und mit ihm reden konnte, ohne beim Abschied aus vollem Halse zu lachen. Und doch lag gleichzeitig der Hauch einer tragischen Fröhlichkeit in seinen Augen, in seiner Kopfhaltung oder der Art, wie er die Lippen spitzte.

Keine Geschichte über Sophiatown wäre ohne Pinocchio je vollständig und wahr, denn er war etwas Besonderes, lebhaft und witzig und verloren. Ein Träumer und ein Spaßmacher, der zu Herzen ging und die Leute zum Lachen brachte …

Er, der weichherzige Pinocchio, beherrschte die Straßen ebenso wie die listigen und grausamen, gewalttätigen Männer. Alle achteten ihn. Wenn wir manchmal von unseren mitternächtlichen Streifzügen zurückkehrten, sahen wir die einsame, schelmische Gestalt, wie sie die stillen, der Nacht unterworfenen Straßen der Township entlangging, ohne sich zu fürchten oder um die Gefahren zu kümmern. Er spazierte ganz einfach durch die Straßen und pfiff eine Bluesnummer des verstockten Frauenhassers Louis Jordan:

Die Straßen voll mit Frauen
auf der Suche nach Liebe
und wenn du nichts hast, Bruder
kriegst du nur Hiebe …

Der kleine Mann sang aus voller Kehle. Die Dunkelheit war seine Bühne und die hell strahlenden Sterne sein Publikum.

Wenn wir ihm begegneten, regnete die gewohnte Begrüßung auf uns herab: »Wie geht's, ihr Jazzer. Treibt euch wieder rum heut Nacht, hey? Hoff nur, kommt heil nach Haus, und nicht in Scheibchen. Macht's gut! Ihr Süßen …« Und auf Schuhen, die klickten wie die von Fred Astaire, verschwand Pinocchio in einer anderen Straße, einer anderen Todesfalle, einem anderen Friedhof.

… Manchmal sind das Lachen und die Komik nur ein Mantel, unter dem wir uns verbergen. Masken, die unser Leid und die Narben unserer Seele verheimlichen und beschirmen, unsere Mißerfolge und die Scherben der zerbrochenen Träume, die sich in unseren Herzen türmen. In einer stillen Ecke aber, wenn der Lärm und der Krach im Sarg einer uralten Ruhe vernagelt sind und man die Maske abnimmt und den Lehm abwäscht: oh, wie furchterfüllt die Augen, die einsam …

Pinocchio, der eigentlich Cameron Mokaleng hieß, kleidete sich immer wie ein französischer Maler, einschließlich des langen, grellbunten Schals und der schwarzen Baskenmütze. Hosenträger und ein dicker Ledergurt, der ihm in die Taille zu schneiden schien, hielten seine winzigen Hosen an ihrem Platz. Seine glänzenden Schuhe waren so spitz, daß ihn ein paar seiner engsten Freunde manchmal damit aufzogen, daß die Polizei ihn eines Tages wegen unerlaubten Waffenbesitzes verhaften würde. Über seine Eltern wußten wir nichts, und es ging das Gerücht um, daß Pinocchio in einer Nacht so schwarz wie Teer vom Himmel gefallen sei, und daß er statt einer Babyklapper ein Musikinstrument in den Händen gehalten habe. Keiner traute sich, ihm diese Geschichte zu erzählen. Ich glaube aber, sie ist ihm trotzdem zu Ohren gekommen. Auch über seine Verwandten hat Pinocchio nie ein Wort erzählt. Oft bezeichnete er Sophiatown als seine »Mutter«, seine »alte Dame«.

Sie war es, die seine kleine Gestalt gedeihen ließ und seinen Traum am Leben erhielt, eines Tages das grausame Land der Rassentrennung und Bigotterie zu verlassen und es zu etwas zu bringen. Doch seine Mutter *Kofifi*, die Tausenden anderen Träumern und Traumlosen – guten wie bösen – Mutter und Geliebte war, wurde von der Angst und der Gier der Weißen hingeschlachtet. Die Regierung der Afrikaaner hatte das Haus, das Pinocchio gemietet hatte, ohne Vorankündigung und ohne sein Wissen verkauft oder sich widerrechtlich angeeignet. Der kleine Mann packte zusammen, was immer ihm gehörte und zog aus. Er nahm eine nutzlose, unfruchtbare Wut mit sich.

Wie ein verirrter Nomade in einer Wüste aus Verzweiflung schlug sich Pinocchio durch die vom Abriß bedrohten Straßen. Seine Mutter wankte und ging schließlich in die Knie. Sie stand auf verlorenem Posten in einer Schlacht, in der die Macht der Weißen Recht und das Leben eines Afrikaners entbehrlich war.

Das war 1958. Sophiatown wurde in aller Stille umgebracht, doch mit einer so berechnenden Bösartigkeit, daß sich die Schmerzen auf den Gesichtern so empfindsamer und scharfsichtiger Wanderer wie Pinocchio widerspiegelten. Diesem kleinen Mann, der so französisch aussah, aber wie ein Amerikaner redete, wurden alle Träume genommen. Er kam sich inmitten des ganzen Mülls und des Schutts der zerfallenden Häuser, der verstummenden Schulgebäude und der besiegten Stätten religiöser Verehrung völlig fehl am Platze vor. Dieser Mann, der

Musikliebhaber, der Spaßmacher und Träumer, der mit seiner geselligen Wärme und Menschlichkeit Sophiatown angesteckt hatte, wurde streitsüchtig und verbittert.

Dahin das Lachen und die Späße, dahin der Mantel und die Maske. Das Leid hat alles freigelegt. Das Haus, in dem er zuletzt wohnte, war nur noch eine verfallene Hütte in der Meyer Street, unweit der anglikanischen Pfarrei von Christ The King. Heruntergekommen, arbeitslos und ohne einen Penny, entfernte sich Pinocchio innerlich von seinen Freunden in Sophiatown und schloß sich einer Gruppe an, die der damals stilbildende Saxophonist Kippe Morolong Moeketsi leitete. Kippie war mit dem Musical »King Kong« in London. Auch er ist inzwischen gestorben.

Kippie tat sich mit dem berühmten Pianisten Dollar Brand zusammen. Dollar wurde in Kapstadt geboren und nennt sich jetzt Abdullah Ibrahim. Kippie versprach Pinocchio, ihn mitzunehmen in die »fairste Kap- und Mutterstadt« des rassistischen Südafrika. Hungrig und heimatlos bereitete sich der kleine Mann auf den einzigen Ausweg vor, der ihm noch blieb: »Verlass Sophia und zieh an einen Ort, an dem wir in Frieden sein können …«. So oder ähnlich klagten in jener Zeit die Worte aus Miriam Makebas Liedern. Am Kap gab es zumindest mehrere Häfen, und wer konnte angesichts der unzähligen Schiffe sagen, was die Zukunft bereithielt. Sein geplanter Auszug aus der Stadt des Goldes wurde noch dadurch beschleunigt, daß sein verfluchter Paß (den man auch Nachweisheft nannte) in Stücke fiel. Alle Versuche, einen neuen zu bekommen, blieben erfolglos. Pinocchio wurde »ausgewiesen«. Von einem Gesetz aus Johannesburg vertrieben, das das weiße Parlament vor allem im Hinblick auf diejenigen verabschiedet hatte, die sich weigerten, nach Meadowlands umzuziehen. Die Rückführung zu einem trockenen Fleckchen eines gottverlassenen Homelands – »Reservat« hieß das damals – war mehr, als Pinocchio ertragen konnte.

Wie sein Paß – wir nannten ihn im alten Jargon von Sophiatown *»zangaan«* oder *»stinka«* – zerfiel auch Pinocchio. Er sprach mit schmerzender Bitterkeit davon, in der Township zu bleiben. Er hatte die Schnauze voll. Adieu *Kofifi*, seiner alten Dame ein auf Wiedersehen, seiner ebenso schönen wie grausamen Mutter. Und als er dann in Kapstadt ankam, dieser kleingewachsene Mann mit den großgewachsenen, hochfliegenden Träumen, ein Mann ohne Zuhause, ohne Familie und fast ohne Hoffnung, bestieg er ein Schiff nach England und stahl sich aus dem Land der Apartheid davon.

Adieu, für immer auf Wiedersehen.

Das Schiff trug das von der Hoffnung auf bessere Tage und vom brennenden Schmerz um die zurückgelassene Mutter schwere Herz eines kleingewachsenen Mannes nach Southampton. Er hatte sie verlassen, weil er es müde geworden war, die Maske aus Lachen und Späßen tragen zu müssen, während um ihn herum die Menschen starben.

Adieu, mach's gut, *Kofifi* …

9
GANGLAND

»Maglera«, »Sidikidiki« …

Bis auf den heutigen Tag kann niemand sagen, warum man Newclare so nannte, diese wuchernde Stiefschwester des Ghettos Western Native Township. Eines aber wußten sowohl die furchterfüllten als auch die gleichgültigen Menschen mit Sicherheit: Newclare war eine Hölle aus Gewalt und Verbrechen. Ihr entwuchsen einige der gemeinsten und kaltblütigsten Messerstecher und Gangster, die Johannesburgs schwarze Townships je gesehen haben. So verwegen und kühn waren ihre Taten, daß die großen Tiere von Sophiatown neben ihnen wie Anfänger aussahen. Die Gewalt nahm in Newclare in der Zeit vor dem Zweiten Weltkrieg ihrenAnfang. Damals streiften riesige Basotho-Clans durch die Straßen, schikanierten die Leute und forderten Schutzgeld. Ein paar Spieler und Stadtstreicher fanden sich im Kampf um ihr Überleben zusammen und erklärten den Halsabschneidern der Basotho den Krieg, deren einzelne Gruppen sich so seltsame Namen zulegten wie *Ghost Raiders* und *Vanishing Brigade* (die später nur noch *Vanishing* genannt wurden).

Ein schwerer Brocken, der hervorragend boxen konnte, war »Jigga Jake«. Er war mit meinem Vater zusammen einige Zeit im Gefängnis. Sein Ruf verbreitete sich über Sophiatown und ganz Johannesburg, und in kürzester Zeit hatte er eine riesige Gefolgschaft, die so manchem alternden Verbrecher und auch vielen aufstrebenden *tsotsis* zur kriminellen Heimstatt wurde. So entstand seine gefürchtete *Jakes Gang*. Sie überwältigte und kontrollierte in den Kriegsjahren mehrere andere Gangs. Bra Jake wurde wegen zweifachen Mordes verhaftet, vor Gericht gestellt und verurteilt. Mein Vater sagte immer, er habe die Morde »mit gutem Grund« verübt. Offensichtlich betrog ihn seine Frau, und während eines Angriffs auf den »Rooi Jaart« (den roten Hof) – die Laster- und Sexhöhle der *Ghost Raiders* – erwischte er sie mit einem anderen Mann im Bett. Die Leute erzählten sich, er habe öfter auf sie eingestochen als weiland die Mörder auf Julius Cäsar. Ihren neuen Liebhaber ereilte das gleiche grausame Schicksal. Im Winter 1946 wurde Jake zu zweifacher lebenslänglicher Haft verurteilt. Eine Geißel war von der verarmten und heimgesuchten Gemeinschaft genommen. Es herrschte Frieden.

Bald schon aber erhoben in Newclare andere Scheusale ihre Köpfe. Bra Jigga Jakes Ruf – seine Grausamkeit und seine Abgebrühtheit, seine kriminelle Begabung und seine Ausstrahlung auf Frauen – wurde vom nächsten großen Namen aus der Erinnerung gelöscht.

Chops Number One war ein Verbrecher, der ohne Furcht durch die zwielichtigen Straßen von Newclare zog. Er war ein Mann von krimineller Tapferkeit und nahm es bei Messerstechereien oft mit zwei und mehr Gegnern gleichzeitig auf. Verwundet und entstellt schlug er dennoch seine Widersacher in die Flucht. Die Leute vergaßen Jake. Chops Number One war der einzige Name, den man voller Furcht und mit offener Bewunderung aussprach. Er konnte gut mit Kindern umgehen – gab ihnen immer Geld und Geschenke. Er setzte Kinder als Informanten ein und nahm ein paar von ihnen in seine Mannschaft auf, wenn sie in Prügeleien und dem blutigen Bandenkrieg, von dem Newclare heimgesucht wurde, ihre Feuertaufe bestanden hatten.

Eines Tages wurde die Frau von Chops Number One von einem Rivalen angegangen. Chops schlachtete ihn ab. Die Worte, die der Sterbende zu seinen Verwandten und Kumpanen sprach, lauteten: »Chops hat mich angegriffen ... sagt meiner Mutter, daß Chops mich umgelegt hat.« Auf der Grundlage dieser schicksalschweren Worte wurde Chops Number One,

›*die Bushie van K. Y.*‹ (der Buschmann aus Kimberley), vor Gericht gestellt und zum Tode verurteilt.

Er wurde gehenkt, doch die Gewalt baumelte nicht mit ihm am Strang. Number One war tot. Number Four kam und verschwand. Number Five geriet 1954 mit meiner Gang aneinander. Er starb im Gefängnis, vergiftet. Ich blieb verschont, um diese Geschichte erzählen zu können, doch mein Körper strotzt vor Narben von Messern und Kugeln. Erinnerungen an eine Zeit, in der die einzigen Helden, die wir liebten, verehrten, fürchteten, oder denen wir nacheiferten, Killer waren, deren Schule die Straße darstellte, und deren einziger Verhaltens- und Überlebensgrundsatz Gewalt hieß.

Wir kannten vom Leben nichts als Brutalität und Blutvergießen.

Ob man nun die Fäuste eingesetzt hat oder Waffen, man wußte, es war der einzige Weg, um zu überleben. Freiheit und Gerechtigkeit waren, was die Straße diktierte. Auf den Freedom Squares von Newclare und Sophiatown haben wir Luthuli gesehen, wir haben Xuma und Nyembezi reden gehört. John B. Marks hat in Newclare gewohnt. Moses Kotane, Dadoo, Sacks und ein Rechtsanwalt namens Fischer sind oft hierher gekommen, um zu den Menschen zu sprechen. Für einen Jungen, der ein Messer in der Tasche hatte, waren das aber nur klanglose Namen in der fauligen Luft des Ghettos.

Freiheit und Gerechtigkeit ... Was bedeuteten sie, wenn in der Dunkelheit ein Polizist auf einen schoß? Wenn man davongerannt ist und gleichzeitig die Schüsse mitgezählt hat, damit man umkehren und über den Bastard herfallen und die Geschichte dann später seinen Kameraden erzählen konnte?

Freiheit und Gerechtigkeit können einem Jugendlichen nur dann etwas bedeuten, wenn man ihn gelehrt hat, sich selbst etwas zu bedeuten. Für einen Mann oder einen Jugendlichen sind Freiheit und Gerechtigkeit genauso wichtig wie der Herzschlag für den menschlichen Körper. Warum hat Gott ausgerechnet mich unter so vielen verschont? Und warum traf ich in der Politik auf solch tiefe Bitterkeit und Furcht, Einsamkeit und Entfremdung, wie es sie im Bandenkrieg in den Straßen der Slums nicht gab?

Man war ein Opfer der Entmenschlichung, wenn man ein junger Straßenkrieger, Verbrecher oder Gangster war in den Ghettos von Sophiatown, Alexandra Township, Vrededorp oder in irgendeinem anderen schwarzen Slum irgendwo im Land. Tiere waren wir, gefangen in den Fallen menschlicher Gleichgültigkeit. Außer ein paar einzelnen Menschen – Lehrern, Nonnen und Geistlichen – kümmerte sich niemand wirklich um uns. In vielen Familien war es üblich, die straffällig gewordenen Kinder zu neuen Gewalttaten anzustacheln, anstatt sie zu bestrafen. Vor allem zu so einträglichen Straftaten wie Diebstahl, Raub und Einbruch. Viele Eltern lebten schamlos von der Kriminalität ihrer irregeführten, ungeleiteten Kinder. Menschliche Schwäche oder die Apartheidpolitik hatten ihnen jegliche Moral genommen. Manchmal versteckten sie sogar das blutgetränkte Hemd oder die Mordwaffe. »Nein, mein *baas*«, belog ein ruhiger und gefaßter Vater die Polizei. »Ich bin mir sicher, daß das ein schreckliches Mißverständnis ist. Mein Sohn war den ganzen Abend zu Hause. Er ist nie aus dem Haus gegangen. Man muß Sie falsch informiert haben, so wahr mir Gott helfe, mein *baas*, Gott möge mich strafen, Gott ist mein Zeuge.«

Im Ghetto wie im Gerichtssaal, immer ist Gott der Zeuge, immer ist er der Autoritätsbeweis für jede Wahrheit oder Lüge, die wir denen erzählen, die wir fürchten oder lieben. Immer ist er der Zeuge.

... Geheim sind ein paar der dunklen und widersinnigen Gedanken, die wir in den unterirdischen Gängen unserer Seele verstecken, um sie vor dem durchdringenden Auge der Sonne zu verbergen. Sie vor jenen zu verbergen, die wir hassen oder

fürchten, vor jenen, die wir lieben oder von denen wir behaupten, daß wir ihnen vertrauen. Und im Laufe der Zeit beginnt unsere Seele zu faulen und zerbricht schließlich.

Und manchmal, bei den häufiger vorkommenden, kleineren und läßlichen Vergehen, verließ ein korrupter Polizist selbstgefällig lächelnd das Haus, und in seiner Tasche kuschelten sich heimlich ein paar neue Pfundnoten. Damals trug die Arbeit eines Polizisten nur einen lausigen Lohn ein. Damals gab es aber auch viele aufrechte und zutiefst ehrbare Leute, die nach den Regeln der Moral lebten und starben. Und wenn ich jetzt zurückschaue, dann glaube ich, daß vielleicht die Eltern und Verwandten, die zu den Verbrechen schwiegen, genauso waren wie wir: eingesperrte Tiere – gefangen im gleichen verachtenswerten Kreislauf der Entmenschlichung. Schweigen hieß eine der vielen ungeschriebenen Regeln.

Häufig bedeutete es Überleben.

Als mein Onkel Willie aus dem Krieg nach Sophiatown zurückkam, mußte er nicht um Arbeit kämpfen wie so viele andere schwarze und weiße Heimkehrer. Das Busunternehmen meines Großvaters garantierte ihm jene Sicherheit, die die Smuts-Regierung den Männern, die im Kampf gegen die Deutschen ihr Leben gewagt hatten, nicht gab.

Am schlimmsten traf es die schwarzen Heimkehrer: Afrikaner, Farbige und Inder, die voller Begeisterung über den Sieg und mit der strahlenden Vision von der Gleichberechtigung aller unterdrückten Menschen in Südafrika zurückgekommen waren. Smuts Versprechen erwiesen sich als hohl. Arbeitslosigkeit und Armut verdunkelten schnell die Visionen und Träume. Hungrige Mäuler mußten gestopft werden, Leiber waren zu kleiden und Leben zu schützen. Der Sieg ist manchmal ein schlechter Ernährer. Arbeitslosigkeit und Nahrungsmittelknappheit führten zu massenhafter Landflucht in die Städte, und von allen Städten wurde Johannesburg am stärksten in

Mitleidenschaft gezogen. Vereinzelte Vorfälle kleiner Gesetzesübertretungen schraubten sich in neue, unfaßbare Dimensionen, als die kriminellen Elemente sich vereinten, um ein riesiges und hochentwickeltes Netz aufzubauen. Die Verbrechen der Nachkriegszeit waren so gewalttätig und furchterregend, daß viele Weiße glaubten, daß die Syndikate der amerikanische Unterwelt ihre Hände in der südafrikanischen Szene im Spiel hatten.

Mit jeder der kühnen Großtaten von Diebstahl, Raub und Einbruch, die sich hauptsächlich gegen die Reichen richteten, wuchsen die Gangs. Es dauerte aber nicht lange, dann fielen ihnen auch die Armen zum Opfer. Die stärkeren Gangs wurden immer unverschämter in ihren Attacken. Eine dieser Banden, die *Underworld*, war bereits vor dem Krieg entstanden. Mein Vater war führendes Mitglied dieser Bande und wurde »The Don«, »Graaf«, »Don Zinga« oder »Mabanda« genannt. Auch Kwembu (Gilbert Moloi) gehörte zu dieser Bande. Er war früher Profi im Schwergewichtsboxen. Man nannte ihn auch »The Shot« oder »Bra K«. Die *Underworld* bestand zum größten Teil aus Spielern und Hochstaplern, die von ihrem Intellekt lebten. Sie beherrschten die Billardbuden und Spielhöllen in Sophiatown und einer Gegend, die Malay Camp hieß und sich zwischen die Schachtanlagen der Crown Mines und Langlaagte am Südwestrand von Johannesburg kauerte. Die Clique meines Vaters bestand aus Taschendieben, Betrügern, *dagga*-Händlern, Boxern und Musikern. Ihr Anführer war Boetikies September, genannt »The Boss«, ein Riese von knapp zwei Metern mit Händen so groß wie Boxhandschuhe, der Unterdrücker und vor allen Dingen Polizisten verabscheute. Geschichten zufolge, die man sich in den Straßen und Gassen von Sophiatown über ihn erzählte, griff September Polizisten an und befreite Gefangene. Eine Geschichte besagt, daß er einmal ein Polizeiauto anhob und umkippte, nachdem der Fahrer sich geweigert hatte, eine Gruppe Gefangener freizulassen. Septembers Fäuste waren tödliche Waffen, die er meist dazu benutzte, die Schwachen zu beschützen. »Es gab aber auch Anlässe«, erzählt sein jüngerer Bruder Danie, »bei denen Boetikies in Raserei geriet und alles zerschmetterte, was sich ihm in den Weg stellte. Die Leute lagen dann über die Straßen verstreut wie Marionetten, denen man die Schnüre durchgeschnitten hat.«

In einem solchen Anfall kämpfte er mit bloßen Fäusten gegen eine Gang bewaffneter »Russians« – Basotho-Banditen – und zerschmetterte dreien die Schädel, bevor sie ihn erstachen und in Stücke rissen. Lang war der Kampf und grimmig, und die Rache der *Underworld* stand ihm in nichts nach. Noch Jahre später erzählten sich die Leute von diesem Krieg und aus Boetikies September wurde eine Heldengestalt in der Geschichtenwelt Sophiatowns.

Es gab berüchtigte Killer wie Mafaago Makhene und »Philli-the-Hawk«, der seine untreue Frau umbrachte und in einem dramatischen Prozeß vor dem Obersten Gericht auf »begründete Schuld« plädierte. Der Richter anerkannte seine Gründe, verurteilte ihn aber zu zehn Jahren.

Drie war einer der gewandtesten Taschendiebe in Johannesburg: was sein Daumen, sein Zeigefinger und sein Mittelfinger nicht aus einer Hosentache oder Handtasche bekamen, schaffte sein Messer. Das Messer eines Krüppels, den man »The Yank« nannte, ließ die Herzen von alt und jung vor Entsetzen erzittern. Yank, Drie, The Hawk und Mafaago wohnten auf unserem Grundstück unter dem Schutz meiner Familie, die von der *Underworld* respektiert wurde.

Eine Gang aus der Zeit vor dem Zweiten Weltkrieg, die der Aufmerksamkeit der Medien und vieler Autoren entgangen ist, war die »Orange and Black«. Sie trat zunächst als schwarze Karnevaltanztruppe der Rowdies in Erscheinung und kontrollierte den Nordosten Sophiatowns zwischen Toby und Willie Street und von der Edward Road bis zur Milner Street hinunter. Die *Orange and Blacks* dehnten ihr Herrschaftsgebiet unaufhörlich aus, bis sie schließlich in den Kriegsjahren gewaltsam mit der *Underworld* aneinandergerieten. »Tollie Hoenderhaan«

(»Das Hähnchen«), der Anführer der *Orange and Blacks*, wurde von Makoro, einem Bodybuilder von der *Underworld*, gefangen und nackt an den Eisenzaun gebunden, der die Western Native Township von Sophiatown trennte. Er wurde ausgepeitscht, gedemütigt und schließlich erstochen. Und damit war es mit den *Orange and Blacks* vorbei. Aus ihrer Asche erhob sich die gefürchtete Gang der *Berliners* zu Verbrechen und Niedertracht.

Die »Mawagraphone«, wie die *Berliners* auch genannt wurden, kontrollierten das frühere Gebiet der *Orange and Blacks*, dehnten ihr Reich aber über die Edward Road hinweg auf die gärende und kochende Victoria Street aus – im Gangland der berüchtigte menschliche Schmelztiegel aus Zuhältern, Prostituierten, Politikern und verschlagenen Predigern, die am Tage Engel waren und Teufel des Nachts.

Die *Berliners* verwüsteten die Gebiete, die sie direkt unter Kontrolle hatten, raubten und vergewaltigten, erpreßten Geschäftsleute und Taxibesitzer und andere, denen sie etwas andichteten, weil sie es vorzogen, Englisch anstelle der *tsotsi taal* der Straße zu sprechen. Der Untergang der *Black and Oranges* markierte gleichzeitig das Ende anderer krimineller Übergrößen der Vorkriegszeit wie der *Underworld* oder solcher »Einzelkämpfer« wie Mgodoyi, der aus Sophiatown verschwand, um in der Alexandra Township eine kriminelle Organisation aufzuziehen und seine Schreckensherrschaft zu errichten.

Die *Berliners*, die ungefähr zwei- oder dreihundert Mann zählten, besaßen mehr Gewehre als die örtliche Polizeistation. Und sie setzten sie wirkungsvoll ein. Ihre wichtigsten Scharfschützen wie Rex Berlin zum Beispiel, »The Gunfighter«, waren wegen ihrer Kaltblütigkeit gefürchtet. Von den wohlhabenden Indern und Chinesen erpreßten sie Schutzgeld. Sie terrorisierten die Bevölkerung der Western Native Township, bis sich schließlich alle Splittergruppen der Township unter der Führung von Machine-gun, einem häßlichen Galgenvogel und

Mörder mit zu großem Kopf, zur *Co-operatives Gang* zusammenfanden. Die neue Gang forderte die *Berliners* heraus, zu ihrem eigenen Schaden, denn sie verlor mit Potoki einen ihrer Generale, der von dem *Berliner* Black Mamba umgelegt wurde. Vivian, der Anführer der *Berliners*, war ein grausamer, sadistischer Frauenjäger und überführter Mörder, der ausschlug wie ein Maultier. Oft trat er seine Opfer, Männer wie Frauen, in die Geschlechtsteile. Seine Gang und die *Americans* schlugen sich vor dem Kino Odin und trugen das Blutvergießen in die Straßen, in denen dann Gewehre, Messer, Schwerter und Hackmesser dem Tag ein Ende bereiteten. Das war eine der blutigsten und langwierigsten Schlachten in der Geschichte Sophiatowns. Viele starben. Andere kamen ins Gefängnis. Sie wurden zum Gegenstand langer Diskussionen, in denen die Leute von ihrer Kühnheit, ihrer Bösartigkeit und ihrer Dummheit erzählten. Es gab viel zu lernen.

Keine Geschichte über das Gangstertum oder die Gewalt in den Townships von Johannesburg wäre vollständig ohne »Kort Boy« – sein eigentlicher Name lautet George Mbalweni –, einen Messerstecher von kaum einem Meter fünfzig Größe aus Benoni, einer ehemaligen Bergarbeiterstadt im östlichen Rand in der Nähe von Johannesburg. Das Afrikaans-Wort *kort* bedeutet kurz, und »boy« stand als Markenzeichen für die vielen Boys, aus denen seine Gang, die Americans, bestand. Da gab es einen Fat Boy, der seinem Namen alle Ehre machte, es gab einen Boy Selengkie, einen Boy Leelinka und einen Boy-Boy. All diese Namen wiederum entstammten dem Slang der amerikanischen Filme und Krimis, in denen die straßenschlachterprobten Stadthalunken als »bright boys«, als »strahlende Jungs«, bezeichnet wurden. Und die *USAs*, wie die Gang auch genannt wurde, verfügten über viele solch »strahlender Jungs« – tollkühne Diebe und skrupellos gewalttätige Männer.

Bra Boy, wie Kort Boy brüderlich von den angehenden jungen Straßenschlägern genannt wurde, verhielt sich den einzelnen Menschen gegenüber sehr unterschiedlich. Er war höflich gegenüber seinen Freunden und Bewunderern und grausam zu seinen Feinden – und weil er der letzteren weitaus mehr hatte, ging Bra Boy der Ruf eines wilden und grausamen Mannes voraus. Zeitungen und Magazine wie *Drum* und *High Note* brachten jeden Monat Sensationsberichte über seine Taten. Kriminalgeschichten wurden so beliebt, daß die Magazine oft Fortsetzungen veröffentlichten, in denen sie die historischen Hintergründe und Ursprünge solcher Banden wie der *Americans*, der *Berliners*, der *Gestapo* und der *Co-operative* offenlegten. Kort Boy war seinerzeit eine Legende – wohlgehaßt und vielgeliebt. Das hing davon ab, an welchem Ende seines Messers man sich gerade befand.

Als Lieblinge der Damen und der Jüngeren, trugen die modebewußten *Americans* ausschließlich beste amerikanische Kleidung. Am hellichten Tage machten sie ihre Raubüberfälle und waren häufig in Schießereien mit der Bahnpolizei verwickelt, die beträchtlich unter ihren Raubzügen zu leiden hatte. Ferreira, ein kluger burischer Offizier der Bahnpolizei, bildete eine Spezialeinheit zur Bekämpfung der organisierten Raubüberfälle durch die *Americans*. Er schoß auf Boy-Boy und tötete ihn. In einem Vergeltungsakt wurden Angehörige der Polizei erstochen und erschossen. Die Polizei verstärkte ihren Kampf gegen die *Americans*. Viele Mitglieder der Gang wurden verhaftet, vor Gericht gestellt und zu langen Haftstrafen verurteilt.

Die *Gestapo* war eine Bande, die sich aus Boxern zusammensetzte, die in der belebten Victoria Street von Sophiatown ein Trainingszentrum hatten. Es waren zähe Männer mit harten Fäusten, die auf der Straße wahllos die Leute zu Boxkämpfen herausforderten und immer gewannen. Unvermeidlich geriet die *Gestapo* mit den *Berliners* und den *Americans* in Konflikt und wandte sich später Raubüberfällen und der Eintreibung von Schutzgeldern von indischen Ladenbesitzern zu. Die *Americans* hatten einen Revolverhelden, der Chanaam alias *The Durango Kid* hieß. Er war bei Frauen außerordentlich erfolgreich, trug immer zwei Gewehre bei sich und stand in dem Ruf, der schnellste Schütze weit und breit zu sein. Seiner Arbeit ist es zu verdanken, daß die *Gestapo* sich über Nacht auflöste. Sie verstreuten sich nach Western und Newclare hinüber und weiter nach Pimville und Moroka Jabavu – um dort in neuen Gangs wieder aufzuerstehen, wie zum Beispiel in der *Torch Gang* oder in der gefürchteten *Peter Nchechane Gang* in White City Jabavu. Zwei ihrer Anführer, Boy Sevenpence und Maboy, saßen 1955 mit mir in einer Zelle, als wir alle drei unter Mordanklage standen.

Wie man damals sagte: der Untergang der einen Gang war die Geburtsstunde der nächsten.

Kort Boy brachte einen Rivalen in seiner Gang um. Er wurde zum Tode verurteilt. Später wurde das Urteil aber in achtzehn Jahre Zwangsarbeit umgewandelt. Das geschah, nachdem er eine kurze Haftstrafe wegen der Ermordung eines Schulleiters abgesessen hatte und für schuldig befunden worden war, beim Würfelspiel jemanden erstochen zu haben. Er saß fünfzehn Jahre ab und als er zurückkam, war sein *Kofifi* dem Erdboden gleichgemacht. Die meisten Mitglieder seiner Bande saßen lange Haftstrafen ab. Andere waren gestorben oder auf dem Weg ins Grab. Die Zeit hatte ihn wie so viele der »bright boys« aus Sophiatown überholt – mich und die Mitglieder meiner Bande eingeschlossen. *Durango Kid* unterwarf sich den Launen und Erfordernissen einer sich wandelnden Zeit. Er starb als kranker und einsamer Mann.

Es gibt nur noch eine Handvoll *Americans*. Kort Boy ist einer davon …

Wir schreiben das Jahr 1985, und für gewöhnlich kann man Kort Boy beobachten, wie er eben die Straßen von Johannesburg auf und ab wandert, die er und seine *Americans* damals so ungestraft geplündert haben. Er arbeitet als Bote bei einer Handelsgesellschaft und seine einstmals so stolzen und unerschütterlichen Schultern sind nun gebeugt und gebändigt. Und obwohl sich seine Augen in den Jahren getrübt haben, beobachte ich noch immer ein verstecktes Feuer in ihnen und eben diese Geschichte, in der auch ich einmal Jäger und gleichzeitig Beute war. Wann immer wir uns treffen, erwärmt uns das Glühen einer erinnerten, brüderlichen Vertrautheit bis zu einem Punkt, an dem Sehnsucht nach dem Gestern in uns entsteht, nach dem, was einmal Sophiatown war, nach seiner übervollen, bunten und gewalttätigen Vergangenheit und der eigenen Jugend und nach abenteuerlichen Vergehen.

Daß er getötet hatte, daß ich getötet habe, wird uns auf ewig Anklage bleiben. Doch ist das eine Anklage, die sowohl die damalige wie die jetzige Gesellschaft mit uns zu teilen hat.

Langsam, unbewußt vielleicht, und weil ich boxen konnte, geriet ich Anfang 1951 in die Fallen der Gewalt. Ich führte die *Vultures* an, die andere kleine Gangs wie die *Congo Kids*, die *Black Raiders*, die *Styles* und die *Young Berliners* zerschlug und deren Mitglieder bei sich aufnahm. Wir wurden zur mächtigsten Teenagerbande in Sophiatown und der angrenzenden Western Native Township. Nach jeder Eroberung schoß unsere Anhängerschaft sprunghaft in die Höhe. Wir kämpften mit der gleichen Kühnheit im Messerstechen, bei den Feuergefechten und beim Töten gegen die Polizei wie gegen feindliche Banden. Wir waren kleine Robin Hoods, die gegen die Mächtigen kämpften und die Schwachen verteidigten. Ich wünschte, es wäre so gewesen, denn die meisten Kämpfe habe nicht ich angefangen. Meistens war es irgendein großer Kerl, dem eine Lektion erteilt werden mußte, weil er einen kleineren Jungen verprügelt hatte.

Ich erinnere mich daran, wie mich manchmal in der Nacht ein wohlbekannter, schriller Pfiff aufweckte: der Ruf zu den Waffen. Manchmal kam ich mit blutbefleckten Händen und ebensolcher Kleidung nach Hause zurück: Kopf und Gesicht von Steinen verunstaltet oder von Glas zerschnitten, der Körper zerstochen und durchlöchert von einer Polizeikugel oder einem Messer aus einer gegnerischen Gang. Wie ein Buschfeuer verbreitete sich mein Name in Liedern und Verwünschungen über die Straßen und Alleen von Sophiatown. Viele schworen, daß meine Mutter eines Tages meinen Körper tot in einer der Gassen der Township finden würde. Feinde, deren Eltern an schwarze Magie glaubten oder sie ausübten, schworen, daß meine Hände verkrüppeln würden und daß ich wie ein Schwachsinniger durch die Straßen ziehen und Papier aufsammeln würde. Zwar konnten sie mir die Knochen nicht verrenken, doch auf seltsame Weise war der Wunsch in mir gewachsen, zu sterben.

Mein Vater versuchte mit allen Mitteln – mit Gesprächen wie mit Prügeln –, mich zu überzeugen. Er warf mich schließlich aus dem Haus. Die anderen männlichen Verwandten schienen sich nicht dafür zu interessieren, was aus mir wurde. Sie waren einfach dankbar für den Ruf, den ich hatte und für den allgemeinen Respekt, den ihnen meine Taten eintrugen. Der Rest sei allein meine Angelegenheit, sagten sie. Ich wurde ein Mann. Doch nicht der Mann, den mein Vater gern in mir gesehen hätte. Er sprach nie darüber, doch tief im Innern wußte ich, daß ich ihn enttäuscht hatte.

Kehtie, ein *Young Berliner*, den ich in einem Faustkampf niedergeschmettert hatte, schloß sich uns mit ein paar anderen aus seiner Gang an. Er war der jüngere Bruder von Rex, einem Revolverhelden der *Berliners*. Es ging das Gerücht, daß ihr Anführer, der wilde Vivian, aus dem Gefängnis entlassen worden sei, wo er seine Zeit wegen Mordes abgesessen hatte. Die Dinge würden sich ändern. Da gab es für seinen Geschmack zu viele junge Bandenchefs, und er war zurückgekehrt, um den verblassenden Ruhm des alten Ganglands Sophiatown wiederherzustellen.

Eines Tages geschah es dann. Kehtie griff sich Vivians schöne, halb indische, halb afrikanische Frau, als sie durch die Gibson Street ging.

»Wo ist Mule?« fragte er sie. Sie sagte kein Wort. Dann fuhr er ihr an die Brüste und wiederholte seine Frage. *Vivian the Mule* tauchte plötzlich auf und trat Kehtie ohne Vorwarnung in den Magen.

Das reichte. Ich griff Vivian an, und er fiel. Kehtie trat nach ihm und zückte sein Messer, doch ich hielt ihn zurück.

»Eines Tages bringe ich den Hund um. Eines Tages, so wahr ich hier stehe, wird dieser Affenarsch sterben«, schwor Kehtie, als wir ihn von dem halb bewußtlosen Mule wegzogen.

Kehtie sollte seine Drohung wahr machen. An einer Bushaltestelle in der Stadt paßte er den ahnungslosen Vivian ab. Von der Plattform eines Busses transportierte ein Krankenwagen Mule ab. Sein Körper war von mehreren Stichwunden gezeichnet, die Kehtie überführten. Er wurde zu achtzehn Jahren Gefängnis verurteilt. Der einzige mildernde Umstand, den der Richter gelten ließ, war die lange Verbrecherlaufbahn Vivians, der bereits des zweifachen Mordes überführt worden war. Turkass, von dem Kehtie das Messer bekommen hatte, wurde zu zwölf Jahren Hochsicherheitsgefängnis verurteilt.

An einem kalten Montagmorgen gab mir Norman Edwards, ein Schulkamerad, seine Schultasche. Er sagte mir, daß er später zur Schule kommen würde.

Aboo, ein junger Inder, kam auf mich zu, die Hand in der Manteltasche. Nun verheißen in den Taschen vergrabene Hände nichts Gutes im Gangsterspiel. Aboo wollte die fünf Pfund zurück, die ich seinem jüngeren Bruder für geleistete Dienste abgenommen hatte.

Der Schulbus hielt an der Kreuzung von Good Street und Victoria Street vor Kansons Laden. Die Kinder stiegen ein, und ich nahm Normans Tasche und ging an Aboo und den drei Afrikanern vorbei, die mit ihm waren. Einer stieß mich zurück und fragte mich, ob ich taub sei. Ich sagte ja, und als er versuchte, mich zu schlagen, grub sich mein Messer in sein Fleisch. Blut spritzte mir auf das Hemd. Er rief nach Aboo, der einen Browning zog und auf meinen Magen zielte.

Unwillkürlich riß ich die Tasche hoch und fühlte, wie etwas dagegen schlug. Aboo verlegte sein Ziel nach oben, und eine weitere Kugel zischte an mir vorbei und schlug ein sauberes Loch in eine

Schaufensterscheibe. Dann klemmte die Pistole, doch als ich auf ihn losging, fühlte ich einen brennenden Schmerz im Schenkel. Eine Kugel durchschlug mein Bein und trat unterhalb der linken Hinterbacke wieder heraus. Ich begann zu rennen, doch Aboo meinte es ernst. Er schoß zum vierten Mal auf mich. Ich sprang über einen Zaun. Schäumend vor Wut verfolgte er mich und feuerte noch zwei Mal. Da war mein Schuh schon voller Blut.

Ein indischer Freund sagte mir, daß Aboos Familie reich sei und daß sie zahlen würden, wenn ich das wollte.

Harry, Aboos Unterhändler, kam zu uns nach Hause.

»Nichts zu machen. Geld für Blut. Blut für Geld«, sagte mein Vater zu Harry.

Harry bot zwanzig Pfund. Ich forderte fünfzig. Aus seiner Ecke heraus nickte mein Vater. Harry konnte das nicht sehen. Dann begannen die Verhandlungen:

»Dreißig«, sagte Harry unnachgiebig und mit Autorität in der Stimme. Schließlich verhandelte er mit einem Jungen.

Aboo, so erzählte Harry, war angehender Lehrer. Eine Verurteilung würde seine Chancen zunichte machen, das Studium abzuschließen und dann etwas aus seinem Leben zu machen. So mußten wir die ganze Angelegenheit wie Freunde besprechen. Er kannte meinen Vater, und Vater kannte ihn. Es blieb sozusagen in der Familie. Blut, Kugeln und Geld. Mein Blut. Ihre Kugeln. Unser Geld. Aboo und ich waren noch Kinder, und dieser schlimme Zwischenfall konnte ohne Gerichtsverfahren beigelegt werden.

Ich beharrte auf fünfzig. Bittend sah Harry meinen Vater an, doch mein alter Herr zuckte nur die Achseln und meinte: »Sein Blut, Harry, sein Geld.«

Enttäuscht rief Harry: »Fünfunddreißig. Nimms oder laß es bleiben.« Er drehte sich um, um meinen Vater zu beobachten.

Ich räusperte mich und versuchte, etwas zu sagen. Es kam aber nur ein Krächzen heraus. Harry lächelte triumphierend. Er hatte dieses Geräusch schon früher gehört – wenn jemand das Handtuch warf.

Ein überraschendes »Fünfzig!« aber traf Harry mitten ins Gesicht. Er erhöhte auf vierzig, dann auf fünfundvierzig und wischte sich die Stirn.

»Dein Sohn hat den falschen Beruf«, sagte er zu meinem Vater, als er aufgab. »Er geht mächtig ran.« Als die Banknoten in meiner Hand knisterten, befahl mir mein Vater, etwas für »Onkel Harry« zu besorgen. Das hieß Schnaps. Der Handel war besiegelt. Ich war glücklich, und Aboo schloß sein Studium ab.

Eine neue Gang aus der Western Native Township, die *Headquarters* – angeführt von Chops Number Five und verstärkt durch die *Pirates* und die *Spoilers* aus Newclare – verwundete einen meiner Jungs schwer. Das war eine Herausforderung, die sie noch lange bereuen sollten. Die *Headquarters* beherrschten einen Teil von Western und genossen die Sympathie der *Co-operatives* der Erwachsenen. Öffentliche Bandenschlachten auf den Fußballplätzen und den staubigen Straßen sorgten damals täglich für Schlagzeilen in den Zeitungen. Ich besaß einen Browning und schoß drauflos, ohne mir auch nur die geringsten Gedanken darüber zu machen, daß ich jemanden töten oder verletzen könnte. Wir dachten nie über den Tod nach, dachten nur daran, uns einen Namen zu machen.

An einem Tag im November verhafteten die Blackjacks der Western Native Township Dudley Badenhorst, einen der vielen farbigen Jungs in meiner Gang. Sie legten ihm Handschellen an, prügelten mit Stöcken auf ihn ein und während sie ihn zum Büro schleiften, überschüttete eine Frau ihn mit kochendem Wasser. Sie stachen ihn mit Messern in Kopf und Körper. Aus Rache stürmten wir das Büro der Blackjacks. Wir befreiten Dudley.

Die südafrikanische Polizei raste mit zwei Streifenwagen durch die Straßen, und bevor sie aus den Wagen springen konnten, griffen wir an. Ich feuerte mehrmals. Es geschah alles so schnell, daß sie wie gelähmt waren. Die *Vultures* verschwanden in den engen Alleen. Eine Kugel streifte meine Wade. Eine andere schlug in eine Pinie, an der ich vorbeilief.

Nana, einer der furchtlosesten meiner Leute, ging zu Boden.

Eine Kugel hatte sich in seine Schulter gebohrt. Ich zog ihn in ein Gehöft. Wir fanden in einem Bad Zuflucht. Ich ließ ihn da zurück und machte mich wieder auf die Straße. In dieser Nacht ging ich nicht nach Hause. Am nächsten Tag ging ich auch nicht zur Schule. Wir beschlossen, daß in der Nacht vom neunzehnten November die Stunde unserer Rache schlagen sollte. Zur Tarnung wollten wir Arbeitsoveralls und wollene Kopfschützer tragen. Die Gesichter sollten mit Schuhcreme unkenntlich gemacht werden. Und alle sollten nur die Namen von Mitgliedern gegnerischer Gangs verwenden. Wir wollten alle möglichen Waffen verwenden, auch Schußwaffen. Ich wollte den Angriff kurz vor Mitternacht eröffnen, und es sollte kein Pardon gegeben werden.

Der 19. November kam. Die Kirchturmuhr von Westdene schlug Mitternacht. Zweiundzwanzig *Vultures*, alle bis zur Unkenntlichkeit maskiert, zogen durch die Straßen und zerschlugen die Straßenlaternen. Das erste Opfer war Moolato, Mitglied der *FGs*, die sich den *Headquarters* angeschlossen hatten. Er wußte nicht, wie ihm geschah und krümmte sich im Sand und hielt sich den Magen.

»Laß den Hund liegen, Mfanzeni«, rief Max Tolla-Tolla beim Namen eines Mitglieds einer feindlichen Gang.

An einem Feuer tanzten Mitglieder der *Headquarters* mit ein paar Mädchen. Sie sangen von ihrem Sieg über Dudley, Skrewdriver und Nana. Einer verabschiedete sich von seinen Freunden.

»Laß dich nicht von den *Vultures* fressen«, rief jemand ihm nach. Er wußte nicht, daß wir in der Nachbarstraße warteten. Die Worte waren kaum verklungen, als auch schon Shakes, der den Betrunkenen spielte, auf das ahnungslose Opfer losging. Die Hilferufe wurden unterdrückt. Dolche, Hackmesser und Bajonette gruben sich in seinen weißen Staubmantel, und er winselte nach seiner Mutter.

Ich schoß auf die nichtsahnenden Tänzer am Feuer und hörte einen Schmerzensschrei. Er kam von Mabuto, einem Anführer der *Headquarters,* den ich an der Hüfte getroffen hatte. Wir umzingelten sie, griffen aus allen Richtungen an und riefen uns falsche Namen zu. Türen und Fenster öffneten sich. Lichter gingen an. »Es sind die *Berliners*! Die *Berliners* bringen unsere Jungs um!« Polizeipfeifen erklangen, um die Township vor diesem mitternächtlichen Terror zu warnen. Wir zweiundzwanzig aber zogen uns zurück und verschwanden nach Hause.

Am 19. Dezember 1955, einem Montagmorgen, brachte der Postbote mein Zeugnis. Darin stand, daß ich in Standard Nine versetzt war. Ein paar Stunden später fuhren mehrere Polizeiautos vor dem Haus meines Vaters vor.

Ein spezieller Sechsschüsser der Polizei preßte sich schwer gegen meine Rippen. Eine spitzere Waffe hätte mein Blut fließen lassen. Ihr Besitzer, ein schmuddliger Afrikaaner-Sergeant namens Klopper, stand neben mir, zwei Meter groß. In Newclare war er wegen seiner Gewalttätigkeit unter dem Namen »Klopper, das Scheusal« bekannt. Er verstand keinen Spaß, wenn es darum ging, »sein Gesetz« gegen die »Russen« der Basotho zu behaupten, die das Gebiet mit ähnlich eiserner Faust regierten. Wegen seiner nahezu übernatürlichen Kraft und brutalen Härte wirkte Klopper auf die Leute wie ein Polizist aus der Comic-Stadt Krypton. Klopper, das Scheusal, konnte auch erstklassig mit Gewehr und Revolver umgehen. Niemand, zumindest so weit ich mich erinnern kann, wagte es, vor ihm davonzulaufen. Und Kloppers Opfer trugen während der Paßrazzien niemals Handschellen, sondern gingen in Zweierreihe und hielten sich an den Händen. Es ging auch das Gerücht um, daß er einmal zehn Paar »Verletzern« des Paßgesetzes befohlen habe, schon mal zur Polizeiwache vorauszugehen, weil er erst noch zum Essen nach Hause müsse. Die Legende besagt, daß er sie davor gewarnt hat, zu fliehen: »Ich habe mir jeden einzelnen von euch ins Gedächtnis eingeprägt, also merkt auf. Ich will euch alle zwanzig auf der Wache sehen, wenn ich dann komme.« Wie die Schafe hatten die ungefesselten Pärchen genickt und hatten sich bis auf eines genau so auf der Wache gemeldet, wie Klopper es befohlen hatte.

Das Scheusal verhörte mich. Ich mußte mich überhaupt nicht dazu zwingen, alle seine Fragen bereitwillig zu beantworten.

»Bist du Don Mattera, auch bekannt als *ou* Zinga, der Chef der *Vultures*?« Ich nickte.

»Haben du und deine Jungs den Studenten in der Western Native Township umgelegt?« Mein Zögern schien fast hundert Jahre zu dauern. Ich schüttelte den Kopf.

»Kannst du nicht dein elendes Maul aufmachen? Bei mir nickt niemand oder schüttelt den Kopf, *Hotnot*. Habt ihr *moerskonts* (Mutterficker) letzten Monat den *fokken* Kaffer umgelegt?« Noch einmal schüttelte ich den Kopf, dann streckte mich ein vernichtender Schlag nieder und ich spuckte Blut. Auch aus der Nase lief Blut und versickerte in meinem T-Shirt. Dann machten sich die beiden afrikanischen Kriminalbeamten ebenfalls über mich her. Ich lag auf dem Boden, gelähmt und fast besinnungslos. Sie durchsuchten unser Haus und fragten nach einer Schußwaffe. Ich sagte ihnen, daß ich nicht einmal wüßte, wie eine Schußwaffe aussähe. Daraufhin wieherte Klopper los und krachte mir noch einen heftigen Schlag vor die Brust.

Ich hustete und rang nach Luft …

10
GEFÄNGNIS

Die Zelle war dunkel, und als mich der Wärter hineinstieß, stolperte ich über einen Mitgefangenen. Er stöhnte auf und fluchte. Ich spürte einen Schlag auf dem Ohr. Wütend vor Schmerzen hielt ich ihn fest und tastete nach seinem Gesicht. Ich schlug zu, hart. Der Mann schrie auf und riß sich los. Ich saß da und versuchte, mich zusammenzureißen. Mein Körper schmerzte noch von den Schlägen der Polizisten.

Am nächsten Morgen sah ich zu meiner Schande den Mann, wie er sich in einer einsamen Ecke der Zelle zusammengekauert hatte. Sein graues Haar war rot von dem Blut aus der tiefen Wunde, die ich ihm auf der Wange beigebracht hatte. »Mein Gott, was habe ich dir angetan, Alter?« rief ich ihm zu.

Er bedeckte seinen Kopf und schrie: »Bitte schlag mich nicht. Haltet ihn bitte auf. Er soll mir nicht noch mal weh tun.«

Ich schämte mich. Der Mann war älter als mein Vater. Welch schlechter Start in ein neues Leben. Einen alten Mann zu verprügeln. Was sollten die Leute draußen von mir denken? Später, am Nachmittag, versuchte ich, den Schaden wieder gutzumachen. Ich sprach ihn an, entschuldigte mich und gewann in ihm einen Freund, der mir in schlechten Zeiten half und riet. Wir waren ungefähr dreißig Männer in einer Gefängniszelle von neun mal neun Metern. Ein paar davon gehörten zu feindlichen Gangs. Seawater von den *Headquarters* zum Beispiel und Gobee und Sesse von den *Pirates*. Ihre Dolchstoßtaktik hatte den Kampf gegen sie zu einer äußerst ermüdenden Übung werden lassen, bis wir sie schließlich in Hinterhalte lockten und ihnen auflauerten, so daß sie nicht mehr so leicht abhauen konnten. Sollte sich unser Bandenkrieg hier in der Zelle fortsetzen? Ich war allein gegen drei und bereitete mich auf eine Auseinandersetzung vor. Sie aber begrüßten mich respektvoll und luden mich ein, mit ihnen zu essen. Sie waren des Mordversuchs, des Raubs und der Vergewaltigung angeklagt. Doch das schien ihnen nichts auszumachen. Nur Routine, normaler Alltag. Wir unterhielten uns, und mit entstelltem Humor erinnerten wir uns unserer gewalttätigen Heldentaten und kriminellen Vergnügungen, die für manch einen den Tod und bei vielen, vielen anderen Verletzungen bedeutet hatten. Keiner traute sich zu fragen, warum wir einander gejagt und bekriegt und getötet hatten. Diese Frage hätte Feigheit bedeutet. Angst haben und Davonlaufen konnte man verzeihen, doch Feigheit war etwas anderes. Und so teilten Seawater, Gobee und Sesse ihr Brot mit mir. Zumindest in dieser einen Nacht. Ausgerechnet die Gefängnisgitter brachten uns einander näher und wir redeten miteinander und lachten zusammen. Doch die Zeit sollte kommen, da wir uns wieder am Fieber des Brudermordes ansteckten und die warme Kameradschaft vergaßen, die wir im Gefängnis erfahren hatten.

Diese Zeit würde kommen …

Ich sah, wie sich ein Mann über einen anderen beugte und ihn küßte. Seine Hand streichelte den »Liebsten« zart zwischen den Beinen. Wenn die Dunkelheit kam, fanden sie zueinander wie so viele andere. In einer Ecke neben dem Abfallbehälter und dem Pisseimer sang ein Farbiger sein Lied von der Freiheit:

Zeig mir den Weg nach Haus
bin müde und ruh mich aus…

Zuhause. Es kam mir wie eine Ewigkeit vor, seit ich das letzte Mal dort war. Zuhause ist dort, wo das Herz ist. Mein Herz aber gehörte nirgendwo hin. Es fühlte nichts, es sehnte sich nach nichts …

Ein kurzer, untersetzter, säbelbeiniger Mann starrte auf meine Beine. Ich hatte kurze Hosen und ein kastanienbraunes T-Shirt an. Die Polizei hatte mir nicht erlaubt, mich richtig anzuziehen. Der untersetzte Kerl, den jeder hier zu kennen schien, lächelte unaufhörlich. Ich ging zu ihm hinüber und fragte ihn, ob ihm gefalle, was er sähe. Der Mann, sie nannten ihn Kid Dash, nickte: »Ich will, daß du heut nacht meine Frau bist ...« Die Worte blieben ihm im Halse stecken. Ich prügelte ihn so sehr, daß die Wärter mir eine über den Kopf ziehen mußten, damit ich aufhörte. Die Polizeiwache von Newlands war mein Revier, und niemand würde mich zu seiner Frau machen. Kid Dash wurde ins Gefängniskrankenhaus gebracht. Er schwor mir Rache, drüben im Gefängnis *Number Four*, das sie auch Festung Johannesburg nannten. Es sei nur eine Frage der Zeit.

Draußen auf der Straße, jenseits der Hauptstraße und in Sophiatown, feierten die Menschen ihr Weihnachtsfest. All die vertrauten Klänge drangen in die Zelle, der Lärm, das Essen und das Trinken, die Festlichkeit und die Ausgelassenheit. Finstere Gesichter, zerschlagen und übel zugerichtet von Verbrechen und den Schmerzen des Verlustes hellten sich auf, um etwas vom Weihnachtsrummel mitzubekommen. Die düsteren Gesichter im Halbdunkel unserer Zelle reagierten mechanisch. Wie jener Mann zum Beispiel, der in seiner stillen Ecke masturbierte und mit den Augen die Zelle nach denen absuchte, die ihm dabei zusahen.

»Zeig mir den Weg nach Haus ...« erklang die klagende, bittende Stimme, »zeig mir den Weg nach Haus ...«

Weihnachten im Gefängnis. Keine bewegenden Weihnachtslieder, keine guten Wünsche und, was am schlimmsten war, keine Freunde oder Verwandten. Winnie, ein junges Mädchen mit rundem Gesicht, das an einer Bushaltestelle in der Western Native Township Essen, Obst und Süßigkeiten verkaufte, brachte mir die Pfefferminzbonbons, die ich am liebsten mochte, einen Pfannkuchen mit Marmelade und einen halben Liter Milch. Weil ich damals bei den Mädchen ziemlich beliebt war, hatte Winnie mich zu ihrem »Daddy« erkoren. Jeder harte Brocken hatte damals ein »Baby« oder auch mehrere. Meine Augen leuchteten, und ich zog einen Ring vom kleinen Finger und schenkte ihn ihr.

Kleine Geschenke für einen Menschen im Gefängnis mit seinen schmutzigen, stinkenden Laken, seinen überlaufenden Pißeimern und seinen Läusen, die alle Freude und Hoffnung aus dem wunden Fleisch saugen und das Herz hart werden lassen. In jener Nacht drehte einer durch. Mit dem Blechteller in der Hand schlug er wie wild um sich und versuchte dann, in die unter Strom stehenden Drähte vor dem Fenster zu greifen. Wir warfen uns auf ihn und zwangen ihn zu Boden. Ein burischer Wärter kam in die Zelle und trat ihn in den Magen, während wir ihn noch zu Boden preßten. Wir brachen in Lachen aus. Jemand rief: *»Die hond is befok, my baas!«* (Der Hund ist verrückt, mein *Baas!*) Wir alle lachten, während der Mann stöhnte und sich krümmte. Seine Schmerzen waren echt, unser Lachen war es nicht. Es war Katzbuckeln und Selbstverurteilung vor dem *»Baas«*. Wir wollten zeigen, daß wir »gute Kaffern« und »gute Buschmänner« waren, die ihren Platz kannten. *»Skop die hond, my kroon, hy's lekker befok.«* (Tritt den Hund, mein König, er ist hübsch verrückt.)

Weihnachten im Gefängnis ...

Der Alte mit dem Blut im Haar rief mich zu sich. Auf Knien rutschte ich zu ihm rüber. Ich schämte mich immer noch, weil ich ihn so geschlagen hatte. »Frohe Weihnachten«, sagte er und schlug seine Hand in meine. *»Mag die Here jou seen en spar!«* (Möge der Herr dich schützen und segnen!) Ich drückte ihm fest die Hand und fand mich in seinen Armen wieder, meinen Kopf an seinem weichen, alternden Körper. »Frohe Weihnachten, Daddy«, wünschte ich ihm mit belegter Stimme. Der Sänger neben dem Pisseimer rief: *»Heppie! Heppie! O Here God, heppie.«* (Glücklich! Glücklich! O Gott, o Herr, glücklich!) Es war das kürzeste Weihnachtslied, das ich je gehört habe. Es wärmte mir das Herz, und in mir stieg ein klein wenig Sehnsucht nach meiner Mutter auf. Von allen Verwandten würde wenigstens sie bestimmt an meinen zwanzigsten Geburtstag denken – vier Tage nach Weihnachten.

Aus einer Zelle in der Nähe hörten wir den Verrückten nach seiner Mutter rufen, nach Gott und nach jenem Mann, dessen Geburtstag die Welt feierte. Er schrie so oft, daß es mich schauderte. Die Lichter gingen aus und von da, wo ich lag, stellte ich mir das kleine afrikanische Mädchen vor, in seinem leuchtend roten Kleid mit den dazu passenden Schuhen, wie es mit seinen drei kleinen Geschenken für mich in der Schlange der Besucher stand. Freude und tiefer Friede erfüllten mein Herz. »Zeig mir den Weg nach Haus/müde bin ich und ruh mich aus …«

Als der zweite Weihnachtstag erwachte, fand er uns bereits auf den Beinen und in Viererreihen. Mehrmals wurden wir durchgezählt. »Zwei fehlen. Zwei dieser Bastarde fehlen, Khumalo!« rief der weiße Wärter seinem schwarzen Kollegen in Afrikaans zu. »Ja zwei, mein *Baas*. Der Verrückte draußen in der Einzelzelle und der andere, den der Buschmann hier« – er zeigte auf mich – »verprügelt hat, der ist im Gefängniskrankenhaus.«

»Welcher Buschmann hat ihn verprügelt?«

»Der da, *Baasie*. Der mit den kurzen Hosen.«

»Du bist also der, der Kid Dash aufgemischt hat, eh?«

Ich nickte.

»Dann steckst du ganz schön in der Scheiße. Seine Leute kontrollieren *Number Four*, und weil du so ein schöner, starker *Hotnot* bist, werd ich dich in drei Tagen dorthin befördern«, sagte der *Baasie*. Das wäre am Donnerstag, an meinem Geburtstag. Als ich früher einmal eingesperrt war, wartete ich in der Polizeiwache am Marshall Square in der Stadt auf meinen Prozeß. Auch damals war ich zu Weihnachten im Gefängnis. Was sich die Leute über *Number Four* erzählten, ließ einem das Blut gerinnen. Und doch spürte ich ein seltsames Gefühl von herausfordernder Erwartung. Mir machte nichts auf der Welt Angst. Nächsten Donnerstag würde ich das beweisen …

Nach dem Zählappell wurden wir aus den Zellen »befreit« und stürmten in den großen Innenhof zum traditionellen Frühstück aus halbgekochtem Maisbrei, einem dunklen Brot, das »*Katkop*« (Katzenkopf) genannt wurde, und schwarzem Kaffee ohne Zucker. Die Häftlinge rannten wie halbverhungerte Schweine zum Trog. Ich sah, wie mein alter Freund hinfiel und half ihm auf. Er lachte und zeigte in Richtung Essen. Ich drängte mich durch und brachte ihm sein Frühstück. Er lächelte und tätschelte mir sanft den Kopf: »*Dankie, my laaitie.*« (Danke, mein Sohn). Ich setzte mich neben ihn. Für sein Alter aß er regelrecht gierig, ohne auch nur einmal aufzuschauen. Nach wenigen Minuten war das Frühstück auf Nimmerwiedersehen verschwunden. Ich schenkte ihm meins, und auch das war nach wenigen Augenblicken verschwunden. Ich konnte nicht begreifen, wie so ein alter Mann so viel und so schnell essen konnte. Er ließ einen fahren und fragte mich dann, ob ich rauche. Ich schüttelte den Kopf und rief Seawater, der ihm eine lange Zigarette gab.

»Dein Weihnachtsgeschenk, alter Galgenstrick. Die Dinger sind teuer und hier drin schwer zu kriegen.« Seawater übertrieb weder die Knappheit noch den Preis der Zigaretten im Gefängnis. Die meisten Häftlinge rauchten Selbstgedrehte. »*Zol*« hießen die Dinger, und man ließ sie im Freundeskreis herumgehen. Es gab Häftlinge, die verkauften ihren Arsch für eine Schachtel Zigaretten oder einen Riegel Schokolade.

Der Alte fragte mich nach meinem Namen und welcher Taten ich angeklagt sei. Ich erzählte es ihm. Er nickte ein paar Mal und meinte, Mord sei eine schwere Anklage. Davon, daß Mord ein schweres Verbrechen ist, sagte er nichts, denn im Gefängnis gilt der erste Blick immer der Anklage. Nicht dem Leben, das man ausgelöscht hat, nicht dem Opfer, in dessen Haus oder Laden eingebrochen, nicht dem Mädchen, das vergewaltigt worden war. Niemand verschwendete auch nur einen Gedanken an die Schrecken einer Vergewaltigung oder an die Folgeschäden. In jenen Tagen war immer der Beschuldigte oder der Verurteilte der Geschädigte. Er war das Opfer. Immer.

»Mein Sohn, werden dir deine Leute einen Rechtsanwalt besorgen? Heutzutage reagieren die *jits* (die Richter) sehr harsch auf Mord, vor allem solche *jits* wie Maritz, Ludorf oder Steyn. Man nennt sie die Hin-Richter.«

»Woher weißt du das alles, *Dad*?«

»Weil ich schon lange auf dieser Welt bin, mein Sohn. Ich bin hier schon so lange, daß manche glauben, ich gehöre zur Einrichtung.«

»Wenn du sagst, daß du schon sehr lange lebst, meinst du damit, daß du vorher schon mal im Gefängnis warst?«

»Ja, oft. Öfter, als du Geburtstag hattest.« Als ich versuchte, mehr aus ihm herauszubekommen, legte mir der Alte die Hand auf die Schulter, drückte sich hoch und ging weg.

»Wie heißt du, *Daddy*?« Er drehte sich um, lächelte und machte einen Hopser zur Seite. Er deklamierte, als spiele er vor großen Publikum: »Pietersen. Ich heiße Isaak Pietersen!« Er verschwand in einer großen Gruppe älterer Männer, die lange *zols* rauchten und sich schmutzige Witze erzählten. Eine Sirene bündelte uns in Viererreihen, damit wir anhand der Zellennummern gezählt werden konnten. In Viererreihen marschierten wir zu unseren Zellen, und noch einmal wurden wir gezählt, bevor man uns hineinließ. Die schweren Stahltüren schlugen krachend zu. Die rasselnden Schlüssel verschlossen uns eine Gesellschaft, die immer nach Blut lechzte und es immer bekam. Unter den zehn Neuen, die in unsere Zelle gestoßen wurden, befanden sich auch jüngere Mitglieder unserer Gang – Maasanto, Churchill, Deadline und Tolla-Tolla. Sie waren alle in der schicksalschweren Nacht des Gemetzels dabei gewesen und rannten freudestrahlend auf mich, ihren Anführer, zu. Deadline und Churchill, jung und dickköpfig wie sie waren, erkannten Gobee, Sesse und Seawater.

»Was, zur Hölle, machen diese Hunde hier? Heih, ihr *Bangies* (Feiglinge) von den *Headquarters* und den *Pirates*, warum kämpft ihr nicht richtig, sondern haut immer gleich ab, wenn ihr jemandem aus dem Hinterhalt einen Messerstich verpaßt habt?« frozzelte Churchill.

»Ja«, meinte Deadline, »Ihr Hunde wehrt euch nie, ihr haut immer bloß ab. Euer *Bra* konnte letztens nicht mehr wegrennen. Wir hatten ihn gefangen. Er heulte nach seiner Mutter.« Ich drängte mich zwischen sie und das feindliche Dreigespann und überredete meine Jungs, sie zu akzeptieren. »Sie sind gut zu mir gewesen, und so lange ich hier bin, wird ihnen niemand ein Haar krümmen«, sagte ich mit Nachdruck. Churchill aber konnte sich eine letzte Stichelei nicht verkneifen: »Und wenn wir hier rauskommen, trau dich nicht, mich zu grüßen, sonst ramme ich dir mein Messer in den Arsch.« Seawater, der so alt war wie ich, schüttelte bloß den Kopf und zog sich in die hinterste Ecke der Zelle zurück. Ich unterhielt mich mit den Jungs bis zum frühen Morgen. Sie erzählten mir, daß nach meiner Verhaftung die Kämpfe aufgehört hatten, und daß die Polizei nach weiteren Mitgliedern unserer Bande fahndete. Viele versteckten sich in Sophiatown oder hatten Johannesburg ganz verlassen.

»*Bra* Zinga, die Dinge stehen wirklich schlecht. Die Cops durchsuchen jedes einzelne Haus. Mit ihnen läuft immer so ein Mädchen rum, das ihnen die Häuser zeigt«, sagte Maasanto, der Treue, der mir sehr nahe stand und mir blind ergeben war. Wenn ich zu ihm sagte: »Leg den dort um. Besorg mir das Mädchen. Raub den Laden aus«, würde er es tun. Eines Tages sollten Maasanto und Deadline aufeinander treffen. Und mein Eintreten für Maasanto sollte mir eine Kugel in den Rücken eintragen. Meine Gang war ein Scherbenhaufen. Die Truppe, die einstmals als Verteidiger der Kleinen und Schwachen angetreten war, wurde gejagt, weil ein Haufen Killer aus ihr geworden war. Die Jungs fühlten sich wichtig und schienen sich keine Gedanken über die Zukunft, ihr Leben oder die Hin-Richter zu machen, vor denen der alte Pietersen gewarnt hatte. Und zum Teil hatte ich Schuld daran. In jener Nacht aber dachte ich nicht darüber nach. Sie auch nicht.

Als der Donnerstag kam, trennten sich unsere Wege. Die vier *Vultures* wurden bis zu dem Tag, an dem wir gemeinsam vor Gericht gestellt werden sollten, von einem großen Mannschaftswagen der Polizei an einen sicheren Ort gebracht – in eine Besserungsanstalt. Seawater, Sesse und Gobee blieben im Newlands und winkten mir nach, als ich als letzter von achtzig Häftlingen, denen der Prozeß bevorstand, auf den riesigen Wagen stieg. Einer von ihnen war der alte Pietersen.

Mir fiel »*baasies*« Drohung ein: »Du steckst in der Scheiße. Die Leute von Kid Dash regieren in *Number Four*!« Ich hatte immer geglaubt, daß die weiße Regierung das Land regierte, und vor allem die Gefängnisse. Das Gefängnis war schließlich eine Form der Regierung, ein Staat im Staate. Und nun war Kid Dash, der kleine, untersetzte Mann, der mich aufgefordert hatte, mit ihm zu schlafen, einer der Herrscher jenes Landes, das man *Number Four* nannte. Die kalte Angst stand neben mir in diesem stählernen Ungetüm mit seinen sechs Luftlöchern, während Kid mich anstarrte. Er steckte den Daumen zwischen Zeige- und Mittelfinger. Eine sexuelle Anspielung. Ich drängte mich an ihn heran und stopfte ihm die Faust in den Mund: »Jederzeit. Überall. Ich werd auf dich warten, du kurzgeratener Bastard! Immer, verdammt noch mal!« Ein paar Mitinsassen feuerten mich an. »Mach ihn fertig«, riefen sie, »*moer* ihn!« Aber ich ließ es dabei bewenden. Das schwere Fahrzeug rollte im Schneckentempo vom Hof, als wollte es sagen: »Schaut's euch noch mal genau an. Nächste Haltestelle ist *Number Four*.«

Meine Gedanken wanderten zum 11. November und zu unserem Angriff auf das Gebiet der *Headquarters* zurück, bei dem ich auf einen Blackjack geschossen und gesehen hatte, wie er fiel. Zwei andere, die bei ihm waren, rannten um ihr Leben. Die Blackjacks bekamen Verstärkung, und wie verrückt schoß ich mein ganzes Magazin auf sie ab. Ich rannte aus der Township zu jenem flachen Gebäudekomplex, in dem die ehemaligen Soldaten wohnten. Die Trillerpfeifen der Polizei weckten mehrere

Familien auf, während die Mitglieder meiner Gang um ihr Leben rannten und ich auf mich allein gestellt war. Ich rannte und keuchte und betete. Ich versteckte mich unter einem Auto, verkroch mich zwischen den Vorderrädern. Die Blackjacks, denen ein paar Mitglieder der gegnerischen Gang halfen, liefen an mir vorbei. Ich kroch hervor und rannte auf eine Lichtung zu. Da schlug mir ein Mann, der sich im Schatten versteckt hatte, auf den Kopf. Ich hörte, wie er rief: »Ich hab ihn! Ich hab ihn!« Die Verfolger kehrten zurück. Stockschläge und Peitschenhiebe hagelten auf mich nieder. Jemand stach mir zehn Zentimeter tief in die linke Lunge. Ein anderer goß mir Wasser über den Kopf. Der Junge, der auf mich eingestochen hatte, tanzte vor mir herum und sang Freudenlieder.

Ich konnte kaum atmen und bat um Wasser. Eine Frau schüttete mir Wasser ins Gesicht. Nach einer Zeit, die mir wie ein endloser Alptraum vorkam, erreichten wir das Büro der Blackjacks, und meine Häscher warfen mich auf den Boden. Ich bat um Wasser, und der Blackjack, auf den ich geschossen hatte, trat mir ins Gesicht und gab mir dann Wasser aus dem Deckel einer Vaselinedose. Ein Krankenwagen kam. Ich werde nie ihre Verzögerungsspielchen vergessen, bevor sie mich endlich in das Auto brachten. Wie in Zeitlupe vollzog sich alles, und als ich in den Krankenwagen gehoben wurde, sah ich viele glückliche, lächelnde Gesichter entschwinden. Jemand rief in Zulu: »Der Hund ist kräftig. Hat so viele Wunden und blutet so stark und ist immer noch am Leben. Der *Boesman* ist kräftig!« Das Coronation Hospital liegt nur ein paar Autominuten von der Township entfernt. Es schien aber eine Stunde zu dauern, bis wir in der Unfallstation ankamen.

Einen Tag nach meiner Einlieferung – ich hing immer noch am Tropf – überfielen mich drei Mitglieder der *Headquarters*, stachen mich unter die rechte Achsel und schnitten die Transfusionskanülen durch. Schwestern und Sanitäter retteten mich. Der Junge, der mir tags zuvor in die Lunge gestochen hatte, gehörte zu den Angreifern.

Er bezahlte mit seinem Leben. Dem Leben, dessentwegen ich vor Gericht gestellt wurde. Dem Leben, für das mich Kid Dash und seine Leute büßen lassen wollten.

»Zeig mir den Weg nach Haus ...«

Das Polizeiauto fuhr durch vertrautes Gebiet: die indischen Läden. Die Söhne der Besitzer zahlten Geld in die Schatztruhen unserer Gang für den Kauf von Gewehren und Messern. Mancher betrachtete das als Schutzgeld. Wir sahen es als wichtige geschäftliche Transaktionen. Der Lastwagen näherte sich der Good Street – einem der wichtigen Schauplätze von Gewalt und Mord in Sophiatown. Wahrlich keine gute Adresse. Dann kam Papagees Obstladen, bei dem wir mit Kugellagern ein Glücksspiel um Gewinn oder Verlust unserer Kinokarten veranstalteten. Am Grund der Gerty Street – meiner Straße – vorbei, mit Goldbergs Reinigung als Wachhäuschen und Schlagbaum. Hier war auch der Treffpunkt unserer Bande, denn hier befanden sich sowohl Eingang wie Ausgang zur Western Native Township und die angrenzenden Townships. Von Süden her gab es keine Abkürzungen oder Durchgänge zu unserer Straße.

Während das Polizeiauto langsam unsere Straße hinunterschlingerte, dachte ich flüchtig daran, was meine Leute zu Hause wohl machen würden. Was mein Cousin Chossie und mein fünf Jahre alter Halbbruder Pasquale gerade trieben. Wir hatten Donnerstag – mein Vater hatte frei von seinem Dienst als Inspektor bei den Bussen. Ich fragte mich, ob er wohl an meinen Geburtstag gedacht hatte.

Good-bye Gerty Street, hello Number Four.

Kid schaute mich verstohlen aus seinen fettverquollenen Augenwinkeln an. Der Schimmer bevorstehender Rache strahlte auf seinem blasierten Gesicht stärker als der Morgenstern.

Number Four. Kid Dashs inoffizielle Regierung wartete noch begieriger auf uns, als ich mir das vorgestellt hatte. Man stieß uns aus dem großen Lastwagen. Das fette Rhinozeros von einem burischen Polizisten, dem ständig der Schaum in den Mundwinkeln stand, versetzte jedem, der an ihm vorbei mußte, einen Faustschlag. Das war seine Art, uns zu zählen und gleichzeitig sicherzustellen, daß wir uns gleich richtig eingewöhnten. Die Schläge dieses Mannes waren hart, und viele vor mir wurden von ihnen gefällt. Ich stolperte in einen anderen Buren hinein, der Vossie hieß. Er trat nach meinen Hoden, aber ich schlug seinen Fuß zur Seite. Kid ging hin zu ihm. Sie traten zur Seite. Ich sah, wie er auf mich zeigte. Vossie lachte, dann spuckte er aus. »Blade«, rief er. »Hier steht die Frau deiner Träume, die deinen Bruder Kid geschlagen hat.« Er zeigte auf meinen Hintern und auf die kurzen Hosen, die sich eng um meine kräftigen Schenkel spannten – das Ergebnis von Boxen und Hantelübungen. Blade lächelte und küßte mich auf die Wange. »*Buschiemeid* (Buschmädchen)«, sagte er zur Freude Kids und der beiden Buren. Ich versetzte ihm einen Schlag und er landete auf dem Zementfußboden.

Blade stand wieder auf und schlug nach mir. Er traf mich nicht, ich ihn jedoch mit voller Wucht. Er fiel und rührte sich nicht mehr. Ein Schlagstock küßte meinen Kopf, und ich verlor das Bewußtsein. Kids Regierung hatte die Kontrolle übernommen. Ich kam wieder zu mir und wurde nackt ausgezogen. Mehrere große und häßliche Männer fummelten mir am Hintern herum und spielten mit meinem Penis. Als Blade mich besteigen wollte, nahm ich alle Kräfte in meinem Körper zusammen, und in nahezu krankhafter Wut traf ich den Mann so hart, daß er mit dem Kopf gegen den Einweisungstisch krachte. Ich schrie und warf mich auf sie, schlug wie wild nach allem, was mir in den Weg kam. Der Oberaufseher, ein großgewachsener und beeindruckender Bure namens Hoffman, betrat das Aufnahmebüro. »*Wat die fokken hel gaan hier aan?* (Was, zur Hölle geht hier verdammt noch mal vor?)« brüllte er. Ein weiterer Schlag streckte mich nieder. Ich erwachte völlig nackt in der »*koolkoots*«, einer Zelle zum Abkühlen, meine zerissenen Sachen neben mir.

Drei Tage später wurde ich frühmorgens aus der *koolkoots* geholt und mußte mich mit den anderen in Viererreihen aufstellen, damit wir gezählt werden konnten. Dann befahl man uns, uns zu »waschen«. Das Wort gewann eine neue Bedeutung. »Waschen« hieß hier, sein Gesicht mit Wasser zu besprenkeln und dann zu verschwinden, bevor einen der Schlagstock von Vossie oder Smuttie zu Boden streckte. Darüber hinaus waren da noch Blade und seine Jungs, die jede meiner Bewegungen beobachteten. Sie waren verurteilte Häftlinge, die ihre Zeit absaßen. Ich wartete lediglich auf meinen Prozeß.

Ein bösartig aussehender Kerl mit roten, blutunterlaufenen Augen starrte mich an. Ich starrte zurück, und er rief mich zu sich. Ich aber weigerte mich, zu ihm hinüber zu gehen. Er kam auf mich zu und sprach mich in Zulu an: »Du schaust King Kong an und kommst nicht, wenn King Kong dich ruft, he?« Bevor ich antworten konnte, krachte ich ausgestreckt gegen eine Wand, und mein Mund blutete. Kings Treter fand eine weiche Stelle in meiner Magengegend, und die Kotze betrog mich um den rohen Brei und das gelbe Fett, das Stück harten Brots und den schwachen, schwarzen Kaffee des Morgens.

Mamba, ein berüchtigter Gangster aus Sophiatown, der zu den *Berliners* gehörte und des Mordes angeklagt war, rettete mich vor weiteren Schlägen. Er sagte King, ich sei einer seiner Jungs. King nickte nur schwach und warnte mich, daß ich ihn nie wieder anschauen solle. Das nächste Mal würde es mich noch schlimmer erwischen. Ich stritt nicht mit ihm. Außerdem bekam ich keine Luft. Und wer würde schon bei vollem Verstand mit diesem Frauenmörder streiten wollen oder ihm gar in die Augen schauen. Dennoch geschah etwas Seltsames: Pietersen, der den Überfall auf mich beobachtet, sich aber nicht eingemischt hatte, ging zu King Kong und sprach mit ihm unter vier Augen. Danach behandelte mich King, der eigentlich Ezekiel Dlamini hieß, wie einen der Seinen.

Blade und Kid aber waren mit dem Stand der Dinge überhaupt nicht zufrieden. Sie hatten darauf gehofft, daß King

Kong die Sache für sie erledigen würde. Zudem hatte auch noch Mamba, der Schläger aus Sophiatown, ihre Pläne vereitelt. So plante die »Regierung«, sich meiner zu entledigen. Zorro, ein Killer aus der Township Alexandria, sollte das besorgen.

»Don, Mr. Fick möchte dich sehen, bei sich im Klassenzimmer. Es geht irgendwie um den Englischvortrag für das *Eisteddfod.*« Der Sprecher war einer meiner Klassenkameraden in der achten Klasse. Er hieß Calvin Julius und war schon seit den Grundschultagen mein Freund. Cyril Fick war Mathematiklehrer und kannte meinen Vater. Seine Eltern hatten einmal in unserer Straße gewohnt. Mit leichtem Zagen betrat ich sein Klassenzimmer, denn er war der einzige, der mir Vorhaltungen wegen meines schlechten Verhaltens machte und mich manchmal sogar bestrafte, ohne – wie andere Lehrer – Angst davor zu haben, von meiner Gang angegangen zu werden.

»Sir, ich hab gehört, Sie wollen mich sprechen?«

»Ja. Ich hab gehört, daß Sie wieder in eine Schießerei verwickelt waren, Mr. Mattera?«

»In eine Schießerei, Mr. Fick?«

»Zweimal an einem Wochenende, um genau zu sein, Mr. Mattera. Neulich hat Sie jemand in den Arm gestochen, dann in den Kopf. Und vor zwei Wochen, genau vor den Osterferien, haben Sie sich auf dem Schulhof geprügelt. Dann auf der Toilette mit dem Sohn von Mukkadam. Mein Gott, wann werden Sie endlich vernünftig? Wenn Sie tot sind oder ein Krüppel?«

»Mukkadam hat mich Kaffer genannt, Sir, und seit ich 1953 in diese Schule kam, hat er mich immer gehänselt und zu Prügeleien herausgefordert. Sir, ich reiß mich nicht um Schlägereien, aber wenn mich jemand Kaffer nennt, dann ...«

»Nun hör sich einer dieses ... dieses Gerede von Gewalt an. Gott, was sagt denn Ihr Vater oder Ihre Familie zu Ihrem Benehmen? Sprechen Sie mit Ihnen darüber?«

»Keiner sagt etwas, niemand macht sich Sorgen!«

»Nicht einmal Ihre Mutter?«

»Nein, Sir …«

»Das kann ich nicht glauben …«

»Sie können glauben, was Sie wollen, Sir. Aber ich sage Ihnen, niemand macht sich was draus.«

»Wie siehts mit dem *Eisteddfod* aus? Mr. Gordon möchte wissen, ob Sie sich daran beteiligen. Er meint, Sie hätten eine gute Chance, Gold für die Schule zu gewinnen. Nehmen Sie dran teil? Hören Sie, ich fordere Sie auf, nein, ich befehle Ihnen, mitzumachen.«

»Sie befehlen mir, Sir?«

»Ja. Und das ist mein letztes Wort.«

Ich sah ihn an und lächelte. Es war eine bedeutungsschwere Stille, die zwischen uns lastete. Zwischen seinen starken Augen und seinem mitleidsvollen Mund und dem Brennen in meinem Innern, das Streit und Auseinandersetzung Mitleid und Verständnis vorzog.

»Sir! Ich besitze weder eine Schuluniform noch einen Blazer. Was soll ich anziehen?«

»Verkleiden Sie sich als Chinese, wenn's geht. Denn vielleicht ist Somerset Maugham im Publikum, um sich anzuhören, wie Sie »On A Chinese Screen« vortragen.«

Ich gewann die Goldmedaille und eine Urkunde für den besten und wirklichkeitsnahesten Vortrag des Gedichts in der Geschichte seines landesweiten Vortragswettbewerbs. Ein Held war ich, diesmal aus gutem Grund, und ich fühlte mich gut dabei. Ich nahm die Goldmedaille und die Urkunde mit nach Hause. Aber ich zeigte sie niemandem. In der Nacht klang ein schriller Pfiff von der Straße herüber. Ich wachte auf, zog mich an und nahm das scharfe Bajonett meines Onkels, des Kriegsveteranen, ging über die Straße und führte einen Angriff gegen die Black Devils und die Wibsey Kids aus dem nördlichen Teil von Sophiatown. Als ich nach Hause zurückkam, klebte das Blut des Sohnes einer anderen Familie an meinen Händen und an meinen Sachen …

Zorro, der neun Jahre älter war als ich, drängte mich im Waschraum der Sektion A in eine Ecke. Sektion A war die Abteilung, in der die Mörder getrennt von Dieben und Vergewaltigern untergebracht waren. Dort schlief ich in einer kleinen Zelle. Als ich die Toilette verlassen wollte, stellte sich mir sein dünner, drahtiger Körper in den Weg. Seine schrille, fast kreischende Stimme war von einer Kälte, die mich an Dracula-Filme erinnerte.

»Du bist also der Großkotz, der Kid Dash und Blade geschlagen hat, eh?« Ich beachtete ihn nicht und versuchte, mich an ihm vorbeizudrängen. Er aber stieß mich in die Toilette zurück.

»Sieh, Großer, ich bin hier, weil ich auf meinen Prozeß warte und nicht, weil ich gegen Blade oder Kid kämpfen will. Laß mich also bitte vorbei.« Meine Stimme war jetzt stark und weniger ängstlich.

»Weißt du, wer ich bin?« Ich verneinte und sagte ihm, daß ich es auch nicht wissen wollte.

Er nannte mir seinen Namen und fügte hinzu: »Hast du schon von mir gehört?« Ich bejahte, und daraufhin fragte er mich, woher ich käme und wessen ich angeklagt sei. Als ich ihm das erzählte, trat er zurück und sagte: »Du bist also Don Zinga, *die hardie Bushie* (der hartgesottene Buschmann).« Ich nickte.

»Ich heiße eigentlich Changkie, Changkie Mahangwe. Ich komme aus der Alexandra Township, die man auch die dunkle Stadt nennt. Die Leute haben mich gebeten, dir eine Lektion für die Schläge zu erteilen, die Blade von dir einstecken mußte.« Er zog einen Löffel hervor, der an beiden Seiten angespitzt war.

»Schau her, ich kann dich auf der Stelle umlegen. Sag nur ›*otch*‹ (umgangssprachlich für »trau dich«). Ich hab keinen Streit mit dir, Kleiner, aber ein paar Leute sind der Meinung, daß du bluten mußt«, sagte Zorro und richtete die selbstgefertigte Waffe auf meine Kehle. Ich spürte eine seltsame Abneigung zu kämpfen oder zu bitten, und deshalb antwortete ich: »*Bra* Zorro, ich hab keinen Ärger mit dir, aber wenn du unbedingt mein Blut fließen sehen willst, dann stoß zu!« Ich beobachtete seine Hände und seine Augen. Hinter ihm sagte eine Stimme: »Zet, laß den Jungen in Ruhe. Er gehört zu mir.« Zorro drehte sich um und sah, daß Mamba und der alte Pietersen in den zwei Türen zum Waschraum standen. Zorro lachte und tätschelte mir dann die Wangen. »Hab doch nur Spaß gemacht mit ihm, *Bra* Isaak. Du hättest Mamba nicht zu rufen brauchen. Hab nur Spaß gemacht.« Er verschwand durch die Tür.

»Willst du mit ihm kämpfen, Donny?« fragte mein »Pflegevater«.

»Ich hab nichts gegen ihn, aber wenn er's drauf anlegt, dann soll mir's recht sein.« Meine Stimme war noch fester, als ich mir das vorgestellt hatte. Mut ist noch zu schwach, um die Tapferkeit des Herzens zu beschreiben, die ich mit Hilfe Mambas und des alten Pietersen an den Tag legen konnte. Ich wußte natürlich, daß Zorro darauf aus war, mich umzulegen, wie es die »Regierung« von Kid Dash, Blade und den burischen Schließern nach den ungeschriebenen Verhaltensregeln im Gefängnis beschlossen und verkündet hatte. Wenn einer der »Regierenden« festgelegt hatte, daß der Häftling Soundso zum *wyfie* (zur Frau) eines von ihnen werden sollte, dann war das »Gesetz«. Wenn das Urteil auf Tod durch das Messer oder durch Erwürgen lautete, dann wurde es ohne jede Frage umgesetzt. Und was meinen Fall angeht, so hatten Mamba und der weise, alte Pietersen die Hinrichtung nur ausgesetzt oder verschoben. Ich wußte, daß es nur eine Frage der Zeit war, bis der »Staat« einen neuen Killer auf mich ansetzen würde.

Zorro – Zet – hatte den gleichen kriminellen Hintergrund wie so viele Kids aus den Townships: das stille Greenhorn, das sich gegen die Schläger zur Wehr setzt und schließlich selber einer wird. Der Mann, den sie »den Schrecken von Alexandra« nannten, hatte eine beispiellose Welle der Gewalt gegen Männer wie Frauen entfesselt. Die Männer erstach er mit einer *ntshumentshu*, einer dünnen Fahrradspeiche am unteren Ende des Rückgrats. Frauen, die ihn abwiesen, vergewaltigte er und schnitt ihnen dann den Buchstaben »Z« in die Stirn. Niemand hatte gewagt, ihn verhaften zu lassen, denn seine kriminellen Verbindungen reichten bis nach Johannesburg hinein, wo seine Gang am Busbahnhof Noord Street Schutzgelder eintrieb. In der dunklen Stadt wurden Zorro und seinen Leuten verschiedene Morde nachgesagt, aber wie gewöhnlich gab es dafür einfach keine Zeugen. Mit der Geburtsstunde des organisierten Verbrechens aber, als die Township unter den Einfluß der *Spoilers* und ihrer Feinde, der *Msomis* geriet, wurde Zorro von den Ereignissen überholt. Die Menschen waren seiner Schlägereien und Übergriffe müde und zeigten ihn an. Zu dem Zeitpunkt, als ich mit seiner »Regierung« Schwierigkeiten bekam, saß er eine Gesamtstrafe von zwanzig Jahren ab.

Mir war klar, daß ich zu jeder Sekunde wachsam sein mußte und auch nicht alles essen konnte, was man mir anbot. Auch Gift gehörte zu den Methoden, die der »Staat« anwendete, um sich seiner Gegner zu entledigen. Pietersen hatte mich einmal davor gewarnt: »*Vreet en vrek* (Friß und verreck)«, hatte er zu mir gesagt. Ich fragte Mamba, wer Pietersen denn wirklich sei, und warum so viele Häftlinge und Schließer ihm diesen Respekt entgegenbrachten.

»*Bra* Isaak ist der Gründer und Oberbefehlshaber der ›Big 28‹. Der verurteilten Anführer, die die meisten südafrikanischen Gefängnisse beherrschen. Er war vier Jahre in einer Besserungsanstalt und seit fünfundvierzig Jahren nahezu ständig im Gefängnis«, erzählte mir Mamba. Auch er war des Mordes angeklagt. Ihm wurde zur Last gelegt, Potoki umgebracht zu haben, den Anführer der *Co-operatives* in der Western Native Township, den man beim Würfelspiel in Sophiatown abgeschlachtet hatte. Mamba wurde von vielen in unserer Township gefürchtet. Bedeutende Männer mit klangvollen Namen entrichteten Schutzgeld an Mamba La Gusha, wie wir ihn nannten. Voll tiefer Achtung sprach er über den Alten. Er und Pietersen lachten oft und steckten im Gefängnis immer zusammen. Ihre *taal*, ihr Slang, enthielt bestimmte geistige und physische Vertraulichkeiten, bei denen ich mich in ihrer Gesellschaft wohl und sicher fühlte.

Mamba, der des Mordes an Potoki für schuldig befunden wurde, starb von der selben Hand, die ihm bei diesem Mord behilflich gewesen war. Ein Kreislauf des Verbrechens. Pietersen war angeklagt, eine alte, weiße Rentnerin umgebracht zu haben, nachdem er sie vergewaltigt hatte. Es war bereits seine dritte Mordanklage – und die letzte zugleich. Zusammen mit über hundert anderen Verbrechern wurde er 1956 gehängt.

Es war der alte Pietersen, der mir beibrachte, daß das Gefängnis kein Zuhause war. Männer machten andere Männer zu Frauen, schenkten einander gute Zeiten, gutes Essen und gute Liebe. Wer sich weigerte, ging der Privilegien verlustig und durfte weder von Verwandten noch von Freunden besucht werden. Selbst die beiden burischen Schließer hatten schwarze Männer als Geliebte. In der Abteilung der Mörder, Vergewaltiger und Räuber, in der ich untergebracht war, waren zumeist Männer aus Sophiatown und Schläger aus Vrededorp. Sie war der Boxring, das Gerichtsgebäude und die Spielhölle der Einzelzellen von Sektion A. Wir durften nicht die Zellen mit den gewöhnlichen, kleinen Kriminellen teilen, die auf den Ausgang ihrer Prozesse warteten.

Ich hörte, wie ein paar Männer davon sprachen, daß es ein Fehler sei, Frauen zu vertrauen. Jeder schien etwas gegen Frauen vorzubringen zu haben. Die Insassen berichteten einander über die Umstände, die zur jeweiligen Anklage geführt hatten. Es gab einen »Richter«, die »Geschworenen« und den Ankläger sowie die Verteidigung, die den Verhandlungsverlauf mit all den dramatischen Szenen nachspielten, die dazugehören. Mein alter Pietersen war der Richter. Er sagte mir, daß ich meinen Fall gewinnen würde, daß man mich von der Mordanklage freisprechen würde, weil ich ein festes und unantastbares Alibi hätte. Mit der Anklage wegen versuchten Mordes wäre das schon schwieriger. Die einzige Chance wäre, den Kläger zu »kaufen«, und der würde, so versicherte er mir, nichts gegen ein Extrasümmchen einzuwenden haben.

Isaak Pietersen zeigte mir so offen seine Zuneigung und Anteilnahme, daß viele Mitgefangene und auch die weißen Schließer schließlich glaubten, ich sei sein eigen Fleisch und Blut. Ich wurde so vertraut mit ihm, als wären wir schon seit vielen Jahren Angehörige derselben leidgeprüften und verfluchten Familie. Die zwei Monate, die ich mit ihm, dem zum Tode Verurteilten, zusammen im »Staat« *Number Four* verbracht habe, haben mir die Augen geöffnet. Für mich waren seine Traurigkeit, seine Fröhlichkeit und sein Leid kein Geheimnis mehr. Ich fühlte seine Ängste und sein Leid, als wären es meine eigenen Empfindungen. Aus Händen, die dreimal gemordet hatten, empfing ich tiefes menschliches Verständnis.

Am letzten Tag unserer Anhörung vor Gericht wartete Pietersen vor dem schweren, scharf bewachten Polizeilastwagen auf mich. Er umarmte mich sacht und drückte meinen Kopf an seinen weichen, alternden Körper. So, wie er es Weihnachten in der Zelle der Polizeistation von Newlands getan hatte. Ich klammerte mich an ihn und ich erinnere mich, daß ich seine Tränen an meinem Ohr spürte. Traurig sah ich ihn an und wünschte mir bei Gott, daß er mein Vater sei, und ich ihn mit mir mitnehmen könnte – wohin ich auch immer ging.

»*My Laaitie* (mein Sohn)«, sagte Pietersen traurig, »komm niemals wieder an diesen *fokken* Ort zurück. Versprich Papa Isaak, daß du nie wieder einen Fuß in dieses Gefängnis setzen wirst. Die würden dich umbringen, ganz sicher.«

Ich nickte. Ein Schlagstock stieß mir in den Rücken. »Beweg dich, *Boesman*, mach schon!« Die »Regierung« hatte das letzte Wort.

Wir wurden alle elf freigesprochen. Die einander widersprechenden Aussagen von über zehn Zeugen der Anklage, zu denen auch ein neun Jahre altes Mädchen gehörte, ließen den vorsitzenden Richter vermuten, daß wir Mörder seien, daß es aber keinen greifbaren Beweis gäbe, nach dem er uns verurteilen könne. Mein Vater hatte die Anwaltskosten übernommen.

In Sophiatown löste die Nachricht von unserer Freilassung einen regelrechten Rachefeldzug der *Headquarters* aus. Aus meiner Gang wurden viele verwundet. Seawater, Sesse und Gobee führten den Überfall an. Sie forderten mich heraus, Mann gegen Mann und Messer gegen Messer gegen sie anzutreten. Noch vor zwei Monate hatten wir am Weihnachtsabend in der gemeinsamen, stinkenden, verlausten und vollgepinkelten Zelle jener Polizeistation unser Brot miteinander geteilt. Als ich meine Leute anschaute, die vor dem Haus meines Opas auf mich gewartet hatten, erinnerte mich etwas in ihren Gesichtern an ein Leben, das ich fast schon vergessen, fast schon abgeschrieben hatte.

Doch die Gewalt folgte mir wie ein Schatten. In die Schule, die mich widerstrebend wieder aufgenommen hatte, und in die Kirche, in der Mitglieder gegnerischer Banden über mich herfielen. Die Wellen meines jungen, zerstörten und verwirrten Lebens brandeten endlos ins Nichts. Vor und zurück, wie die Gänge eines Autos unter der Hand eines Fahrschülers. Chops Number Five, der Anführer der *Headquarters*, brachte eine Frau um. Er wurde schuldig gesprochen und zu fünfzehn Jahren Haft verurteilt, wurde aber schon in den ersten Jahren vergiftet.

Im Mai 1957, als ich noch in die zehnte Klasse ging, schenkte mir Martha, ein hübsches Shangaan-Mädchen mit großen Augen, einen Sohn. Der Junge bedeutete mir sehr viel und ich fing an, das Leben mit anderen Augen zu sehen. Ich mochte seine Mutter und ihre Familie sehr. Um mich herum geschahen Dinge, die mir neue Werte und eine neue Lebensweise vor Augen führten.

Mrs. Mokgosi und Patricia, ihre Tochter, waren beide eiserne Mitglieder des African National Congress und hatten mich schon oft gebeten, mich der Bewegung anzuschließen. Ich hatte das bei vielen Gelegenheiten abgelehnt, sie und andere Frauen aber vor Belästigungen in Schutz genommen, wenn sie durch die Straßen von Sophiatown, der Western Native Township und von Newclare zogen.

Die Straße zog mich nicht mehr in ihren Bann, und ein paar Mitglieder meiner Gang fingen an, meine Führungsposition in Frage zu stellen. Vor allem, als ich vorschlug, die *Vultures* aufzulösen, die sich seit Mitte des Jahres 1951 auf den Schlachtfeldern von Sophiatown herumgetrieben hatten. Ich spürte eine tiefe Abneigung in mir, weiterzukämpfen. Die Straße schien ihre geheimnisvolle Anziehungskraft verloren zu haben. Diese magnetische Kraft, die mich in die Gewalt getrieben hatte. Wie aber sollte ich den Jungs, die durch meine Schuld in die Gewalt gesunken waren, meine neue Einstellung erklären? Wie konnte es mir gelingen, mit dem Leben davonzukommen, wenn um mich herum meine besten Freunde und Kameraden immer tiefer in dieses Netz der Selbstzerstörung gerieten? Ich wurde zwischen dem leidenschaftlichen Wunsch, mein Leben zu verändern und meiner Pflicht, meinen Waffenbrüdern beizustehen, hin- und hergerissen. »Feigling« schimpften sie mich und einer meiner engsten »War Chiefs«, Big Man Senne, forderte mich – vor den Augen vieler jüngerer Gangmitglieder – zum Kampf. Ich lehnte ab. Er spuckte mir ins Gesicht und die Hölle brach los. Big Man mußte ins Krankenhaus gebracht werden. Das eine Jochbein und die Nase waren gebrochen, seine Augen zugeschwollen. Ich war noch immer der Chef, aber daß ich Big Man zusammengeschlagen hatte, hatte unsere angespannten Beziehungen zum Zerreißen gebracht. Die Gang spaltete sich. Die meisten schlossen sich ihm an, und die neue Gang nannte sich *Big Man Rush*. Es hieß, ich würde noch vor Weihnachten ein toter Mann sein.

In ganz Sophiatown wurde über meinen Wunsch, mein Leben zu ändern, gespottet und gehöhnt. Immer aber stand der Geist des gehenkten Pietersen vor mir und erinnerte mich an jene Hin-Richter, die in den Seitenstraßen nur darauf warteten, das dem Staat zustehende Fleisch und Blut einzufordern. Wie die Heuschrecken fielen die Kämpfe über das Feld meines Lebens her, auf dem ich begonnen hatte, zu pflügen und neue, andere Samen zu säen. Ein paar dieser Kämpfe verlor ich, andere gewann ich. Und ich erkannte, daß eine wirkliche Besserung nur dann möglich war, wenn ich mir neue Freunde suchte. Die Politik wurde mir ein solcher Freund. Doch auch sie hätte mich fast das Leben gekostet.

11
WANDLUNG

Meine Wandlung von der gewalttätigen Bestie zum Menschen begann 1955. Jene historische Massenkundgebung im Rahmen der Anti-Removals Campaign ließ die ersten Samen politischen Bewußtseins in mir keimen. Ich trat in eine vollkommen neue Welt, in der Männer wie Frauen offen ihre Meinung sagten und die Polizei herausforderten, kam in Jugendzirkel, Büchereien und Bildungszentren. Vorlesungen, Debattierklubs und öffentliche Versammlungen traten an die Stelle von Bandenverstecken, Straßenecken und dunklen Alleen. Verfassungen, Präambeln und Manifeste ersetzten die Gewehre und Messer. Seltsame Worte für Ohren, die an Polizeipfeifen und Gewehrschüsse, an Kriegsschreie und Bandensignale gewöhnt waren. Und so öffnete sich mir und ein paar wenigen Freunden, die wie ich das Blutvergießen satt hatten, eine neue und aufregende Welt. Wir nahmen unsere Narben und Wunden mit in die Debattierklubs und zum politischen Unterricht. Wir nahmen sie mit und zeigten sie als Trophäen unseres Mutes. Doch zu unserer Überraschung zeigten sich die Leute, vor allem das Jungvolk in unserem Alter, von unserer Vergangenheit alles andere als beeindruckt. Sie waren darauf aus, uns zu bilden und zu Benehmen und Disziplin zu erziehen.

An einem Abend im Dezember 1956 besuchte ich die wöchentliche bildungspolitische Veranstaltung der Western Areas Student's Association, die wie immer im Leseraum der Margaret-Holtby-Bücherei in der Western Native Township stattfand. Gastredner war Gosane, ein Gewerkschafter aus der Alexandra Township, dessen Sohn sich als wagemutiger Fotograf des Magazins *Drum* einen Namen gemacht hatte. Am Wochenende zuvor hatte ich mich an einer Podiumsdiskussion beteiligt, in der es um die Notwendigkeit ging, auch die Gangster zu politisieren und in die Massenbewegung des African National Congress aufzunehmen. Und wer hatte damals größere Erfahrung und verfügte über eine bessere Qualifikation, ein solches Gespräch zu leiten, als einer, der Blut vergossen hatte, einer, der der Gewalt der Townships überdrüssig war und in der Politik seine Resozialisierung suchte? Der alte Gosane war beeindruckt und schlug uns vor, in die Western Native Township zu kommen. Zehn Jahre später sollten wir dort als Mitglieder einer Mietervereinigung Seite an Seite für die Rechte der Bewohner kämpfen.

Nachdem Gosane gesprochen hatte, teilte uns Pauline, unsere Vorsitzende, mit, daß Robert Resha nicht kommen würde. Er war tags zuvor zusammen mit anderen hochrangigen Funktionären des ANC, des Transvaal Indian Congress, des Congress of Democrats und der Textile Workers' Industrial Union verhaftet worden. Die Anklage lautete auf Hochverrat. Diese Neuigkeit entfachte ein Wirrwarr aufgeregter Diskussionen. Einige sprachen von ihrer Angst vor Schikanen und willkürlichen Verhaftungen.

Die Übergriffe erfolgten landesweit. Unter den Verhafteten waren Rechtsanwälte, Ärzte, Professoren, Lehrer, aber auch ganz einfache Menschen. Ein riesiges Aufgebot schwerbewaffneter Geheimdienstleute schlug zu, um Mitternacht oder im Morgengrauen. Viele Verhaftete wurden nach Johannesburg ins *Number Four* gebracht, dessen »Regierung« in eben diesem Jahr auch mich zum Tode verurteilt hatte. Die Verhaftungen der politischen Aktivisten begannen am 5. Dezember, nachdem der Oberstaatsanwalt von Johannesburg Hunderte von Haftbefehlen unterzeichnet hatte. Die Anklage wegen Hochverrats setzte das ganze Land unter Hochspannung. Jede Menge Gerüchte waren im Umlauf. Und ständig hörte man das Geräusch verängstigt fliehender Füße. Nie zuvor in der Geschichte dieses Landes hatten sich die Gemüter an dem Wort Verrat so erhitzt.

Scheepers, unser Geschichtslehrer, ein reinblütiger burischer Nationalist vom Schlage Malans und Strijdoms, ließ den normalen Unterricht ausfallen, um über Bedeutung und Berechtigung des Hochverratsprozesses zu diskutieren. Er erzählte uns von der Gefahr des Kommunismus, die, wie er behauptete, vor allem den Farbigen drohte. Überhaupt jedem Menschen gemischtrassiger Abstammung. Wir platzten fast vor Lachen. Ich fragte ihn, ob er von Robey Leibrandt gehört hätte, dem burischen Agenten der *Fünften Kolonne*. Er war unter der Smuts-Regierung zu lebenslanger Haft verurteilt worden, weil er gegen die Alliierten spioniert hatte. Leibrandt hätte eine andere Art von Hochverrat begangen, meinte unser Lehrer. Zumindest sei er Antikommunist gewesen, anders als die Gottlosen des African National Congress.

»Eure farbige Nation ist in Gefahr. In der gleichen Gefahr, in der wir Buren uns gegenüber den feindlichen Zulus befanden. Wenn ihr die Kommunisten unterstützt, wird euch das von Gott entfremden«, sagte Scheepers. An diesem Tag war der Unterricht sehr zeitig zuende.

Die Regierung hatte schnell gehandelt und überraschend zugeschlagen. Unsere politischen Lehrer in der Studentenvereinigung erkannten, daß das die Handlungsfähigkeit des Congress beeinträchtigen würde. Der Gewerkschafter Lekhotu schlug vor, eine Untergrundstruktur aufzubauen, um der Zerstörungsmaschinerie der Regierung einen Strich durch die Rechnung zu machen.

»Wir dürfen es nicht zulassen, daß der Congress von diesen Hochverratsanklagen außer Gefecht gesetzt wird. Im ganzen Land verhaftet man unsere Führer. Man hofft, daß dadurch unsere Organisation zugrunde geht. Wir alle müssen dazu beitragen, daß sich die Räder des Congress weiterdrehen und die Ideale aufrechterhalten, die in der *Freedom Charter* niedergelegt sind. *Mayibuye*!« Lekhotus Daumen schoß nach oben und reckte sich in unsere Antwort: »*iAfrika*!«

Unter den Verhafteten befanden sich Lionel Morrison, mit

dessen Cousine Mona ich befreundet war, und Stanley Lollan vom Coloured People's Congress, dessen Schwester Mavis in der neunten Klasse mit mir in einer Bank gesessen hatte.

Die Verhaftungen waren sorgfältig geplant. Die Wohnungen von 150 Aktivisten wurden durchsucht und Hunderte Bücher, Zeitungen, Zeitschriften und politische Unterlagen als Beweismaterial für den Hochverratsprozeß sichergestellt. Die damals vielleicht schockierendste Verhaftung traf L. B. Lee-Warden, den liberalen weißen Parlamentsabgeordneten für den Wahlkreis Western Cape. Die Ortsgruppe der Jugendorganisation des ANC in der Western Native Township wies unsere Studiengruppe an, beim Sammeln von Geld, beim Druck und der Verteilung von Flugblättern gegen die Regierung zu helfen. Und mit der Begeisterung und Hingabe eines Möchtergern-Befreiers begleitete ich ein paar Studenten zum Büro des ANC in der Fox Street, gleich gegenüber dem Gebäudekomplex des Gerichts in der Becker Street.

Zwei Reporter befragten dort die Leute. Einer von ihnen war Can Themba, der bekannte Schriftsteller. Worte, Tausende von Worten gingen mit solcher Leichtigkeit über dünne und dicke Lippen, daß ich mich fragte, wieso da so viele Redner und keine Zuhörer waren. Die Politiker gaben eine solche Unmenge von Worten von sich, alten und neuen, aufregenden und langweiligen. Worte, die in mir eine schrecklich brennende Wut hervorriefen. Kämpfen, wann fangen wir an zu kämpfen? Manchmal war der Gesichtsausdruck der Leute, ihr kaltes Stirnrunzeln, so beredt, daß es keiner weiteren Worte bedurfte.

Im gleichen Gerichtsgebäude, in dem vor nicht allzu langer Zeit zuvor meine Verbrechen verhandelt worden waren, staunte ich über das weltweite Interesse, das die Anklage auf Hochverrat in so kurzer Zeit hervorgerufen hatte. Die öffentliche Demonstration von Anteilnahme und Stil, das Beispiel von Stärke und Kameradschaft, das die verschiedenen afrikanischen, indischen, farbigen und weißen Sympathisanten gaben, ließ einem warm ums Herz werden. Ich hatte bisher nur bei

Hochzeiten und anderen gesellschaftlichen Anlässen so fein gekleidete, kultiviert aussehende Menschen gesehen. Journalisten aus der ganzen Welt vermischten sich mit der Menge. Während sie ihre Kameras blitzen ließen und die Verschlüsse auslösten, mußte ich an den anglikanischen Priester Trevor Huddleston denken, der in mir die ersten Samen politischen Bewußtseins gesät hatte. Hätten die nächtlichen Wesen auch ihn überfallen, der wie ein Zwillingsbruder von Robert Resha war, dem Freund der *street kids*? Mit Sicherheit. Gewiß hätte er zusammen mit Mandela und Luthuli auf der Anklagebank gesessen, hätte man ihn nicht nach England zurückbeordert.

Manchmal hängt das, was wir sind, von dem ab, was wir tun …

Und warum schenkte man den Prozessen, in denen es darum ging, daß Mörder ihre Opfer grausam verstümmelt hatten, nicht die gleiche öffentliche Aufmerksamkeit? War der Kampf für Freiheit etwa wichtiger als der Tod und die systematische Selbstzerstörung junger Menschen in den Straßen der Townships? Weder im Gerichtssaal noch in den Augen derer, die an diesem gefährlichen, kriegsähnlichen Drama zwischen der südafrikanischen Regierung – die in allen Instanzen von der Polizei vertreten wurde –, und den Aktivisten jener Tage beteiligt waren, fand ich eine Antwort darauf. Ich beobachtete die Aufregung der verängstigten Menschen, nahm ihre Unruhe in mich auf und begriff, daß sich hinter der heiteren Anspannung Konflikte und Gefühle verbargen, die so tief und bitter waren wie die jenes Mannes, der sich auf die Lippen biß, als man damals im Februar 1955 den indischen Redner im Kino Odin verhaftet hatte.

Als die Angeklagten durch eine Seitentür den Gerichtssaal betraten, verhinderten bewaffnete Polizisten, daß die Menschen sie ansprachen. Luthuli, der breitschultrige Nelson Mandela und der winzige Walter Sisulu, den ich bei Kundgebungen auf den Freedom Squares in Newclare und Sophiatown hatte sprechen hören, standen bewegungslos und fast unbeteiligt da. Stumm nährten sie die Flammen der Wut, die eines Tages das Land in Brand setzen und Menschen ein Leben lang ins Gefängnis bringen sollten. Die Angeklagten wurden am 19. Dezember in Untersuchungshaft überwiesen – auf den Tag genau ein Jahr nach meiner eigenen Verhaftung. Die Gesamtzahl derer, die des Hochverrats angeklagt waren, belief sich auf 156. Dieser eine Tag im Gericht vermittelte mir einen Einblick in das, was die Zukunft für jene Männer, Frauen und Kinder bereithielt, die sich dem Apartheidsystem widersetzten. Dieser eine Tag lehrte mich auch, daß Menschen, vor allen Dingen Männer, wie stark sie auch immer scheinen mögen, empfänglich sind für Schmerz und Leid.

Manchmal bricht in uns etwas zusammen – eine Art verborgene Kraft –, und das Gute, das wir uns für uns selbst wünschen und für die, die wir lieben, stirbt mit ihm …

Wir mischten uns unter die Studenten und Hochschullehrer, die Rechtsanwälte und Ärzte, die Waschfrauen und Fabrikarbeiter. Menschen, die nichts weiter wollten als einen Anteil der Früchte von ihrer Hände Arbeit. Menschen, die sich lediglich wünschten, daß ihre Kinder auch, wie die Kinder der Weißen, einen Platz in der Sonne hätten. Nicht mehr und nicht weniger, sagten sie. Und trotz der offensichtlichen Wut, der Hitze und Leidenschaftlichkeit ihres Protestes, kam es vor, daß ein einziges Polizeiauto sie bei seinem Auftauchen in alle Winde zerstreute.

Im September 1957 wurde zu einer öffentlichen Versammlung auf dem Freedom Square in Sophiatown aufgerufen. Aufmerksam lauschten hunderte Zuhörer den grimmigen Worten der Redner zur Schleifung ihrer Township und der Enteignung ihres Besitzes. Von Zeit zu Zeit antworteten sie ihnen mit dem Ruf »*Mayibuye iAfrika!*«.

»Ein Gewaltakt«, sagte einer und schüttelte triumphierend den Kopf. Die Leute bemerkten, daß er etwas sagen wollte.

»Wir müssen protestieren und Propaganda machen und uns widersetzen«, gab ein anderer zurück.

»Aber die Polizei wird dich verhaften und zusammenschlagen. Deine Kinder werden darunter leiden. Und außerdem sind wir viel zu wenige«, warnte eine Frau die Männer.

»Wir sind schon oft genug geschlagen worden und leiden schon zu lange«, rief ein Mann.

Dafür gab es ohrenbetäubenden Applaus, und die Versammlung geriet außer Kontrolle. Die Redner versuchten, die Menschen zur Ordnung zu rufen. Eine Frau fing an, ein Spottlied zu singen, das Verwoerd, Malan und Strijdom davor warnte, daß sie das Auto ohne Räder zu Staub zertrampeln würde. Die Menge fiel ein. Der Gesang erreichte volle Lautstärke und muß vom Wind der Polizei von Newclare zugetragen worden sein, denn fast im selben Augenblick kam ein riesiges *kwela-kwela* die Straße entlanggerast. Sofort hörte der Gesang auf.

»*Zinja*! (Köter!)« Die Redner und ihre Anhänger zerstreuten sich. Eine Frau wurde verhaftet. Es war die Frau, die die Männer davor gewarnt hatte, gegen die Polizei vorzugehen. Man knüppelte sie nieder und verfrachtete sie in das Fahrzeug. Ich beobachtete das alles aus einem alten Auto heraus, in dem die Polizei mich nicht sehen konnte.

Ich war im letzten Schuljahr und seit fünf Monaten Vater. Das nahm viel Zeit in Anspruch und bürdete mir die Verantwortung auf, sowohl für Mutter und Kind zu sorgen als mich auch auf die Abschlußprüfungen der High School vorzubereiten. Mein Sohn war gerade einen Monat alt, als seine Mutter und ihre Familie zusammen mit ihren wackeligen Möbeln auf einen Armeelastwagen verfrachtet und in diesen neuen Ort mit dem Namen Meadowlands verbracht wurden. Wie anstrengend und ungewohnt die Anforderungen der Vaterschaft auch waren, ich war gleichzeitig stolz darauf und fest entschlossen, meine neue Rolle auszufüllen, weil sie dazu beigetragen hatte, die Nabelschnur zu den Straßen der Township zu durchtrennen. Mein Vater, der zunächst die Neuigkeit von der Geburt des Kindes nur unwillig zur Kenntnis genommen hatte, beruhigte sich angesichts meiner Entschlossenheit, im Wirrwarr meines Lebens Ordnung zu schaffen. Er und mein Großvater gaben mir Geld und machten dem Kind Geschenke. Ich hatte ihm den Namen meines jüngsten Onkels Antonio gegeben. Er war das jüngste Kind meiner Großeltern.

Am 9. Oktober 1958 gerieten sich Maasanto, einer meiner treuesten Gefolgsmänner, und Benjamin »Boykie« Ndaba, die rechte Hand von Big Man, wegen eines Mädchens in die Haare. Boykie forderte einen Messerkampf, doch ich erhob Einspruch und warnte ihn davor, meiner Entscheidung zuwider zu handeln. Er drohte damit, mich zu erschießen. Ich schlug ihn zu Boden.

Am darauffolgenden Morgen wartete Boykie zusammen mit zwei anderen ehemaligen Mitgliedern der *Vultures* in einer Allee zwischen der Gold Street und der Good Street auf mich. Ich sah in die Mündung eines Revolvers, für den ich die Munition besorgt, den ich gereinigt und gewartet hatte. Deadline, der Deserteur, sprach mich von hinten an, und als ich mich umdrehte, brannte sich mir eine Kugel in den Rücken. Eine zweite schlug in ein Ölfaß ein, das neben dem Laden von Foy, dem Chinesen, stand. Ich stürzte vornüber, und eine weitere Kugel streifte meinen Arm. Dann, wie durch ein Wunder, gingen zwei Spieler mit Flaschen auf meine Mörder los, die hinüber in die Western Native Township flohen. Die Kugel war mir ins Kreuzbein gedrungen und dort steckengeblieben. Die Ärzte lehnten es ab, sie herauszuoperieren.

Boykie und Deadline mußten schwer dafür bezahlen. Nach einer zweiwöchigen Treibjagd wurden beide zur Strecke gebracht. Boykie wurden die Arme gebrochen, sein Bauch wurde aufgeschlitzt, und mehrere klaffende Wunden und ein zerschmetterter Schädel waren der Lohn für seine Torheit. In jenem Augenblick war es mir völlig egal, ob er starb oder am Leben blieb. Maasanto half mir dabei, mein Ansehen zu bewahren. Ich war noch immer jemand, mit dem zu rechnen war und den man zu respektieren hatte.

Im Buch meiner unruhigen und rebellischen Jugend gibt es viele schmutzige Kapitel. Kapitel von Aderlaß, Aufruhr, Mißverstehen und mißverstanden werden. Ich habe sie überlebt. Doch andere aus meiner Gang und aus anderen Banden hatten weniger Glück. Manche wurden schwer verstümmelt oder ein Leben lang zu Krüppeln, und Dutzende starben einen gewaltsamen Tod. Victor, der im Haus gegenüber wohnte, wurde am hellichten Tag abgeschlachtet. Umsonst baten ein paar Priester darum, ihn am Leben zu lassen. Maasantos verwesenden Leichnam fand man völlig zerfleischt in einem Straßengraben. Churchill schmetterte man in Meadowlands solange gegen eine Mauer, bis er tot war. Xeko wurde von einem Polizisten in den Mund geschossen, den er von hinten mit dem Messer angegriffen hatte. Der ehemalige »Kriegsgeneral« der *Vultures*, Big Man Jacob Senne, wurde in einem Fußballstadion regelrecht in Stücke geschnitten. Bevor er starb, löschte er das Leben von zweien seiner Gegner aus. Raaphalane und sein Bruder Deadline wurden erschossen. Boykie, der auf mich geschossen hatte, war auch Deadlines Mörder. Boykie brachte, nachdem sie zusammen einen Kinobesitzer vor den Augen seiner Familie umgelegt hatten, auch den zweiten Mittäter beim Revolverüberfall auf mich um, einen Mann namens States. Boykie ist jetzt im Gefängnis und sitzt dort seine 25 Jahre ab.

Andere wieder heirateten und gründeten Familien. Zwei wurden Priester, und viele schlossen sich politischen Organisationen an. Wie Bennett »Pantees« Komane, der siebzehn Jahre eingesperrt wurde, weil er in Rußland und Angola eine militärische Ausbildung durchlaufen hatte und dann nach Südafrika zurückgekehrt war, um sich am Sturz des Regimes zu beteiligen. Jenes Regimes, das auch mich wegen meines Widerstands gegen sein Regierungssystem inhaftieren und unter Anklage stellen sollte. Jenes Regimes, das mich nach mehrmaligem Bann und Einzelhaft für acht Jahre, sechs Monate und elf Tage mit Hausarrest belegen und mein Leben beschränken sollte.

Doch das ist schon die nächste Geschichte …

Und wenn ich manchmal so zurückblicke, ist mein Herz bei meinen Freunden und bei meinen Feinden, denn indem wir andere umbrachten, zerstörten wir uns selbst. Doch gibt es in den grausamen Ghettos noch andere Opfer, von denen nie jemand erzählt. Menschen, die in der Öffentlichkeit lauthals lachen und zu Hause weinen, weil sie niemanden haben, der ihre Klagen anhört. Denn auch wenn Sophiatown eine familiäre und gesellige Township voll warmherziger und anteilnehmender Bewohner war, so kannte sie auch ihre Scrooges und seelenlosen Kreaturen, die wie die Pharisäer in der Bibel ungerührt über die Körper der Elenden hinweggehen.

Ende 1957 trat ich der WASA, der Western Areas Student Association bei, die in der Western Native Township ihre Zentrale hatte. Gebildete Weiße und Schwarze unterrichteten uns zu Themen aus den unterschiedlichsten Lebensbereichen. Dr. Ray Phillips sprach zum Thema Sozialarbeit. Dr. Xuma, der ehemalige Führer des African National Congress, sprach zum Thema Gesundheit und Bildung und über die Rolle, die wir als Jugendliche zu übernehmen hatten. Joe Slovo und ein Mann namens Goldberg traten ebenfalls bei unseren Zusammenkünften im Haus unseres WASA-Mitgliedes Lekhotu auf. Lekhotu war Gewerkschafter und Mitglied des ANC. Er stand unter Bann und Hausarrest. Seine Gesundheit litt darunter, und 1968 starb er.

Das winzige Häuschen von Lekhotu war bis auf den letzten Platz mit Jugendlichen gefüllt. Ich hatte mich in die Nähe eines offenen Fensters gesetzt. Im Ernstfall wollte ich mich schnell aus dem Staub machen können. Die Weißen betraten den Raum und begrüßten uns. Sie schüttelten Lekhotu die Hand. Ein paar von uns standen fast automatisch auf. Ein alter Brauch, daß man sich erhob, wenn Weiße den Raum betraten. Das war bei unseren Vätern und deren Vätern zur Gewohnheit geworden. Und es war auch uns in Fleisch und Blut übergangen. Nichts Neues also. Gewohnheiten sind etwas Seltsames …

Lekhotu stellte uns die Gäste vor. Sie seien auf unserer Seite, sagte er, wollten uns dabei helfen, uns von den Weißen zu befreien. Das kam uns komisch vor: Weiße gegen Weiße und für die Befreiung der Schwarzen. Es herrschte eine angespannte Atmosphäre, und ich heftete meine Augen auf die Weißen, die sagten, daß sie sich kurz fassen würden, weil einige von uns sich auf die Prüfungen vorbereiteten.

Slovo sprach: »*Comrades* und südafrikanische Brüder, ich überbringe euch die Grüße des Zentralkomitees. Wir bewundern eure Standhaftigkeit im Kampf für die Befreiung. Jeden Tag seid ihr, eure Familien und Freunde, den grausamen und ungerechten Maßnahmen der weißen Regierung ausgesetzt.« (Wie sollten wir das wissen, dachte ich bei mir. Er mußte die Polizei meinen.) Er fuhr fort: »Ihr habt all diese Härten geduldig und tolerant ertragen. Doch gegen diese Unterdrücker ist eure Geduld wirkungslos geblieben. Bald wird man euch von einer Strategie in Kenntnis setzen, die all euren Leiden und Qualen ein Ende bereiten wird. Mr. Goldberg wird euch dann über die neue Ordnung berichten, in der es weder Sklaven noch Herren geben wird.« (Das war aufregend. Weder Sklaven noch Herren!)

Goldberg stand auf. Mit etwas hängenden Schultern sprach er über Kommunismus und Sozialismus und über die Notwendigkeit eines Systems, in dem alle in gleichem Maße Anteil am Reichtum des Landes haben sollten.

Er sagte, es sei traurig, daß Jomo Kenyatta kein Südafrikaner sei. Männer seines Formats seien Hoffnung und Inspiration für die Sache der Freiheit aller Menschen unseres Landes. Die neue Ordnung würde die Welt und auch Afrika verändern. Bald schon würde der ganze afrikanische Kontinent befreit sein.

»Afrika den Afrikanern« wäre nicht länger nur Slogan, sondern Wirklichkeit. Goldberg, ein Jude, ein Weißer, sprach von einem freien Afrika, sprach von Kenyatta, dem die Zeitungen und die Regierungen der Weißen die Ermordung Hunderter schwarzer Menschen und vieler Weißer in Kenya zum Vorwurf gemacht hatten. Das ist etwas Neues und Verwirrendes, dachte ich bei mir.

Während Goldberg sprach, flüsterte Lekhotu ihm etwas ins Ohr. Seine Gesichtsfarbe veränderte sich. Slovo zog den Kopf zwischen die Schultern. Beide verabschiedeten sich von uns und versprachen, wiederzukommen. Keine Zeit mehr für Fragen. Durch die staubigen Straßen raste ihr Auto davon. Sie verschwanden so schnell, wie sie gekommen waren. Ein kleiner, tiefschwarzer Mann namens Mopedi schlug die Bibel auf und las ein paar Zeilen daraus vor. Wo sich zwei oder drei in Gottes Namen trafen, da sei Gott mit ihnen. Wir sangen »Gott bei dir bis zum Wiedersehen«. Zwei weiße Polizisten öffneten die Tür und schauten mißtrauisch herein. »Clever, die Scheißkerle«, sagte einer in Afrikaans. Das Fenster neben mir war weit geöffnet.

Weder Sklaven noch Herren, hatte Goldberg gesagt. Ich dachte lange über seine Worte nach. Sollte die neue Ordnung anders als unsere jetzige sein? Waren die Menschen dann Eigentum des Staates? Hatten Sozialismus oder Kommunismus die Lösung parat? Machten sie dem Vorurteil ein Ende? Würden Schwarze wie Jomo Kenyatta das Land von allen Weißen säubern, einschießlich den Juden? Und wie verhielt es sich mit dem weißen Priester, der von Liebe und friedlichem Wandel gesprochen hatte? Was würde mit den Ballingers und den Bloombergs? Sollte niemand verschont bleiben? Und was würde aus meinem Großvater? Er war doch auch Weißer. Die Unklarheit wurde immer größer. Gangster zu sein war einfacher. Man kannte seine Feinde und seine Freunde. Messer, Gewehre und Macheten beantworteten alle Fragen. Es war ganz einfach: entweder gewann man, oder man verlor. In der Politik aber, so schien es mir, glaubte jeder zu gewinnen. Die schwarzen Menschen waren lange Zeit auf der Verliererseite gewesen und hatten jetzt genug davon.

Im ganzen Land machten Flugblätter die Runde, die gleichen Lohn für gleiche Arbeit einforderten. Dann kam der Ein-Pfund-pro-Tag-Streik, den der ANC unterstützte. Für die afrikanischen Arbeiter war ein Pfund am Tag eine außerordentlich hohe Forderung. In Sophiatown, Newclare und der Western Native Township fanden Kundgebungen statt. Es kam zu Zusammenstößen zwischen der übereifrigen Polizei und hitzköpfigen Anhängern der ANC-Jugend. Menschen wurden verletzt. Ich gehörte zu den Verletzten. Das war das erste Mal, daß ich abseits der gewohnten Bandenschlachten mit der Polizei aneinandergeriet. Ihre Methoden waren die gleichen, nur handelten sie weitaus entschiedener.

Eine große Menschenmenge versammelte sich auf dem Freedom Square von Newclare und forderte einen Mindestlohn von einem Pfund pro Tag. Uniformierte und Geheimpolizei mischten sich unter die Menge. Andere Polizisten saßen an einem Tisch und schrieben auf, was die Redner sagten. Spitzenfunktionäre des ANC und führende Gewerkschafter sprachen zu den Massen. Einige Delegierte trugen die Uniform des ANC, andere schwenkten die Banner ihrer jeweiligen Organisation. Die Reden waren gefühlsbeladen und heftig. Sie riefen den Menschen das ungerechte System von Beschäftigung und Bezahlung ins Gedächtnis, das sie der nötigsten Dinge des Lebens beraubte, sie forderten gute Bezahlung für gute Arbeit, eine Beteiligung an der Wirtschaft dieses blühenden Landes, betonten die Notwendigkeit freier Bildung, forderten Grundrechte und das Wahlrecht, die Beseitigung der unmoralischen Paßgesetze, der Wanderarbeit und der Zuzugskontrolle, unter der die Afrikaner zu leiden hatten, sie sprachen vom Tag des Gerichts, an dem die Bösen gerichtet werden würden. Der Widerhall, den die Reden fanden, war überwältigend. Rufe wie »*Mayibuye iAfrika!*« und »Nieder mit der weißen Vorherrschaft!« stachelten die Gefühle der Menschen noch weiter an. Ich fragte mich, was wohl geschehen würde, wenn die Leute Schußwaffen hätten.

Die Kundgebung endete friedlich. Das heißt, ohne die gewohnten Zwischenfälle von Schlagstockeinsatz, Tränengas und dem Auseinandertreiben der Menge. Die marschierende Menge sang mit Inbrunst, und ihre Tänze wirkten ansteckend. Jüngere und ältere Männer bewegten sich mit überraschender Gewandtheit, stampften den Erdboden in rhythmischem Einklang wie afrikanische Krieger beim Kriegstanz. Die Frauen, in den Uniformen des ANC, in traditioneller oder westlicher Kleidung, schwankten wie Rohr im Wind hin und her. Sie schüttelten ihre schlanken oder beleibten Körper und ululierten Kriegsschreie in den höchsten Tönen, trieben ihr mutiges Mannsvolk voran wie in alten Zeiten. Altbekannte Hymnen voller Kraft schienen aus den verborgenen Kammern des menschlichen Geistes wieder aufzuerstehen und streiften die Türen, Fenster und Dächer mit dem anziehenden und verzaubernden Klang, der bis in die Herzen reicht. Die Verzauberten und die Neugierigen, die Mutigen und die Ängstlichen, Kinder und Erwachsene schlossen sich dem anschwellenden Strom der Demonstranten an, der von Newclare über die Western Native Township nach Sophiatown hineinzog.

Singend. In jener Art Gesang, die vor Eroberung und Sieg steht. Lieder des Mutes und der Anteilnahme vor der letzten Schlacht. Singend, wie nur der Afrikaner im Angesicht der Not und des Leidens zu singen vermag.

Als die Menge in die Good Street von Sophiatown einbog, scherte ich aus, um mich ein paar Freunden anzuschließen, die bei Goldbergs chemischer Reinigung an der Main Road standen, die die beiden Townships voneinander trennt. Aus der Main Road heraus versuchte der farbige Uhrmacher Boeta Michaels mit seiner Familie, sein Auto in unsere Straße, in der er wohnte, zu schieben. Ein schwarzer Polizist forderte ihn auf, sein Auto am Straßenrand stehenzulassen. Darüber brach ein

Streit aus, und Boeta Michaels wurde von einem Schlag mit dem Stock niedergestreckt. Ich griff an und schmetterte den Polizisten zu Boden. Mehrere Kollegen von ihm erschienen auf der Bildfläche und versuchten, mich zu verhaften. Doch kamen mir die Mitglieder meiner Gang zu Hilfe, und unter dem Beifall der Umstehenden trieben wir die Polizisten die Straße hinunter. Plötzlich, als vier schwerbewaffnete burische Polizisten aus einem Mannschaftswagen stiegen und in die Luft zu schießen begannen, lief die Menge auseinander. Einer, Vyver, schlug mir ins Gesicht. Man brachte mich in den Hof der Polizeistation von Newlands und fesselte mich mit Handschellen an den Stacheldrahtzaun. Blut lief mir in die Augen, und mein Mund war geschwollen und trocken vom geronnenen Blut. Ich konnte nicht mehr richtig sprechen.

»Er gehört zu den Ein-Pfund-pro-Tag-Leuten«, log der schwarze Polizist, über den ich hergefallen war. Plötzlich spürte ich zwei harte, krachende Schläge auf meinem Brustkasten. Rachsüchtig trat man mir in die Schienbeine, und meine Kehle schmerzte schrecklich von all dem geronnenen Blut. Mein Vater kam und bettelte um meine Freilassung. Die stählernen Fesseln wurden abgenommen, und ich sank in seine starken Arme. Gerettet, mein Gott, endlich gerettet …

Mein Gesicht bot einen gräßlichen Anblick. Meine Augen waren blau und zugeschwollen, meine Lippen fühlten sich wie dicke Würste an und meine Kehle war zerkratzt und blutverkrustet. Die Polizei brachte meinen Vater und mich ins Krankenhaus und teilte dem Arzt mit, daß ich von einer Meute randalierender Eingeborener zusammengeschlagen worden sei. Mein Vater sagte nicht ein einziges Wort. Da wurde mir klar, daß er sich mit ihnen auf einen Handel eingelassen hatte. Vyver forderte ihn auf, mit mir auf der Polizeistation vorzusprechen und Anzeige zu erstatten. Das war ein Scherz, es muß einer gewesen sein, denn ich sah meinen Vater lachen. Ich glaube, wenn die Schmerzen nicht gewesen wären, hätte ich auch lachen müssen.

Einer der vielen Streiks und Boykotte, die wir in Sophiatown unterstützten, richtete sich gegen die unmenschlichen Arbeits- und Lebensbedingungen auf den Gefängnisfarmen und in den Arbeitslagern. Auf einem Kartoffelacker hatte eine Gruppe Journalisten den Schädel eines Gefangenen gefunden. Man behauptete, daß er von einem weißen Farmer ermordet und vergraben worden sei. Der ANC rief zum Kartoffelboykott auf. Die Auswirkungen waren katastrophal. Also übten liberale und kirchliche Einrichtungen Druck auf den Staat aus und forderten eine Untersuchung des Farmarbeitersystems sowie höhere Löhne und bessere Arbeitsbedingungen. Auf den Farmen und Märkten, in den Läden und auf den LKW der Händler verfaulten Millionen Kartoffeln.

Darauf folgte der Protest der afrikanischen Frauen gegen ein Gesetz, das von ihnen verlangte, wie ihre Männer ständig den Paß bei sich zu tragen. Lilian Ngoyi, die Frau, die geweint hatte, als man im Odin-Kino *Nkosi Sikelele* sang, führte die Frauen auf ihrem Marsch durch die Straßen der Township an. Überall protestierten und sangen die Frauen. Die Polizei wurde beschuldigt, Frauen geschlagen zu haben. Mehrere Polizisten wurden angegriffen und verletzt. Die aufbegehrenden Frauen wurden verhaftet, ihr Protest schließlich im Keim erstickt.

... War es nicht schon mehr als genug, daß ihre Männer, Brüder, Söhne und Väter vom Paßgesetz gedemütigt wurden? Reichte es nicht, daß ihre Männer um des Ausweises ihrer Existenz willen gejagt wurden wie die Mörder? Genügte es nicht, daß sich die Männer im Paßbüro nackt ausziehen mußten und weiße Ärzte ihnen auf Penis und Gesäß schlugen und sie dann für gesund erklärten? Man hatte die Männer, Söhne und Väter dieser Frauen zu Halbmenschen gemacht. Nun sollten auch sie an die Reihe kommen.

Die meisten Streiks, Boykotte und andere gegen die Regierung gerichteten Aktionen gingen zeitlich dem Abriß von Sophiatown voraus oder fielen mit ihm zusammen. Angestachelt vom Erfolg der Busboykotte und des Kartoffelboykotts hoffte der ANC auf noch größere Siege, weil diesmal die Menschen direkt einbezogen waren. Der ANC und seine vielen Anhänger benutzten die Umsiedlung, um den Aufruhr zu schüren, der den nationalen Aufstand entzünden und in den Sturz der Regierung münden sollte.

12
DIE GROSSE UMSIEDLUNG

Groß war die Aufregung in der Zeit, als die Kundgebungen auf den Plätzen, an den Straßenecken und in den Kirchen der Townships abgehalten wurden. Man drängte die Menschen, sich der Umsiedlung zu widersetzen. Der ANC versprach, ihnen beizustehen. Die meisten Ladenbesitzer und Geschäftsleute nutzten die Rednerpodien zu ihrem Vorteil, denn die Umsiedlungen bedeuteten für sie einen Rückgang der Gewinne und schließlich den Verlust der Einkommen. Nicht alle aber waren Ladenbesitzer und Geschäftsleute. Manche lebten unter unvorstellbaren Umständen, und das Versprechen von Häusern mit vier Zimmern kühlte in vielen den revolutionären Geist beträchtlich ab. Gemischte Gefühle. Wie dem auch sei, die Anspannung wuchs, und wie immer folgten ihr die vertrauten Übergriffe der Polizei. Häuser, Läden und die Wände der Kirche wurden in großen Buchstaben mit den Graffitis des Widerstandes beschrieben:

NIEMALS ZIEHEN WIR UM! LIEBER STERBEN WIR!

WER KOMMT UM ZU ZERSTÖREN WIRD SELBST ZERSTÖRT WERDEN!

FREIHEIT FÜR UNSERE KINDER!

Mit Plakaten bewaffnet, marschierten Gruppen junger Leute durch die Straßen von Sophiatown und Newclare. Viele wurden verhaftet. Studenten und Journalisten befanden sich darunter. Sie zahlten Geldbußen und waren sofort wieder auf der

Straße dabei. Ausländische Journalisten lebten damals in Sophiatown. Alles wollten sie sehen, wollten dabei sein, wenn die Revolution begann. Und die Revolution würde kommen. Daran glaubten wir alle.

Den Obdachlosen und Notleidenden klang die Umsiedlung wie eine Verheißung in den Ohren, und die verschlagenen Agitatoren der Regierung rieten ihnen zum Umzug. Wollten sie denn nicht ihr eigenes Heim haben, mit einem großen Garten, in dem ihre Kinder spielen konnten, mit eigenen Wasserhähnen und Toiletten? Die schmarotzenden indischen, chinesischen und weißen Geschäftsleute wären sie los, von den unproduktiven Farbigen ganz zu schweigen. Arbeit gäbe es da, Geld und Macht gar. Hatte nicht der große *baas* Verwoerd all das versprochen?

Und so sangen die Menschen …

… Lassen wir die verrosteten Blechhütten und die überfüllten Bruchbuden hinter uns? Die Nächte voll Gewalt und Unsicherheit? Todesnächte? Vielleicht wird es anders in dem neuen Ort, der Meadowlands heißt. Vielleicht wachsen unsere Söhne zu Männern heran, ohne vom Gangstertum und von der Gewalt hinweggemäht zu werden. Vielleicht werden dort unsere Töchter nicht vorzeitig Mütter. Vielleicht können wir uns lieben, ohne daß unsere Kinder uns dabei belauschen und hinter den Vorhängen lachen, die den Raum teilen. Vielleicht gibt es dort den Frieden für die Seele, und vielleicht entfliehen wir den grausamen Händen der Polizei. Vielleicht, vielleicht, oh Herr, vielleicht …

An einem düsteren Morgen im Winter des Jahres 1955 umzingelte ein starkes Aufgebot von Polizei und Armee mit Panzerfahrzeugen Sophiatown. Die bewaffneten Einheiten befanden sich in Alarmbereitschaft, während Lastwagen der Armee in die stillen Straßen einfuhren. Der ANC hatte von Widerstand und Aufstand gesprochen. Die Sonne ging auf und berührte flüchtig die Häuser und Hütten.

Ein Kind muß sich im Schlaf bewegt haben.

Und der Tag brach an. Ein Tag, der sich von allen vorhergehenden unterscheiden sollte. Der Anfang vom Ende. Regen ging auf die Stadt nieder, sacht und gleichmäßig. Beschämt, vielleicht auch feige, verbarg die Sonne ihr Gesicht hinter grauen Wolken. Verwirrung, Gelächter und seltsame Erwartungen standen auf den schwarzen Gesichtern. Dann begann die Umsiedlung, sacht und gleichmäßig wie der Regen.

Ich sah, wie Pater Huddleston in der Bertha Street einer Familie beim Packen half. Als der Priester sich umdrehte, spuckte ein großgewachsener Regierungsangestellter, der die Umsiedlung leitete, aus. Ich kann nicht sagen, daß er vor dem Priester ausspuckte. Nur, daß er eben ausspuckte. Ich sog jede Einzelheit der Umsiedlung in mich auf. Der Wind schlug den Leuten ins Gesicht. Soldaten in schweren Mänteln und schwarze Polizisten schleppten die Möbel zu den wartenden Lastwagen der Armee. Ab und an lächelte der Priester, doch sein Lächeln barg keinerlei Wärme. Vielleicht lag es an den Rufen und dem Winken, an den Tränen der gemischten Gefühle. Aufregung und Erwartung. Gelächter und Enttäuschung. Ein paar Leute sangen: »Gehen wir, meine Kinder, überlassen wir Sophia sich selbst, ziehen wir an einen Ort des Friedens, ziehen wir nach Meadowlands.«

Eine Gruppe protestierender Studenten marschierte die Bertha Street hinab. Man umzingelte sie und verfrachtete sie eiligst in ein Polizeifahrzeug. Wegen der Revolte waren die Journalisten aus der ganzen Welt hierhergekommen. Sie wurden enttäuscht, als die Lastwagen sich ohne jeden Zwischenfall in Bewegung setzten. Ein Siegeslächeln muß Dr. Verwoerd über das Gesicht geglitten sein, wo immer er sich zu diesem Zeitpunkt befand.

Der Exodus in Richtung Meadowlands erwies sich als langwierige und ermüdende Angelegenheit. Die Behörden müssen sich gewundert haben, wo all diese Menschen herkamen, denn je mehr Menschen sie umsiedelten, desto mehr schienen nachzurücken. Durchtriebene Politiker und Geschäftsleute, die über Grundbesitz verfügten, überredeten Afrikaner, in die leeren Häuser einzuziehen. Ihre Zahl nahm zu, bis schließlich die Regierung ein Zulassungssystem einführte. Als Klopper, der Schreckliche, sich einmischte, wurden die nächtlichen Razzien zu Massenverhaftungen. Bestechung und Korruption waren das notwendige Ergebnis, denn immer versuchten es die Leute zunächst mit Geld. Wer nicht bezahlen konnte, wurde eingesperrt. Männer, Frauen und Kinder fielen der brutalen Kampagne der Regierung zum Opfer, die den nichtregistrierten Bewohnern und den verbleibenden Umzugsverweigerern den Mut nehmen sollte. Lebhaft erinnere ich mich an diese Razzien, während denen Familien auf freiem Feld und in zerstörten Häusern übernachteten und wie die Eichhörnchen durch die Gegend hetzten. Einige suchten in unserem Haus Zuflucht. Wir waren Farbige und damit vorübergehend immun gegenüber diesen Ungerechtigkeiten. Doch es war unvermeidlich, daß auch wir dazu gezwungen wurden zu verkaufen und umzuziehen. Es war nur eine Frage der Zeit.

Im August 1954, neun Monate vor den ersten Umsiedlungen, hatten die verschiedensten einheimischen und ausländischen Persönlichkeiten, Kirchenführer, linke Politiker, Sozialarbeiter und Politikwissenschaftler Premierminister Dr. Hendrik Verwoerd davor gewarnt, daß seine Entscheidung, die Afrikaner aus den Westgebieten Johannesburgs nach ethnischer Zugehörigkeit umzusiedeln, zu Fraktionskriegen führen würde. Sprecher der liberalen weißen Organisationen brachten ebenfalls ihre tiefe Besorgnis zum Ausdruck, daß die Stammesapartheid nun denjenigen Afrikanern aufgezwungen werden sollte, die in so buntgemischten und weltoffenen Townships wie Vrededorp, Alexandra Township und Sophiatown lebten. Verschiedene Beamte des Native Advisory Board – der in jener

Zeit für seine Fügsamkeit in politisch entscheidenden Dingen bekannt war –, wandten sich öffentlich gegen Verwoerds Pläne. Sie waren der Meinung, daß die Entscheidung der Regierung, die Afrikaner wenn nötig mit Waffengewalt umzusiedeln, die Spannungen nur noch verstärken würde. Die weißen Oppositionellen wiesen darauf hin, daß Verwoerds Plan die Beziehungen zwischen dem Staat und den afrikanischen Menschen, die in dieser Politik der getrennten Entwicklung lediglich eine neue Variante des altbekannten Teile-und-Herrsche sahen, nur noch weiter belasten würde.

Doch Verwoerd war dazu entschlossen, die Geschichte umzuschreiben und der Welt und Südafrika zu beweisen, daß die Buren nicht nur ihr eigenes Schicksal meistern konnten, sondern auch Herrscher über die Seelen der Schwarzen waren.

Meadowlands und Diepkloof, die die Afrikaner aufnehmen sollten, die man aus den farbigen Townships zwangsumgesiedelt hatte, wurden, dem Gesetz folgend, auch noch nach Stammeszugehörigkeit unterteilt. Sorgfältig wurde die Sprachgruppe der Nguni zusammen mit den Shangaan und Veenda von den Sotho und Tswana getrennt. Die Wohnheime der Wanderarbeiter in Dube und anderen Orten beherbergten zumeist Zulu.

Verwoerd hatte Südafrika und der Welt verkündet, daß ethnische Trennung keinerlei Gewalt hervorrufen würde. Doch schon Anfang September des Jahres 1957 brachen in Dube, Meadowlands und anderen südwestlichen Townships von Johannesburg blutige Kämpfe aus. Hunderte von Zulu und Basotho lieferten sich blutige Fehden mit den unterschiedlichsten Waffen, von Gewehren bis zu selbstgefertigten Schwertern. Vierzig Männer fielen, darunter fünf Zulukrieger, die von der Polizei mit Maschinengewehren erschossen wurden. Über hundert Afrikaner mußten in Krankenhäuser eingeliefert werden. Und noch lange danach starben einige an ihren Verletzungen.

Ein Todeshauch hing über Meadowlands. Starke Polizeieinheiten kesselten die Gefahrenzonen erst ein, nachdem es zu fürchterlichen Auseinandersetzungen gekommen war. Blutbefleckte Waffen wurden gefunden, über die staubigen Straßen der Township verstreut, und die Hallen, Kirchen und die Korridore des weißen Parlaments hallten von Protest und Angst wider. Doch Verwoerd lenkte nicht ein.

Die Stammeskriege sprangen auf die Wohnheime in Johannesburg selbst und auf die angrenzenden Orte über und erhöhten die Zahl der Toten, der Verletzten und Verkrüppelten. Überall wurde die Regierungspolitik der gewaltsamen Unterbringung nach der Stammeszugehörigkeit als der eigentliche Grund für die Stammesfehden angeprangert und verurteilt. Mehrmals kam es zu Unruhen. Dabei hatte die Polizei den verängstigten weißen Wählern versprochen, daß die Unruhen nicht auf die Stadt selbst übergreifen würden. Stockschläge und Gewehrsalven der Polizei standen auf der Tagesordnung. Und in dem Maße, wie diese grausame Gewalt anhielt, erhöhte sich die Todesrate. Der Basotho-Clan – auch unter dem Namen »Russians« oder »Ma-Russia« bekannt – verlor mehrere Anführer. Die Führer der Zulu behaupteten, daß die Polizei mit den »Russians« gemeinsame Sache mache – und mancher lachte über diesen Gegensatz. Die Polizei ein Herz und eine Seele mit den »Russians«. Und der Tod hielt in den Townships weiter reiche Ernte.

Der starrköpfige und arrogante Verwoerd aber schob alles auf das *tsotsi*-Element und drohte, daß alle »Hooligans« in ihre *Homelands* abgeschoben werden würden. Was immer das auch hieß.

Der Leitartikel im *Star* vom 16. September 1957 las sich folgendermaßen:

»Die brutalen und blutigen Zusammenstöße zwischen den Zulu und Basotho in den Townships machen sowohl die wilden Eigenschaften der Eingeborenen unserer städtischen Gebiete als auch das Versagen der europäischen zivilisatorischen Mission deutlich. …«

Der *Star* war eine oppositionelle Zeitung!

Gerichtsreporter berichteten, daß bei den Zusammenstößen Mau-Mau-Taktiken angewandt wurden. Die Polizei wurde für ihr entschlossenes Handeln bei der Unterdrückung der Unruhen gelobt.

Die weißen Stadträte verurteilten die Regierungspolitik der getrennten Ansiedlung. Der schlaue Dr. Verwoerd aber tadelte die Stadträte dafür, daß sie das sogenannte »*tsotsi*-Element« nicht unter Kontrolle hatten. Jene Weißen, die die Regierung unterstützten, schenkten Verwoerds Version Glauben. Und während sich so die Weißen gegenseitig Vorwürfe machten, wurden weiter unzählige Afrikaner abgeschlachtet.

Als die Kämpfe andauerten, versetzte man über dreitausend Polizisten und Soldaten in Alarmbereitschaft. In afrikanischen Häusern suchte man nach Waffen und »arbeitslosen Hooligans«. Die weißen Polizisten waren mit automatischen Waffen und Gewehren ausgerüstet. Ihre schwarzen Kollegen hatte man mit Speeren bewaffnet. Die Razzien erwiesen sich offensichtlich als effektiv, denn Ende September 1957 wurde es ruhig – für einige Zeit. Die Friedenspalaver, die »anteilnehmende« Weiße und verängstigte Führer der Schwarzen arrangiert hatten, führten zu nichts, weil die Anführer der kriegführenden Parteien, vor allem der Zulu, die Beteiligung an den Gesprächen verweigerten.

Die örtlichen Behörden installierten ihre eigene Untersuchungskommission, als sie feststellen mußten, daß die Regierung sich weigerte, gegen die Stammeskriege vorzugehen. Drei pensionierte Richter, A. van der Sandt Centlivres, E. R. Roper und L. Greenberg, erklärten sich bereit, die Kommission zu leiten.

Der damalige anglikanische Bischof von Johannesburg, Bischof Ambrose Reeves, war einer derjenigen, die die Regierung am deutlichsten für die blutigen Auseinandersetzungen verantwortlich machten. Er sagte – und viele tausend Schwarze und auch einige Weiße waren seiner Meinung: »Für die Unruhen in Dube und Meadowlands gibt es weit tiefer liegende Ursachen ...« Bischof Reeves führte als Gründe an: mangelnde Kommunikation und schlichtes Versagen auf seiten der Weißen, den Afrikanern ein größeres Mitspracherecht in den Angelegenheiten einzuräumen, die sie betrafen. Vor allen Dinge verurteilte er die Regierung Verwoerds und rief dazu auf, der ethnischen Trennung ein Ende zu bereiten.

Oliver Tambo vom ANC stellte der Untersuchungskommission ein Memorandum zu, in dem er gleichfalls den Staat verantwortlich machte und das »brutale Vorgehen« der südafrikanischen Polizei entschieden verurteilte. Wie viele andere Einzelpersönlichkeiten und Organisationen klagte er die Polizei der »Mißhandlung, der Körperverletzung und Beleidigung der Bevölkerung der Townships« an. »Schlechte Löhne, ethnische Absonderung, die allgemeine Apatheidpolitik und die fortdauernde Jagd auf afrikanische Menschen sind nur einige der Ursachen«, hieß es in dem Dokument des ANC.

Als die drei Richter ihren Bericht einreichten, stellte sich heraus, daß vier Fünftel der afrikanischen Menschen, die in die südwestlichen Townships von Johannesburg umgesiedelt worden waren, an der Armutsgrenze oder darunter lebten. Die Kommission stellte weiterhin fest:

– einen völligen Zusammenbruch elterlicher Autorität in den meisten Fällen,

– ausreichend Beweise dafür, daß die Polizei nicht in der Lage war, mit den Gangs fertig zu werden, die die Townships unsicher machten,

– die Absonderung der Stämme voneinander als direkte Ursache für die Unruhen in den Townships.

Den Mitgliedern der Kommission war bewußt, daß jedwede gesonderte Gruppierung, ob bei Wohnraum, Schulen, Sportvereinen oder sonstwo, mit Sicherheit sektionistische Gefühle hervorrufen würde, die bei »vergleichsweise primitiven und unzivilisierten Menschen zu gefährlichen Antagonismen und gemeinschaftlicher Gewaltausübung führen müssen ...«

Dr. Verwoerd lachte über die Untersuchungsergebnisse und

tat sie als Übertreibungen ab, die von den Liberalen angezettelt wurden.

Wir gehörten zu den letzten farbigen Familien, die umgesiedelt wurden. Abrißkommandos suchten die Township heim, und lediglich ein paar Gebäude, Geschäfte und die Christ The King Anglican Church blieben erhalten. Nach dem Abriß der Häuser suchten Jugendliche unter den Trümmern und Dielen nach Verwertbarem. Andere sammelten Kupfer und Messing. Männer und Frauen putzten Ziegel, die sie an Baufirmen verkauften. Aus dem Abriß ließ sich Kapital schlagen. Und Sehnsucht gab es. Oft stand ich auf der Veranda des Hauses meines Großvaters und spitzte die Ohren nach vertrauten Geräuschen wie dem hellen und scharfen Pfiff des Milchmanns und dem Klang der Milchflaschen, die sich zum Abschied küßten. Viele meiner Freunde und Feinde waren weg. Die beiden Kinos – das Odin und das Balanski, vormals Bühne für schwere Zusammenstöße der Gangs oder für politische Kundgebungen –, standen still und besiegt da.

Dan Siwisa, der ANC-Mann, der einmal gesagt hatte, daß Afrika nicht untergehen werde, war im Gefängnis gestorben. Aus natürlichen Ursachen, wie man herausfand. Einige Politiker, die ich kannte, waren wegen Hochverrats verhaftet worden. Die beiden politischen Lehrer, die *Comrades* Slovo und Goldberg, befanden sich darunter. Sie waren freigelassen worden und die Zeitungen berichteten, daß einige von ihnen freiwillig ins Exil gegangen seien. Andere wurden unter Bann gestellt oder erneut verhaftet. Lekhotu gehörte zu ihnen. Mein Vater befürchtete, daß ich wegen meiner Teilnahme an den Überfällen auf die Polizei während der Zusammenstöße des Jahres 1958 in Sophiatown und Newclare ebenfalls verhaftet werden könnte, und wollte mich fortschicken, doch ich weigerte mich.

Etwas erstarb in mir. Klein und kaum zu bemerken. Und doch starb etwas in mir. Vielleicht stand es mit den Veränderungen und dem Verfall um mich herum in Zusammenhang.

Oder mit den lieben Erinnerungen, die mit der Dämmerung verschwanden.

Unser Auszug aus den alten Häusern von Nummer 16 in der Gerty Street war eine traurige Angelegenheit, denn unsere einstmals so unzertrennliche Familie wurde in alle Winde verstreut. Und die Hoffnung, eines Tages wieder vereint zu sein, gab es nicht. Es schien, daß wir uns durch unseren Auszug schließlich freiwillig in unsere Zerstörung gefügt hatten. Es mag sich melodramatisch anhören, doch ich kann beschwören, daß ich, als ich das Haus meines Opas verließ, die sanfte, tiefe Stimme meiner Oma hörte, wie sie sich unbeirrt und beruhigend aus dem Dunst und dem Nebel des Grabes erhob. Ihre Stimme besänftigte mich und hob meine Stimmung ein wenig an. Zuhause wollte ich sein, bis ans Ende meiner Tage.

Draußen wurden das uralte Büfett meines Opas und der dazugehörige übergroße Eßtisch mit seinen vierzehn Stühlen vorsichtig auf einen Lastwagen verladen. Das vorsintflutliche Radio und das viktorianische Messingbett nahmen den Geruch nach Möbeln und Familie mit sich, der jedes Totenhaus erwärmen konnte. Schließlich war alles verpackt und ich sprang auf. Langsam ging mein Opa über den Hof, wie ein Ladenbesitzer bei der jährlichen Inventur. Doch für meinen Papa-mio sollte es keinen Ersatz für die aus den Regalen schwindenden Waren geben, keine Rückkehr in die Häuser, die er als eingewanderter italienischer Bergmann für seine farbige Familie und deren Nachfahren gebaut hatte. Und als ich ihn so ansah, strömte eine mir unbekannte Kraft durch die Adern, die einer kindlichen Zuneigung entsprang und die mir neues Leben einflößte. Ich wollte die Zerstörung überleben. Schließlich waren die Häuser nur ein Teil des Ganzen. Das, was in uns war, unsere Würde und unser Menschsein als freigiebige, anteilnehmende und wohltätige Familie, blieb außerhalb der Reichweite der Bulldozer und der Macht des Systems.

Mein Vater und seine neue Frau, die drei Jahre jünger war als ich und Mutter eines Sohnes, zogen in die Township Bosmont, die man speziell für die Farbigen aus Albertsville, Sophiatown und der »weißen Vorstadt« Newlands errichtet hatte. Meine vier Onkel, ihre »Frauen« und Kinder, meine Tante Baby und ihre Familie – zu der ihr einziger Sohn Chossie mit seiner Frau Sibylle und ihre zwei Töchter gehörten –, übernahmen die zweiräumigen Shacks in der Western Native Township, die die Afrikaner hatten verlassen müssen. Vorüber der Glanz und der Wohlstand der alten Tage. In den Koffern meines Großvaters war nicht mehr viel Geld, weil er den größten Teil unter seinen Kindern aufgeteilt hatte. Ein ausgefuchster italienischer Rechtsanwalt war mit mehreren Tausend Pfund, die mein Opa ihm anvertraut hatte, nach Italien durchgebrannt. Auch die Busse waren verkauft worden, genau wie seine Anteile an einer italienischen Lebensmittelkette. Es gab kein Einkommen mehr. Die »Prinzen« und »Prinzessinnen« des Mattera-Clans waren in ein Leben künstlicher »Colouredness« gezwungen. Ähnlich dem Abfall und dem Schmutz, den die Bulldozer der Regierung zu riesigen Bergen zusammenschoben. Doch ich weigerte mich, Teil dieses Schmutzes zu sein. Ich wußte, daß das, was ich war und was eines Tages aus mir werden würde, einer besseren Quelle entsprang. Was hieß es denn, »farbig« zu sein? Und wurde dadurch, daß wir »Farbige« wurden, dieses Zusammenleben hinfällig, das Sophiatown in die Eigenart unserer Familien hineingewebt hatte? Man hatte uns *»bruin mense«* genannt, braune Menschen, deren Bindungen an die Weißen stärker waren als die Bindungen an die Schwarzen. Man hatte uns gesagt, daß das schwarze Blut in unseren Adern im Laufe der Zeit abnehmen würde. So hatte es Dr. Verwoerd verkündet, und viele Farbige schenkten ihm Glauben.

Und als wäre es eine Gnade der Nemesis, blieb meinem Großvater erspart, in kurzer Folge die Beerdigung von vieren seiner Kinder erleben zu müssen: Aunt Baby und meine Onkel Willie, Dan und Goon und dazu noch einige Enkel. Ihm blieb erspart, die Zerstörung von Sophiatown und ihres einzigartigen Lebens miterleben zu müssen. Und vor allem blieb ihm erspart, miterleben zu müssen, wie sein Reich unterging. Als das Haus, das er in Albertsville gemietet hatte, auch abgerissen wurde, gestatten ihm die Behörden, mit einer auf fünf Jahre befristeten Erlaubnis bei seiner ältesten Tochter in Bosmont zu wohnen. Er erlebte nicht mehr, diese Erlaubnis erneuern lassen zu müssen. Auch wenn er sehr oft lachte, wenn er Geschichten aus seiner Jugend in Italien erzählte oder von den vielen Sträußen berichtete, die er wegen seiner Zuneigung für die Afrikaner mit den burischen Bergleuten auszufechten hatte, so stand in seinen Augen doch oft eine unaussprechliche Traurigkeit. Er war über etwas traurig, mit dem wir nichts anzufangen wußten. Wie auch kann Leid gemessen werden, wenn es Dinge gibt, die das menschliche Auge nicht zu sehen vermag.

Fremder in einem fremden Land, so lautete der offizielle Status meines Großvaters, er gehörte nicht zu Südafrika und war auch nicht Bestandteil der südafrikanischen Verhältnisse. Südafrikanisch war lediglich jener kleine Teil, den man als »farbig« bezeichnete, den er im Schoß einer Frau gezeugt hatte, die den Xhosa und Khoisan entstammte. Als meine Großmutter ihren weißen »Taliaana«, ihren Liebsten, ihren Eltern in Graaf Reinet vorstellte, war sie siebzehn Jahre alt und unsterblich verliebt. Ihr Vater, ein hochgewachsener Xhosa, hieß Rawana (Gaawaana ausgesprochen). Er war Schafscherer und Züchter und besaß einen kleinen Flecken Land, auf dem er ein großes Haus aus Lehm und Holz für seine gelbhäutige Frau, eine Khoisan, und ihre vier gemeinsamen Kinder errichtet hatte. Über ihrem einfachen Heim thronten die imposanten »Gaaf«-Berge, wie die Einheimischen sie nannten, »die Perle der Karoo«. Der junge Seemann konnte sich mit seinen angehenden Verwandten nicht unterhalten und saß bewegungslos und fast teilnahmslos herum, während seine Verlobte ihrer Familie erklärte, daß sie diesen Ausländer liebe und seine Sprache lernen würde. Und was würde aus dem traditionellen *lobola*, dem Brautpreis, den ihr *Taliaana* wie jeder andere Werber ihrem Vater zu zahlen hatte, um sich das Recht zu sichern, seiner Braut und seinen

Kindern seinen Namen zu geben? Und wie stünde es mit dem jungen Mädchen, das dem Brauch zufolge die Matte für die Verhandlungen auszubreiten hatte? Denn war nicht sie, U-Minnie Thandeka (die Geliebte), das älteste der Kinder Rawanas, die erste Frucht seiner eigenen Ehe und deren Spiegel zugleich? Der *lobola* würde bezahlt werden wie alles andere auch …

Es war Rawanas Witwe, die schließlich das Geld erhielt.

Rawana erlebte die Kinder nicht mehr, die dem Schoß seiner Tochter entsprangen. Kinder mit heller Haut und kühlen, graublauen Augen, Kinder, die die Sprache ihres Vaters aus Neapel erlernten und gleichzeitig die meisten einheimischen Sprachen der afrikanischen Menschen. Rawanas Frau mit ihrem dichtlockigen Haar, an die ich die zärtlichsten Erinnerungen habe, verließ Graaf Reinet und lebte im Haus meines Großvaters in Sophiatown, in dem sie auch starb. In gebrochenem Englisch erinnerte sich mein Großvater an seine Zeit in Graaf Reinet, in jenem Lehmhaus am Fuß der Berge, in dem der stolze Xhosa seinen *lobola* von ihm eingefordert hatte. Die Frau, die er dann auch in einer Holländisch-Reformierten Kirche ehelichte, schenkte ihm acht Kinder. Fünf von ihnen hat er beerdigen müssen.

Am jenem Abend, an dem er im Haus meiner Tante in Bosmont starb, befand sich mein Papa-mio in fröhlicher Stimmung. Lieder aus Italien, seiner Heimat, die Caruso und Beniamino Gigli berühmt gemacht hatten, klangen durch das Haus. Wir waren von der Lebendigkeit seiner Stimme verblüfft. Er trottete um das Haus, ging in sein Zimmer und dann in den Hof. Er sang »Santa Lucia« derart laut, daß ihn die Hunde anbellten wie einen Betrunkenen. Ich hatte Angst, daß ihm eine Vene platzen oder seine Stimmbänder reißen könnten.

»Papa, s'is spät, du komm rein«, sagte ich, und ahmte seine Sprechweise nach.

Doch der alte Mann beachtete mich nicht und stolzierte weiter um das Haus herum. Mir fiel auf, daß er seinen Spazierstock nicht dabeihatte. Er kam mit ausgestreckten Armen auf mich zu und umarmte und küßte mich nach alter italienischer Weise, als sei ich ein Freund oder Verwandter, den er seit vielen Jahren nicht mehr gesehen hatte.

Dann summte er sich ein Liedchen auf dem Weg in sein Zimmer und schloß die Tür hinter sich.

»Tatson!« rief er aus seinem Zimmer. »Morgen du kauf Zigara, ich dir geb Geld!« Ich antwortete »Ja« und ging nach Hause, in die Western Native Township. Ich konnte nicht ahnen, daß er am nächsten Tag sterben sollte. Ich erwachte und hatte wie immer die Hoffnung auf ein besseres Morgen, darauf, meinen Leuten in der Western Native Township, die täglich über ihre Nöte klagten, ein Wort der Ermutigung mit auf den Weg geben zu können. Irgendwie bekam ich an diesem Tag alles nicht so recht in die Reihe und war erst abends im Haus meiner Tante.

Er war tot.

Sein strahlendbunter Lieblingsschal war noch immer säuberlich um seinen Hals gebunden. Er trug seinen besten dreiteiligen Anzug, dazu eine echt goldene Taschenuhr mit Kette.

»Er hat all seine Sachen gepackt und zu mir gesagt, er würde nach Hause fahren. Nach Hause in sein Land und zu seinem Volk«, sagte meine Tante ohne eine Spur von Traurigkeit in der Stimme. Sie sagte, was sie unsicher gemacht habe, seien seine gute Laune und seine glückliche Stimmung gewesen. Er habe in seinem alten Schaukelstuhl gesessen und sanft vor sich hingesummt, bis schließlich das Schaukeln aufgehört habe.

Und damit wurde ein weiterer lebendiger Teil des Traumes von Sophiatown auf einem Friedhof zur letzten Ruhe gebettet, der vom Gesetz her ausschließlich Schwarzen vorbehalten war. Er liegt nur einen Steinwurf weit von seinen Kindern und knapp zweihundert Meter von seiner Braut aus Graaf Reinet entfernt begraben.

»Ihr nich leg Stein auf mein Grab«, hatte er einmal zu meinem Vater gesagt. Bis auf einen alten afrikanischen Bierkrug ist sein Grab nicht gekennzeichnet.

Das Leben nahm eine neue, seltsame Wendung. Farbige aus all den verdammten und von ihnen in Mitleidenschaft gezogenen Gebieten in und um Johannesburg wurden in der Western Native Township zusammengepfercht. Auch unter den Indern, die rund dreißig Kilometer von Johannesburg entfernt angesiedelt wurden, wurden ganze Familien und vormals stabile Gemeinschaften entwurzelt. Die Afrikaner hatte es nur als erste getroffen, in dieser langen Folge von Zerstörung und Verdrängung. Nun waren die Farbigen an der Reihe, und ihre Ankunft trug neue Unsicherheiten und neue Auseinandersetzungen nach Western. Diese Leute sprachen eine Sprache, die meiner Seele fremd klang, die angefüllt war mit jenen Feindseligkeiten, die lediglich aus Furcht, Unsicherheit und Unverständnis entspringen konnten. Einige Farbige, und ironischerweise waren es die dunkelhäutigeren (vielleicht aus Angst vor Ansteckung), sprachen abwertend von »Kaffern« und »Kulis«. Meine Werte und Normen, das eigentliche Wesen meines Seins als Produkt einer farbigen Lebensweise und einer farbigen Verhaltensnorm, wurden dadurch herausgefordert und verspottet. Die Leute hatten Angst davor, eine afrikanische Sprache zu sprechen oder ihre Radios auf einen afrikanischen Sender einzustellen. Eine Beziehung dazu würde bedeuten, eine gemeinsame Identität mit all der Demütigung, Entwurzelung und all dem Leiden herzustellen, das die Afrikaner durchleben mußten.

… Oh großer Gott, alles, nur nicht das. Oh *wit baas*, nenn mich *Hotnot, Boesman, Gelbek* (Gelbschnauze), alles, nur nicht Eingeborener, Kaffer! *Baas,* erspar mir diese Beleidigung, auch wenn ich schwärzer bin als Pikas …

»Nenn mich wie du willst, mein *baas …*«

Ihre Worte riefen eine seltsame Wut in mir hervor. Ich konnte ihre Abwehr alles Afrikanischen nicht begreifen, hatte ich doch meinerseits so sehr versucht, meine Afrikanität anzunehmen, obwohl ich nicht die gleiche Demütigung, die gleichen Nöte und die gleiche Verachtung zu ertragen hatte wie die afrikanischen Menschen. Hier gab es etwas, das war neu und verwirrend für mich. Menschen, deren Haut schwarz war wie Teer, deren Haar kurz und wollig war wie das der Afrikaner, sagten zum Weißen: »*Baas*, gib mir jeden anderen beleidigenden Namen, aber nenn mich nicht Eingeborener oder Kaffer ...«

... Ach, diese Leute, die da weder schwarz noch weiß, sondern ein Leben im Zwielicht führen – halb Freie, halb Sklaven dem Gesetz nach und einer Laune der Apartheid ...

Sie kamen hinein in die Western Native Township, diesen überkochenden Kessel aus Furcht und Verdächtigung und Erniedrigung, wie ihn nur der Group Areas Act schaffen konnte. Ich lauschte dem klopfenden Herzschlag dieser Menschen des Zwielichts und dem Gelächter wie dem Weinen, das wie Schleim aus ihren Mündern hervorbrach. Und in meinem Innern wußte ich, daß ich immer ein Fremder unter ihnen bleiben würde. Es war nicht so, daß ich ihrem Leid gegenüber gleichgültig war, daß ich außerhalb stand, ich konnte aber den Status eines Menschen des Zwielichts einfach nicht für mich annehmen. Als Afrikaner angenommen zu werden und zu handeln, war mir wichtiger als alles andere auf der Welt.

Das Leben veränderte sich dramatisch.

Die Western Native Township wurde von dieser neuen Schöpfung der Apartheid überflutet – jeder versuchte angestrengt, seinen Nächsten auszustechen oder, um ein neues Wort einzuführen, seinen Nächsten, in der Manieriertheit seiner Nachahmung alles Weißen und seiner Sprache, »anzuschwärzen«. *Shebeens* schossen überall in der Township wie die Pilze aus dem Boden, und eine Welle von Gewalt, Unmoral und Verwahrlosung brach über uns herein. Die Radios dröhnten in voller Lautstärke. Der Lärm war unerträglich und erreichte seinen Höhepunkt an den Wochenenden. Musik, die in ein Crescendo des Wahnsinns mündete.

Laut. Krankmachend.

Durch Western streifen.

Der Freitag – abwertend von allen und jedem, Schwarzen wie Weißen, »Buschmanns Weihnacht« genannt –, war der schlimmste Tag der Woche. Und ich konnte einfach nicht verstehen, warum dieser Lärm, dieses schreckliche Weinen und diese bittersüße Agonie – eine Art Fürbitte – nicht an Gottes Ohr drang. Hier war seine Schöpfung, der man mich zugeordnet hatte, unter den Menschen verloren und verwirrt und völlig fehl am Platze. Ein Volk des Zwielichts. Auch wenn es von Fleisch und Blut war wie alle anderen Menschen in Südafrika, schien es dem Zeichenbrett der Apartheid entsprungen zu sein. Eine hybride Rasse, zu einer synthetischen Nation erklärt, abgestempelt, gesiegelt und mit Unterschrift versehen.

Sie nahten sich mir in den Nächten. Diese weinenden, diese lachenden Menschen, wo immer sie auch herkommen mochten, die mit sich diesen unbeugsamen Lärm brachten, der die nächtliche Luft durchdrang und tief in mein Herz sank. Sophiatown, mit all seiner Blutrünstigkeit und den grausamen Tagen voll Blut und Tod, schien mir in Bedeutungslosigkeit zu versinken. Ich konnte Western nicht ertragen. Jede Straße wurde zu einem Slum für sich, und Männer, Frauen und Kinder rieben den gleichen Schleim und die gleiche Enttäuschung aneinander ab, die sie bei anderen aufgelesen hatten.

Schnaps und leichte Mädchen.

Geld und geile Männer.

Menschen, die sich bekämpften.

Menschen, die starben.

Weder schwarz noch weiß, lebten und starben sie in einer Welt aus Zwielicht, die der Weiße geschaffen hatte. Der Christ, dessen Versprechen lautete, die Farbigen zu Nationalgefühl und Rassenstolz zu führen.

Er führte uns in die Hölle.

Und jenseits des eisernen Zaunes, der dieses Gefängnis umschloß, das da Western Coloured Township hieß, jenseits der Straßenbahnlinie und hinter der legendären Main Road, dem

Schauplatz jugendlicher Vergehen und heftiger Bandenkämpfe, erhob sich ein Schuttberg aus zerbrochenen Ziegeln und Unrat. Darunter lag Sophia-Kofifi, ohne das geringste Lebenszeichen, ohne das geringste Zeichen von Widerstand. Beerdigt lag es unter dem Gewicht und der Macht der stählernen Gottheiten, deren Bulldozer wie Bomben unsere Heime, unsere Hoffnungen und Träume und das bißchen Liebe und Zuwendung und Frieden, das Sophiatown uns vermittelt hatte, ausgelöscht hatten.

Dahin.

Begraben.

Bedeckt vom Staub der Niederlage – so dachten es sich jedenfalls die Eroberer. Doch vor der Erinnerung kann nichts verborgen werden.

Nichts, das die Erinnerung nicht erreichen oder berühren oder zurückrufen kann.

Die Erinnerung ist eine Waffe.

Tief in meinem Innern bin ich mir sicher, an dieser Stelle, die Gesetze und Gewehre nicht erreichen und Stiefel nicht niedertreten können, daß es keine Niederlage war. Eines Tages, in einer anderen Zeit, werden wir uns erheben und unsere Würde und unser Land zurückfordern. Es ist nur eine Frage der Zeit, und Sophiatown wird wiedergeboren werden.

Die Welt wurde mir fremd und ich kam mir verloren vor.

NACHWORT

Bernard Magubane

Was auch immer der Fall ist, das Handeln ist Wirklichkeit! Es ist Bestandteil jenes gegebenen Seins, aus dem der »magische« Geist hervorzugehen vermag, welcher versucht, die Welt zu begreifen und in eine Ordnung zu zwingen, sich aber doch nur ins Leere wirft und sie nur in der Illusion überwinden kann. Das Handeln ist eine Wirklichkeit.

Henry Lafebre, *Dialektischer Materialismus*

Don Matteras autobiografischer Essay ist Beispiel für jene Art von Handeln, die Lafebre im oben zitierten Abschnitt beschreibt. Matteras Lyrik und seine Bücher über die Situation der Schwarzen in Südafrika und ihren Kampf entstehen nicht aus entrückter Betrachtung, sondern da, wo der Kampf am heftigsten tobt. Es ist diese Verbindung von Theorie und Praxis, die Matterera den Titel »Sänger des Befreiungskampfes des Volkes« eingetragen hat. Es ist eine verwickelte Geschichte, die er in diesem Buch über sein Leben in Sophiatown erzählt. Sie umschließt Matteras Kindheit und Jugend von 1948 bis in das Jahr 1962, als die Bulldozer Sophiatown auslöschten, und verwebt persönliche Erfahrungen mit der eigenen politischen Entwicklung.

Durch Matteras Erinnerungen wird es uns möglich, aus nächster Nähe einen Blick darauf zu werfen, wie Geschichte sich wirklich ereignet, wie ein einzelner sich seiner selbst bewußt wird und sich vom selbstentfremdeten Spielball zum bewußten Handlungsträger der Geschichte entwickelt. Indem Mattera seine Geschichte als »farbiger« Jugendlicher erzählt, nimmt er gleichzeitig die schwierige Aufgabe auf sich, uns die entscheidenden Ereignisse im Sophiatown der fünfziger Jahre, in einer der wichtigsten Dekaden in der Geschichte des politischen Kampfes der Afrikaner in Südafrika, ins Gedächtnis zu rufen.

Die National Party, die 1948 an die Macht kam und Südafrika seither regiert hat, erhob die Ausweitung der Apartheidpolitik, der »baaskap« (wörtlich: »Herrschaft der Herren«), auf alle Lebensbereiche zum zentralen Punkt ihres Wahlkampfes. Der Wahlsieg dieser Partei, die unverhohlen die weiße Vorherrschaft vertrat, stellte für die afrikanischen Menschen im ganzen Land eine ernste Bedrohung dar. Der 1912 gegründete African National Congress und der South African Indian Congress, den Mahatma Gandhi 1908 gegründet hatte, schlossen sich zu einer Allianz zusammen, um der Politik der National Party Widerstand zu leisten, und riefen andere Parteien auf, sich ihnen anzuschließen. Im Ergebnis entstand die Congress Alliance (CA) aus ANC, SAIC, der Coloured People's Organisation und dem White Congress of Democrats. 1952 startete die Congress Alliance die Defiance Campaign – eine gewaltfreie Widerstandsaktion gegen die Gesetze der Apartheid. Das Ziel des Rechtssystems der Apartheid bestand darin, die politische Willensbekundung der Afrikaner durch die Schaffung eines Gesetzeswerkes von unvorstellbarer Härte und Grausamkeit zu ersticken.

Es war diese Atmosphäre des vom ANC geführten Widerstandes, die bei der politischen Entwicklung Don Matteras eine Schlüsselrolle spielte und ihn (als Anführer einer Bande) dazu bewegte, Messer und Gewehr niederzulegen und zur Feder zu greifen. Er war Mitglied der Western Areas Student Organisation, einer Abteilung der Jugendorganisation des ANC. Er arbeitete als Journalist und gründete die Union of Black Journalists. 1986 gehörte er zu den Mitbegründern des Congress of South African Writers und wurde, nach dem Verbot des Black Consciousness Movement, Mitglied im Exekutivrat des National Forum. Sein politisches Engagement führte dazu, daß er unter Hausarrest und Bann gestellt wurde.

Vielleicht wäre Don Mattera Anführer der von ihm gegründeten, berüchtigten »Vultures« geblieben, die in den frühen fünfziger Jahren die Menschen in Sophiatown terrorisierten, hätte die National Party nicht – durch den Group Areas Act von 1950 – eine Politik der »Säuberung« sogenannter schwarzer Flecken in weißen Gebieten begonnen. Der Widerstand gegen dieses Gesetz, mit dem Wohn- und Siedlungsgebiete nach rassischen Gesichtspunkten getrennt werden sollten, weckte bei vielen Menschen politisches Bewußtsein. So auch bei Don Mattera. Er erinnert sich daran, wie er Massenkundgebungen auf dem Freedom Square in Newclare und Sophiatown besuchte. Dort erlebte er, wie die Führer des ANC, Dr. Alfred Xuma, Dr. Y. M. Dadoo, Moses Kotane, O. R. Tambo, Nana Sita, Robert Resha und andere die Übel der Apartheid brandmarkten. Aktivisten des ANC wie Robert Resha ermutigten die Gangs dazu, ihre Frustrationen in politische Aktivitäten umzulenken und forderten sie vor allem dazu auf, sich an der Defiance Campaign zu beteiligen. Insbesondere zwei Persönlichkeiten übten großen Einfluß auf Don Matteras Leben aus: Pater Trevor Huddleston, ein anglikanischer Priester, dessen Gemeinde sich in Sophiatown befand, und Nana Sita, der Führer des South African Indian Congress und Anhänger Gandhis. Über letzteren schreibt Mattera:

> Nur wenige Menschen leben nach ihrem Tode weiter. Nana Sita gehört zu ihnen. Er hat Verzweiflung in Hoffnung verwandelt, Angst in Verständnis, Feigheit in Mut.

Sophiatown war der Beweis dafür, daß Afrikaner und Weiße Seite an Seite leben können. In diesem Ghetto diskutierten afrikanische Intellektuelle und Weiße über Shakespeare und hörten dabei in den *shebeens* amerikanischen Jazz. Das *Drum Magazine* verhalf vielen afrikanischen Schriftstellern zu einem Anfang. Und es geschah in Sophiatown, daß traditionelle afrikanische Musik und afro-amerikanischer Jazz eine Synthese eingingen, die *Tsaba-Tsaba* genannt wurde, eine musikalische Form, die Miriam Makeba, Hugh Masekela und anderen zu internationalem Ansehen verhalf. Und doch entschieden die unbelehrbaren Rassisten, daß Sophiatown dem Erdboden gleichgemacht werden mußte – gingen doch aus ihr so viele unruhestiftende »Eingeborene« hervor.

Sophiatown

Die Familie der Matteras ließ sich in Sophiatown, einem Slum in der Nähe von Johannesburg nieder, in dem Don Mattera vor neunundfünfzig Jahren geboren wurde. Johannesburg selbst ist Ergebnis des Wirkens mächtiger Kräfte des Weltkapitalismus und des Finanzkapitals, vor allem aber der Goldfunde in den Jahren 1885 und 1886. Charles Van Onslen beschreibt das ungeheure Wachstum Johannesburgs wie folgt:

»Die kapitalistische Revolution im Bergbau, die sich im Witwatersrand zwischen 1886 und 1914 vollzog, schuf und veränderte Johannesburg. Aus dem Goldgräberlager des Jahres 1887 mit ungefähr 3000 Abenteurern entstand bis 1896 zunächst eine Bergarbeiterstadt mit einer Bevölkerung von über 100 000 Menschen und schließlich, bis zum Jahre 1914, eine Industriestadt mit über einer Viertelmillion Einwohnern. Aus dem Zeltlager in der Nähe der Goldlagerstätten erwuchsen die Ledigenwohnheime und Herbergen mit ihren verrosteten Blechdächern, die sich in den neunziger Jahren des vorigen Jahrhunderts um die tiefen Minen und das Stadtzentrum scharten, und schließlich, bis zum Jahre 1914, die festeren, aus Ziegeln errichteten Häuser der Arbeiterklasse und die anderen Vororte. Diese dramatische Ausbreitung und das Anwachsen der Bevölkerung widerspiegelte sich zum Beispiel auch in der Ausweitung der Stadtgrenzen von Johannesburg. 1898 verwaltete der Stadtrat ein Gebiet von fünf Quadratmeilen. Als im Jahre 1901 der von der britischen Besatzungsmacht eingesetzte Stadtrat seine Arbeit aufnahm, wurde das Gebiet der Stadt auf neun Quadratmeilen erweitert, und zu dem Zeitpunkt, als 1903 die zivile Stadtverwaltung wieder eingesetzt wurde, hatte sich das Stadtgebiet auf riesige 82 Quadratmeilen vergrößert.«[1]

Sophiatown wurde von den gleichen Kräften hervorgebracht, die auch Johannesburg in die Welt gesetzt hatten. Ursprünglich gehörte Sophiatown zu einer Farm mit dem Namen *Waterval*, die ein weißer Geschäftsmann namens Tobiansky gekauft hatte. Nachdem er sie einige Jahre an die Regierung vermietet hatte, entschloß er sich nach dem ersten Weltkrieg, in Erinnerung an seine Frau und seine Familie eine Township zu errichten. Ein paar der Straßen in Don Matteras Geschichte tragen ihre Namen nach Tobianskys Kindern – Edith, Gerty, Toby, Sol. Die Farm wurde in kleine Baugrundstücke aufgeteilt – 50 mal 100 Fuß oder 50 mal 50 Fuß, die Tobiansky ursprünglich an Weiße verkaufte. Doch im Jahre 1910 berichtete der Syndikus der Stadt, daß die Besitzer die Grundstücke an jeden verkauften, der dafür bezahlte. 1912 hielt ein Bericht des Johannesburg Town Council fest, daß

»es in Johannesburg Vororte gibt, deren Grundstücke ursprünglich an Weiße verkauft worden waren, die Eingeborene jetzt aber zu vernünftigen Bedingungen erwerben können. Wir haben zum Beispiel in Sophiatown eine aus Schwarzen und Weißen gemischte Bevölkerung.«[2]

Hier liegt also der Ursprung der Vermischung der Rassen in Sophiatown. Als die Stadt am Ende des ersten Weltkrieges Rieselfelder direkt neben Sophiatown anlegte, zogen viele Weiße in andere Vororte wie Vrededorp, Brixton und Mayfair. Und bis zu den vierziger Jahren war aus Sophiatown ein Schmelztiegel geworden – ein Amalgam verschiedener ethnischer, sozialer und kultureller Gruppen, ein weltoffenes Zentrum mit Intellektuellen, radikalen Politikern, Jazz und Gangstern.

Mit Anteilnahme, ja voller Leidenschaft beschreibt Mattera das Leben und die Zustände im Sophiatown der fünfziger Jahre, als das Apartheid-Regime beschloß, daß die »Mischung« der Rassen und privater Grundbesitz der Afrikaner den

Grundsätzen der Apartheid zuwiderliefen und den Group Areas Act verabschiedete, der für jede ethnische Gruppe gesonderte Wohngebiete festlegte.

Viele Geisteswissenschaftler, einschließlich der Sozialhistoriker, haben untersucht, wie durch die rassische Unterdrückung und Vorherrschaft und die Politik der Apartheid die afrikanische Bevölkerung in ethnische und sprachliche Gattungen unterteilt wurde, um ihr Zusammengehörigkeitsgefühl zu untergraben. Diesen Studien aber fehlte die faktologische Grundlage, die unmittelbare Erfahrung und die Einsichten, die Don Mattera seinen Arbeiten unterlegt. Nur wenige weiße Geisteswissenschaftler sind in der Lage, in Matteras Fußstapfen zu treten oder vollständig zu verstehen, was es unter den Bedingungen der Apartheid bedeutet, »gemischtrassige« Eltern zu haben.

Auch wenn das Leben für Don Mattera und die Menschen von Sophiatown schwer war, so war es doch voll schöpferischen Geistes und hatte seine eigenen Reize. Mit Begeisterung beschreibt Mattera das kulturelle und religiöse Ambiente von Sophiatown. Der Reichtum an fundamentalistischen Sekten wies zum Beispiel nicht nur auf die Härte des Lebens hin, sondern gleichermaßen auf das Ausmaß der Entfremdung, das die Einwohner empfanden. Wie Don Mattera es ausdrückt:

> Wie bunt fluoreszierende Reklame strahlte das Antlitz der Religionen von den zahllosen christlichen Sekten und hinduistischen, muslimischen und buddhistischen Kreisen her. Sie alle predigten und verkauften ihr Verständnis von Buße, Erlösung und der Aussöhnung mit Gott. Da gab es die Rituale der afrikanischen *amaZioni* mit ihrer frenetischen Verehrung bei Beckenschlag und Trommelklang, deren Dröhnen von Mitternacht bis zum Sonnenaufgang auf- und abschwoll. Männer, Frauen und Kinder riefen verzweifelt nach ihrem Gott, als sei Er seit Ewigkeiten im Urlaub. Kirchen wetteiferten um die Erlösung der Seelen. Sie versuchten, Gott wie auf einem Wühltisch an jene Menschen zu verhökern, die schon seit langem nichts mehr kauften, nicht

etwa, weil ihnen das Geld fehlte, sondern weil sie den Glauben verloren hatten ...
Und Erlösung war um den Preis eines Liedes zu haben. Doch, so schien es, die Menschen hörten nicht hin. Nur die Alten öffneten den Liedern ihre Ohren und gaben die Überreste ihres verschwendeten und zerbrochenen Lebens in einem allerletzten Ersatzdienst dem Einen hin – dem *Umkhulumkhulu*, dem *Modimo*, dem *Thixo*, der Erde und Himmel regiert.

Sophiatown war eine Welt aus Brutalität, Not, Verbrechen, Liebe, Schönheit und Gemeinschaftlichkeit. Es war ein metropolischer Schmelztiegel. Don Mattera hat seine Erfahrungen und seine Verfehlungen in den zeitlichen Kontext gestellt – in die Zeit eines großen politischen Aufbruchs unter den Unterdrückten, der vom African National Congress und seinen Verbündeten angeführt wurde, vom South African Indian Congress, der Communist Party of South Africa (vor ihrem Verbot im Jahre 1950) und der Coloured People's Organisation.

Was es hieß, ein »Farbiger« zu sein

Die Wirklichkeit dessen, was es hieß, in Südafrika ein »Farbiger« zu sein, zieht sich durch die Lebensgeschichte Don Matteras und liegt der Zerstörung von Sophiatown zugrunde. Die Genealogie der Matteras durchläuft die ganze Bandbreite ethnischer Erfahrung: Francesco Mattera, sein Großvater väterlicherseits, war ein italienischer Seemann, der eine Griqua heiratete. Matteras Mutter gehört zur ethnischen Gruppe der Tswana. Die Griquas haben ihren Ursprung in der Vermischung der burischen Siedler (der Nachfahren der Holländer) und der Khoi-Khoi (der sogenannten Hottentotten, der Ureinwohner des Kaps). Damit ist Don Mattera wohl berechtigt, über die Folgen von rassischer Diskriminierung und über das Bewußtsein der eigenen Hautfarbe in Südafrika zu reden. Mit großer

Anschaulichkeit und gerechtem Zorn beschreibt er die unwürdige Behandlung, der die afrikanischen Menschen, die Mehrheit des südafrikanischen Volkes, aber auch die Nachkommen von Europäern – besonders Afrikaanern – und Afrikanern seitens der rassistischen Puristen der Apartheid ausgesetzt waren.

»Farbiger« ist eine abwertende Bezeichnung und bedeutet einfach, daß man in der Hautfarbe eine besondere Schattierung aufweist, die das Ergebnis der Zugehörigkeit zu einer der ethnischen Gruppen ist (oder einer Mischung aus diesen), die die Bevölkerung Südafrikas ausmachen: Afrikaner, malaiische Sklaven, Inder (die als Kontraktarbeiter nach Südafrika geholt wurden) und Weiße. Südafrikas Gesetze unterscheiden verschiedene Gruppen von Farbigen: die Cape Coloureds, Nachfahren der sogenannten Buschmänner und Hottentotten (deren eigentliche Bezeichnung Khoisan lautet); die Kapmalaien, die ursprünglich Sklaven aus den Malaien-Staaten waren und von den Siedlern der Holländischen Ostindischen Kompanie ohne ihre Frauen nach Südafrika gebracht wurden; den weniger bekannten farbigen »Stamm« der Maasbieker, eine Art »mosambikanischer Farbiger«, und die »Busters« oder Bastarde – Mischlinge, die vor allem in Namibia und in Teilen der nördlichen Kapregion leben. Eine fünfte Gruppe umfaßt die Farbigen aus Mauritius, die zumeist hellhäutig sind, lange Haare tragen und vor allem in Natal leben. Anders als die Farbigen vom Kap und aus dem Transvaal, die Afrikaans sprechen, bedienen sich die Farbigen aus Natal der englischen Sprache. Die am meisten gehaßte und verachtete Bezeichnung aber ist »andere Farbige« und bezieht sich auf die Nachkommen von Verbindungen außerhalb der weißen Bevölkerungsgruppe, wie zum Beispiel auf die Kinder von Afrikanern und Chinesen, Afrikanern und Indern sowie Afrikanern und Angehörigen aller farbigen Gruppierungen, die oben aufgeführt sind. Mit ironischem Unterton stellt Mattera fest, daß

> die Verfechter der Rassentrennung nicht verhindern konnten, daß viele Nachkommen dieser Buschmänner und Hot-

tentotten blondes Haar und blaue, graue oder grüne Augen hatten.

Wie dem auch immer sei, ein Farbiger zu sein, ein Mensch mit »gemischtem Blut«, bedeutet in der Vorstellungswelt der Apartheid, doppelt gebrandmarkt zu sein: man ist sowohl Nicht-Weißer als auch Nicht-Schwarzer.

Der Versuch, die Farbigen als von den Schwarzen und den Weißen geschiedene ethnische Gemeinschaft zu etablieren, hat in der südafrikanischen Politik eine lange Geschichte. Auf den mir hier zur Verfügung stehenden Seiten kann ich lediglich einige wenige Beispiele dafür geben, was es in politischer Hinsicht hieß, ein Farbiger zu sein. Der Schaffung der ethnischen Gruppe »Farbige« *per definitionem* liegt die Absicht zugrunde, die Bande der Gemeinschaftlichkeit zwischen den schwarzen Afrikanern und ihren farbigen Nachkommen zu sprengen. Diese Politik wurde im Jahre 1909 von den britischen Kolonialbehörden unmittelbar vor der Bildung der Südafrikanischen Union als weißes Dominion innerhalb des britischen Empire eingeführt. Der Immorality Act (der bis auf das Jahr 1927 zurückgeht) und seine verschiedenen Ergänzungen – der Population Registration Act (und seine verschiedenen Ergänzungen) und der Group Areas Act (mit seinen Zusatzverordnungen) – sind Beispiele für die juristische Umsetzung dieser Absicht und haben das Leben der Farbigen erschwert.

Lord Selborne, Hochkommissar für Südafrika und Gouverneur der Kolonien Transvaal und Orange River zwischen 1905 und 1910, brachte in einem Memorandum an General Smuts sein Anliegen zum Ausdruck, die Farbigen zum Puffer zwischen Schwarzen und Weißen werden zu lassen:

> »Unser Ziel sollte darin bestehen, die Farbigen zu lehren, die weiße Bevölkerung loyal zu unterstützen. Für mich wäre es eine Torheit, klassifizierte man sie als Eingeborene. Und wenn man sie als Eingeborene behandelt, entfremdet man sie gewaltsam ihrer natürlichen Untertanentreue den Weißen gegenüber und bringt sie dazu, mit den Eingeborenen ge-

meinsame Sache zu machen. Wenn man sie gewaltsam in diese Richtung drängt, werden sie in Krisenzeiten genau jene Anführer hervorbringen, die die Eingeborenen selbst nicht hervorzubringen in der Lage sind. Deshalb ist es meiner Meinung nach unklug, daran zu denken, sie als Eingeborene zu behandeln; und es wäre genauso ungerecht wie unklug. Es gibt viele Farbige, die im Innern ganz weiß sind, auch wenn sie äußerlich farbig sind. Und es gibt darüber hinaus welche, die auch äußerlich ganz weiß sind. Das Problem bei der Behandlung der Farbigen wird traurigerweise durch die Tatsache kompliziert, daß sie hinsichtlich Charakter und Hautfarbe jedwede mögliche Schattierung von innerlich und äußerlich reinweiß bis innerlich und äußerlich völlig schwarz aufweisen.

Ich schlage vor, daß eine kluge Politik ihnen das Privileg ihres weißen Blutes gewähren sollte – den Schwerpunkt nicht auf das schwarze Blut in ihren Adern, sondern auf das weiße Blut zu legen, und daß jeder Unterschied in der Behandlung zwischen ihnen und den Weißen die Ausnahme und nicht die Regel sein sollte. Anlaß für eine derartige Unterscheidung könnte nur bestehen, wenn ein farbiger Mann durch seine Lebensweise, zum Beispiel durch Polygamie, zeigt, daß er in die tribale Lebensweise zurückgefallen ist.«[3]

Solche Empfehlungen sind nicht nur heimtückisch, sie offenbaren gleichzeitig eine dem Kolonialismus und der ihn begleitenden Politik weißer Überlegenheit zugrundeliegende Tatsache: nicht der Kopf des Kolonialisten verfault zuerst – sondern sein Herz. Lord Selbornes politische Empfehlungen für die Behandlung der Afrikaner sind genauso unheilvoll:

»Die Ziele, die die Regierung in ihrer Eingeborenenpolitik verfolgen muß, bestehen: I) darin, den Frieden im Lande zu erhalten, da nichts auf sein wirkliches Wohlergehen so demoralisierend und verletzend wirkt wie ein Krieg mit den Eingeborenen; II) darin, die Stammeszivilisation der Eingeborenen schrittweise zu zerstören; III) darin, die schrittweise

> Zerstörung des Stammessystems, das mit jedweder Zivilisation unvereinbar ist, sicherzustellen. Ein wichtiger Bestandteil dieser Politik wird sein, die Eingeborenen das Arbeiten zu lehren. Ein großer Teil von ihnen arbeitet bereits, doch unbeständig und ineffektiv. Ziel muß es sein, sie zu lehren, so beständig und effektiv zu arbeiten, wie die Weißen arbeiten sollten, es aber auch nicht immer tun.«[4]

Wie bereits gesagt, wurde 1927 der erste sogenannte Immorality Act, der sexuelle Beziehungen zwischen Europäern und Weißen verbot, als Gesetz verabschiedet. 1950 wurde dieses Gesetz von der Regierung der National Party neu und genauer gefaßt: es verbietet gelegentliche Sexualbeziehungen zwischen Weißen und Nicht-Weißen. 1957 wurden diese Bestimmungen durch den Immorality Amendment Act weiter verschärft. 1960 machte der Population Registration Amendment Act diese Hauptabsicht offensichtlich, indem er Rassenklassifizierungen festlegte. Als der Innenminister das neue Gesetz im Parlament einbrachte, sagte er, daß das neue Gesetz dadurch notwendig geworden sei, daß es

> »zu einigen wenigen, für mich aber dennoch gefährlichen Fällen der Integration von Weißen und Nicht-Weißen gekommen sei.«[5]

Die unmittelbare Nachbarschaft, in der arme Weiße und Afrikaner in Sophiatown lebten, war ein Grund, warum die Apartheidregierung Sophiatown zerstören mußte. Wie Mattera völlig zu recht ausführt, versuchten die Buren mittels der Registrierung der Bevölkerung

> jede genetische Verbindung zwischen sich und den Farbigen aus ihrer zwielichtigen Ahnentafel zu entfernen.

Was man mit dem Population Registration Act zu erreichen versuchte, danach trachtete der Group Areas Act auf geografischem Gebiet: mit ihm wurden gesonderte Siedlungsgebiete für alle ethnischen Gruppierungen geschaffen. Der Group Areas Act von 1950 erklärt (in seiner Ergänzung von 1966), daß:

»2. (I) Zur Anwendung dieses Gesetzes werden folgende Gruppen unterteilt:

(a) eine weiße Gruppe (deren Charakteristika nachfolgend aufgeführt werden)

(b) eine Eingeborenen-Gruppe (deren Charakteristika nachfolgend aufgeführt werden)

(c) eine Farbigen-Gruppe, zu der gehören

(I) jede Person, die nicht zur weißen oder Eingeborenen-Gruppe gehört; oder

(II) jede Frau, welcher Rasse, Klasse oder welchen Stammes auch immer, zwischen der und einer Person, die nach Absatz (I) der Gruppe der Farbigen angehört, eine eheliche Verbindung besteht, oder die solch einer Person beischläft;

(III) jeder weiße Mann, zwischen dem und einer Frau, die nach Absatz (I) zur Gruppe der Farbigen gehört, eine eheliche Verbindung besteht, oder der einer solchen Person beischläft.«[6]

Nach 1948 ging die Apartheid in ihrer Abgrenzung und Klassifizierung der Menschen viel weiter als die vorhergehende Politik der Rassentrennung. Zusätzlich zu den Gesetzen, die darauf abzielten, die Ausbeutung der Afrikaner zu erleichtern, wurden Gesetze erlassen, die die sexuellen Aktivitäten der Weißen einschränkten und sie beständig daran erinnerten, daß die Privilegien, deren sie sich erfreuten, darauf beruhten, sich des »Weißseins« bewußt zu sein. Die Strafe für eine »unmoralische Handlung« konnte bis zu sieben Jahren Gefängnis betragen. Damit war, den südafrikanischen Rassengesetzen zufolge, Don Mattera die Frucht einer »unmoralischen Handlung«. Welch eine Bürde für ein Kind!

Mattera erinnert sich an das Trauma, das er durchlebte, als er sich zum ersten Mal dem Classification Board vorstellen mußte, das darüber zu entscheiden hatte, zu welcher Gruppe er gehören sollte, »*hotnot* oder Italiener«:

Da gab es keine Streichhölzer, keine Stifte, keine Bluttests, keine Durchsuchung. Ich war der Sohn eines Italieners und der Letztgeborene in der Familie. Wenn die Buren glauben wollten, daß ich der Sohn meines Großvaters war, dann war ich der letzte, der ihnen das ausreden würde. Meine Nummer lautete 331-591697C. Das »C« stand für *Coloured*, doch meine Geburtsurkunde trug den Vermerk »Mischling« in der entsprechenden Spalte. Das war das erste Mal, daß ich von einer Rasse hörte, die Mischling genannt wurde. Dennoch, Mischling war weit besser als Eingeborener und Kaffer, wie viele der dort neu eingestuften Farbigen erfahren mußten. Solche Geschichten, die einem das Herz zerreißen, zum Bersten gefüllt mit Demütigungen und Leiden, sorgten in den späten fünfziger Jahren täglich für Schlagzeilen in den Zeitungen. Manches Opfer des Neueinstufungstraumas beging Selbstmord, um sich aus seinem absurden Schicksal zu befreien. Ganze Familien, die bislang einträchtig miteinander gelebt hatten, wurden über Nacht zerschmettert, weil die grausamen Gesetze der Rassentrennung Brüder, Schwestern, Söhne und Töchter auseinanderrissen. Den gnadenlosen Pass-Razzien gingen Hunderte von sogenannten »Grenzfällen« ins Netz. »Grenzfälle« zwischen Afrikanern und Farbigen, nicht zwischen Weißen und Farbigen. Erst später sollte man letztere als »andere Farbige« bezeichnen.

Mattera, obwohl nach Definition der Regierung ein »Farbiger«, weigerte sich, diese kulturlose, rätselhafte Bezeichnung auf sich zu beziehen. Er sieht sich selbst als schwarzen Südafrikaner. Die Geschichte seiner Liebe zu Dumazile, einer Zulu, ist im Lichte seiner nachfolgenden politischen Identifikation sehr interessant. Damals war dies vielleicht die unbewußte Ablehnung der sozialen und politischen Stellung, die die weiße Minderheit den Farbigen zugewiesen hatte. Auch wenn er verstehen konnte, daß einige Farbige, vor allem die dunkelhäutigen, abfällig über »Kaffer« und »Coolies« sprachen, so widersprach diese Haltung doch in jeder Beziehung den Werten, Normen und dem Wesen seines Seins als Frucht einer weltoffenen Lebensweise und entsprechender Verhaltensnormen:

Die Leute hatten Angst davor, eine afrikanische Sprache zu sprechen oder ihre Radios auf einen afrikanischen Sender einzustellen. Eine Beziehung dazu würde bedeuten, eine gemeinsame Identität mit all der Demütigung, Entwurzelung und all dem Leiden herzustellen, die die Afrikaner durchleben mußten.

Und obwohl diese Einstellung verständlich war, machte sie Mattera wütend. Sie war gleichbedeutend damit, die Definition, die die Weißen für die »Farbigen« geschaffen hatten, anzunehmen. Eine Beleidigung in sich.

Gewalt

Der Kolonialismus und die Doktrin der weißen Überlegenheit beruhen auf Gewalt, Rassenhaß und unmoralischen Beziehungen. Wie Don Mattera bemerkt, führen sie zu »einem Kampf, in dem weiße Macht Recht bedeutete und das Leben eines Afrikaners entbehrlich war«. Mattera bringt auf dramatische Weise den extremen Zustand der Entfremdung zum Ausdruck, der sich in Gewalt niederschlägt.

In Sophiatown aufwachsend, wo Blutvergießen und Gewalt an der Tagesordnung waren, mußte Don Mattera unweigerlich Gangster werden. Er erinnert viele Einzelheiten der scheußlichen Gemetzel, deren Zeuge er war. Nicht etwa, weil er morbide Freude daran hätte, sondern weil er damit in der Lage ist, zu zeigen, auf welche Weise diese Gewalt unter den Opfern der Unterdrückung Symptom extremen Selbsthasses und extremer Entfremdung ist, die, haben die Unterdrückten erst einmal politisches Bewußtsein entwickelt, in konstruktives politisches Handeln umgewandelt werden können.

Die Wurzeln der Gewalt in Südafrika liegen tief. In seinem Buch *Die Verdammten dieser Erde* untersucht Frantz Fanon die Rolle der Gewalt unter kolonialen Verhältnissen. Fanon zufolge schließt Gewalt somatische Verletzung des Menschen ein, deren radikalste Form sich in der Tötung des einzelnen Individuums manifestiert. Deshalb kann Fanons Auffassung, daß »Kolonialismus (...) Gewalt in ihrer natürlichen Erscheinungsform ist«, auf Länder wie Südafrika angewendet werden, wo die Herrschaft der weißen Minderheit durch die Anwendung physischer Gewalt errichtet wurde und aufrechterhalten wird. Um die kolonisierten Völker zu »befrieden« und sie dazu zu bewegen, die neue, fremde Ordnung anzunehmen, erachtet es die weiße Minderheit sehr häufig als notwendig, ständig gegen sie Krieg zu führen.

Mattera berichtet uns von der Notwendigkeit, einen philosophisch abgewerteten »Anderen« zu schaffen, um eine koloniale Situation aufrechtzuerhalten, in der die Zerstörung des Lebens der Afrikaner als notwendiger Preis für die weißen Privilegien und die weiße Zivilisation angesehen wird. In der folgenden Episode in Matteras Autobiografie, kurz vor der Zerstörung von Sophiatown, umreißt Don Mattera, was es heißt, der »Andere« zu sein:

> Ich zog den Buren am Mantelärmel. »*Meneer*, wann werden eure Leute unsere Häuser einreißen? Ich hörte, wie Sie Abram davon erzählt haben.«
>
> Vielleicht war ich zu unsanft, denn er riß seinen Arm weg und knurrte: »Was zum Teufel meinst du mit ›eure Leute‹? Wer sind denn deine *›eure Leute‹* ... he?«
>
> Wieder lief das Gesicht des Buren rot an. Doch es war nicht die Scham, die Abrams Worte in ihm hervorgerufen hatten. Es war der Zorn darüber, von einem schwarzen Menschen als Gleichrangiger behandelt zu werden. Der Begriff »eure Leute« (*›julle mense‹*) war und ist für den ausschließlichen Gebrauch der Buren bestimmt, ein Begriff, mit dem sie sich von der Urbevölkerung des südlichen Afrika absetzen. *›Ons mense‹* (unsere Leute) – für sie ein Kosewort – ist *›julle mense‹* genau entgegengesetzt. Sie verwenden es immer dann, wenn politische, erzieherische und religiöse Fronten abgesteckt werden müssen. Sag *›julle mense‹* zu einer Gruppe

hartgesottener Afrikaaner-Nationalisten und du landest womöglich auf dem Rücken.

Zwischen den Afrikanern und den weißen Herrschern in Südafrika ist jede wahre menschliche Beziehung ausgeschlossen. Möglich sind nur Beziehungen der Herrschaft, der Zwangsarbeit, der Einschüchterung durch Polizei und Armee, der Unterwerfung und der Verachtung, wie das Beispiel von »Baas Pottie« zeigt. Wird der »Eingeborene« unverschämt, dann lauert immer die Gewalt im Hintergrund. Um es mit Matteras Worten zu sagen:

Ich gestehe, ich habe von der Kraft des kollektiven Widerstands gehört und gelesen. Doch ich habe eben auch gesehen, wie die Feuerkraft dieses Regimes zornige und entschlossene Menschen zerschmetterte, arme und reiche. Im Gerichtshof der Weißen oder an der Front der Straßenschlachten, immer gewann die Feuerkraft der Gewehre. Denn das Gesetz, das da im Gerichtshof Recht sprach, war dasselbe Gesetz, das in den Straßen das Feuer eröffnete. Untrennbar waren der Weiße und das Gesetz …

Das Böse, das wissen wir, muß notwendig bestehen, damit das Gute bestehen kann, das Ding für die Idee und die Dunkelheit für das Licht. Und so ist in Südafrika die künstliche Schaffung des Schwarzen als des bösen »Anderen«, des Schänders der weißen Zivilisation, ebenso unvermeidlich.

Aus dieser Schaffung des »Anderen« kann man noch weitere Schlußfolgerungen ziehen. Erstens wird der »Andere« immer negativ gesehen, als Mangel, als Leerstelle, als unzureichend in seinen menschlichen Eigenschaften, worin diese Eigenschaften auch immer bestehen mögen. Mattera sieht die strukturelle Gewalt der Herrschaft der weißen Minderheit in Südafrika als eine Art Manichäismus, der »die Macht zu zerstören und den Schmerz, zerstört zu werden … Staub« einschließt. Weiterhin wird der »Andere« undurchsichtig. »In diesem Land bist du das, was sie denken, daß du's bist, was sie wollen, daß du's bist. Und all das bist du durch einen einzigen

Federstrich.« Als der »Andere« geschaffen zu werden bedeutet eine weitere Form der Gewalt – der psychologischen Gewalt, die nach Galtungs Worten eine »Gewalt« ist, »die die Seele angreift.«[7]

Die geradezu handgreifliche Unsauberkeit Sophiatowns und anderer Städte gehört auch zu diesem Prozeß, die afrikanische Bevölkerung zu entmenschlichen. Die Heterogenität und Zufälligkeit Sophiatowns »verkörperte«, nach Raymond Williams, »ein System, ein negatives System der Gleichmacherei, ein positives System der Unterscheidung, ein Gesetz, eine Macht, finanzielle Kontrolle.«[8] Und diejenigen, die für diesen üblen Zustand verantwortlich sind, sind Mattera zufolge die weißen Stimmberechtigten in Südafrika und ihre Regierung.

Das Einzigartige und die Originalität der Autobiografie Don Matteras bestehen in seiner Fähigkeit, jene gesellschaftlichen Akteure und die Folgen ihres unmoralischen Tuns plastisch darzustellen, die normalerweise keine Erwähnung finden, wenn wir über Apartheid reden. Matteras autobiografische Methode ist bemerkenswert. Er zeigt Sophiatown sowohl als gesellschaftliches Faktum als auch als Landschaft menschlichen Lebens. Mattera nimmt uns in die Busse mit, in die Straßen Sophiatowns, und durch den Spiegel seines Lebens *erfahren* wir diese schäbigen Straßen.

Zusammenfassung

Sophiatown ist ein Buch, das aus sorgfältigen und kenntnisreichen Erinnerungen und Beobachtungen entstand, aus der unmittelbaren Erfahrung des Lebens als Gangster, aus der Erinnerung an die Stimmung im Sophiatown der fünfziger Jahre, insbesondere an den politischen Widerstand gegen den Group Areas Act, den das Regime der National Party zum Gesetz erhob, um Gemeinschaften wie die Sophiatowns zu zerstören. All diese Ereignisse sind in eine Prosa gefaßt, von der Mattera sagt, daß sie zwar nicht in jungfräulichem Englisch geschrieben sein mag, doch stark genug sei, Blut und Tränen fließen zu lassen.

In Matteras Sophiatown sind die wirklichen Beziehungen der Menschen zueinander, die Motive ihres sozialen Handelns, die ihnen häufig selbst nicht bewußt sind und doch ihr Handeln, ihre Gedanken und Gefühle bestimmen, mit großer Offenheit und Ehrlichkeit dargestellt. Matteras politische Entwicklung hin zu Black Consciousness enthüllt wachsenden Abscheu vor dem weißen Unterdrücker und dem Apartheidsystem, das geschaffen wurde, die schwarze Arbeitskraft auszubeuten und zu erniedrigen.

Matteras Wandlung vom Verbrecher zum Dichter des Black Consciousness Movement ist eine der großartigen Geschichten menschlicher Möglichkeiten und Potenzen, eine Geschichte ähnlich der des Malcolm X in den Vereinigten Staaten. Don Matteras harte Geschichte ist ein außergewöhnliches Zeitzeichen. Sie erzählt uns davon, daß die Armen und Unterdrückten in Südafrika ihre Freiheit wollen, und zwar – wie ein Slogan des ANC aus den fünfziger Jahren es ausdrückte – »zu Lebzeiten«. Die Art und Weise, in der Mattera seine Geschichte vor dem Hintergrund der umfassenderen Kämpfe der fünfziger Jahre erzählt, wird ihr einen Platz unter den historischen Zeugnissen unserer Zeit sichern.

Es ist eine Ironie des Schicksals, daß es Mattera gelingt, uns dreißig Jahre nach der Zerstörung Sophiatowns ins Bewußtsein zu rufen, welch entscheidende Zeit die fünfziger Jahre für den Befreiungskampf darstellten. Er stellt klar, daß all die Kräfte, die in Südafrika heute von Bedeutung sind, in den fünfziger Jahren ihren Ursprung hatten.

»Die Erinnerung ist ein Waffe«, sagt er. »Tief in meinem Innern bin ich mir sicher, an dieser Stelle, die Gesetze und Gewehre nicht erreichen und Stiefel nicht niedertreten können, daß es keine Niederlage war. Eines Tages, in einer anderen Zeit, werden wir uns erheben und unsere Würde und unser Land zurückfordern. Es ist nur eine Frage der Zeit, und Sophiatown wird wiedergeboren werden.«

Und wenn sich der Widerstand vom bloßen Protest zum Kampf entwickelt, dann sollte Matteras Buch dazu beitragen, die Massen nicht nur zu mobilisieren, sondern ihnen gleichzeitig bewußt zu machen, daß sie auf den Schultern von Giganten stehen: Mandela, Sisulu, Mbeki, Slovo, Kathadra und vielen anderen, die dazu beitrugen, Matteras politisches Denken zu schulen. Sein Gedicht »Gesang der Ketten« faßt die gegenwärtige Situation in Südafrika zusammen:

An welchen Träumen und Visionen wir uns immer festgehalten
in der verzweifelten Suche nach dem Leben
sie sind verbrannt im Gesang unserer Ketten
nichts bleibt mehr
nur Zorn
auf uns und Gott
Versöhnung und Freundschaft
ertrunken in der Sturzflut unbarmherzigen Dogmas
was an Hoffnungen war auf friedlichen Wandel
zerschmettert nun in Myonen aus
Verzweiflung
kein Krieg ohne Blut und niemals möglich
Obdach für Selbstsucht
was Soldaten uns nahmen
müssen wir einfordern
und wenn die Tränen kommen
laßt sacht sie fließen
weihen wir den Schmerz
unserer Sache
und mit einem Schlag
die zum Schweigen bringen
die lachen wenn wir sterben …

1 Charles Van Onslen: Studies in the Social and Economic History of the Witwatersrand.
Johannesburg: Ravan Press 1982, S. 163

2 zitiert nach Luli Callinicos: Working Life, Townships and Popular Culture on the Rand, 1896-1940.
Johannesburg: Ravan Press, Band 2, S. 179f.

3 zitiert nach: J. C. Smith: Selections from the Smuts Papers, ed. by W. K. Hancock and Jean Van Der Poel.
Cambridge: CUP 1966, Band 2, S. 337

4 Ebenda

5 Brian Bunting: The Rise of the South African Rich.
Baltimore: Penguin Books 1969, S. 189

6 zitiert nach John Western: Outcast Cape Town.
Minneapolis: University of Minnesota Press 1981, S. 9

7 John Galtung: Violence, Peace and Peace Research.
Journal of Peace Research 3 (1969), S. 169

8 Raymond Williams: The Country and City.
London: Oxford University Press 1973, S. 154

Aus unserem literarischen Programm:

Cristina Peri Rossi, Uruguay
DIE LETZTE NACHT DOSTOJEWSKIS
Roman, 208 Seiten, gebunden

Chinua Achebe, Nigeria
DER PFEIL GOTTES
Roman, 320 Seiten, gebunden

Ana Vásquez, Chile
MEINE FREUNDIN CHANTAL
Roman, 288 Seiten, gebunden

Ernesto Cardenal, Nicaragua
WIR SIND STERNENSTAUB
Neue Gedichte und Auswahl aus dem Werk
144 Seiten, broschiert

Aniceti Kitereza, Tanzania
DIE KINDER DER REGENMACHER
Roman, 336 Seiten, gebunden

DER SCHLANGENTÖTER
Roman, 336 Seiten, gebunden

Simone Schwarz-Bart, Guadeloupe
TI JEAN ODER DIE GROSSE REISE
Roman, 320 Seiten, broschiert

Wolfram Frommlet (HG.)
DIE SONNENFRAU
Neue Erzählungen aus Schwarzafrika
260 Seiten, broschiert